KB147854

타 임 워 커

Time Walker

4

리버스

—

문지솔 장편소설

차례

프롤로그

소년은 신문을 말아서 담벼락 뒤로 던졌다.

모두가 잠든 새벽. 소년은 집집마다 신문을 던져 넣으며 바쁘게 뛰어다니고 있었다. 하지만 쫓기며 일하는 느낌은 들지 않았다. 취미 삼아 하는 것처럼, 이상한 여유를 보이며 그는 흐트러짐 없이 일에 몰두하고 있었다. 캐주얼한 옷차림에 깔끔한 운동화를 신고서 소년이 가볍게 땅을 박차 올랐다.

아직 어린 나이. 많이 쳐 줘도 10대의 과도기도 되지 않아 보이는 앳된 얼굴의 소년은 매우 빠른 움직임으로 움직이고 있었다.

"신문이요!"

소년이 또 다시 둘둘 말린 신문을 담벼락 너머로 던졌다.

그는 가파른 언덕길을 뛰어서 내려가다가 일시에 멈춰 섰다. 코앞으로 커다란 트럭 한 대가 아찔하게 스쳐지나갔다.

"휴우. 바람 시원하고."

소년은 신문이 가득 담긴 가방을 매만졌다. 오른쪽 어깨에 올려서 메고 있는 가방에 집어들기 편하도록 신문 몇 개가 세로로 놓여 있었다.

"이제 이 주변은 다 돌았고. 다음은?"

소년이 호주머니를 뒤적여 수첩과 볼펜을 꺼냈다. 수첩에 쓰인 짤막한 단어들은 지역과 지명을 나타내고 있었다. 소년은 볼펜 촉을 내어 한 단어에 동그라미를 그렸다. 그러고는 다음 행선지가 생각난 것인지 퍼뜩 수첩과 볼펜을 호주머니 안에 넣었다.

"근데……."

총명한 눈으로 밝게 웃음 짓던 소년이 돌연 울상을 지었다.

"정말로 여길 다 돌아야 해?"

소년이 묘한 표정을 지었다.

그의 지친 얼굴에 울분과 분노, 그리고 기쁨이 뒤범벅되었다.

"아아악! 그래, 뛰자!"

소년이 가방에 세로로 놓여 있던 신문을 정리해 넣었다. 신문이 가방 밖으로 보이지 않게 되자 그는 운동화 끝을 두드려 신발 속을 점검했다.

"몸이 아픈 건 아니잖아?"

정신적인 고통을 애써 즐기려는 것처럼 소년이 자세를 바로 했다. 그는 아무도 없는 것을 확인하고는 도약을 준비했다.

그런데 이상한 일이었다. 소년의 주변으로 갑자기 바람이 일렁였다. 일반인의 눈으로도 식별이 가능한 뚜렷한 움직임이었다. 소년이 그 속에서 몸을 뒤틀었다. 그러자 방금 전보다 더욱 확연하게 돌풍이 일었다. 그리고 그 다음이었다. 소년이 막 한 걸음 내딛었을 때, 그의 모습이 순식간에 사라졌다. 요란하던 돌풍이 멎었다. 이 모든 것을 길가에서 목격한 도둑고양이가 눈을 날카롭게 뜨며 꼬리를 작게 흔들었다.

제 1장
새로운 시대

타 임 워 커 4 : 리 버 스

01.

거대한 인공지능 도시가 생겨났다. 도시 내에서 cctv가 범죄를 예측, 관찰하여 자동으로 진압용 로봇을 내보낸다. 범죄의 규모에 따라서 로봇의 개수에 변동이 생긴다. 그렇게 해서 현장에 도착한 로봇은 단번에 상대를 제압하여, 범죄를 예방하고 중단시키는 일을 한다.

도시에 인공지능 무인 감시카메라 말고도 다른 용도의 카메라가 작동하기 시작했다. 열과 생명 정보를 감지하는 카메라가 생물체의 비정상적인 변화를 관찰하게 된 것이다. 그리고 유사시에 이 카메라에 연결된 인공지능 체제는 '활동 보조용 로봇'이나 출시된 지 얼마 되지 않은 '구호 로봇'을 자체적으로 보내게 되었다.

이 과정에 인간의 개입은 불필요했다. 도시의 모든 치안과 응급활동을 로봇이 대체하기 시작하면서 관련된 직업들은 무너져 내렸다. 나쁜 점만이 있는 것은 아니었다. 인공지능 도시를 시험대에 올린 한국은, 국가 공무원을 대거 축소시키면서 국고가 오히려 쌓이는 이상적인 경험을 하게 되었다. 가장 많이 축소된 국가 공무원은 경찰과, 소방 공무원 등이었다. 이들 중에 유능한 이들만이 인공지능 프로그램의 관리자가 되어 실직을 면했다.

한국의 수도인 서울을 시작점으로, 부산과 경기 지역에 인공지능 시범 도시가 차례로 들어섰다.

그 선두에 대한그룹과, 자회사인 SPC회사가 있었다.

"벌써 봄이야."

박철민이 말했다.

얇아진 옷이 어색하게 느껴질 정도로 며칠 전까진 아주 추웠다. 그러다가 어느 기점을 두고 살짝 더워지더니 꽃샘추위가 시작된 것이다. 봄은 딱 거기까지였다. 꽃샘추위가 풀리고 나면 이제 여름이 시작된다.

"옷장 정리는 해놨어?"

박철민이 나란히 걷는 유화를 보며 물었다.

계속 부대끼며 살 수는 없었다. 결국 자주 들여다보기로 결정하고 처음처럼 따로 살게 되었다. 설란은 유화와 오세나를 따라갔다.

"란이가 메이드 일을 괜히 한 게 아니더라고."

유화가 말했다.

그녀는 웃으면서 걸음을 멈췄다. SPC회사는 그 특수성을 인정받아 대한그룹에서 독립했다. 사장은 유달수가 맡기로 하였지만 대한그룹이 가파르게 성장함에 따라, 그는 이사의 자리로 올라갔다. 그리고 사장은 다른 사람이 맡게 되었다.

"많이 변했지?"

박철민이 유화를 보며 물었다.

그녀는 마치 자신의 속마음을 대변 받은 것처럼 고개를 끄덕였다.

"들어가자. 우리 회사야. 누구 덕분에 오늘부터 우리도 남들처럼 정상적으로 출근하게 되겠어."

유화가 말했다.

"그래, 올라가자."

박철민이 고개를 들어 SPC기업을 바라봤다.

대한그룹의 사업파트너로서 이제는 기업으로 자리매김한 초능력 회사. 의뢰는 이제 이곳으로 직접 받게 될 것이다.

SPC기업의 가장 높은 층에 자리한 회의실.

하나둘씩 착석을 시작하고 있었다. 활짝 열린 문으로 들어오는 직원들. 입장이 시작하고부터 몇 분이 채 지나지 않아 회의장은 인산인해를 이루었다. 전부 합해서 서른 명은 수용할 수 있을 정도의 넉넉한 장소였다.

그럼에도 자리가 부족한 듯이 느껴지는 것은, 스탠딩으로 참관을 하게 된 인원이 있기 때문이었다.

마련된 의자에 착석한 박철민은 주변 사람들을 돌아봤다. 유달수 이사가 상석에 앉아서 목을 축이고 있었다. 그의 왼편으로 수염이 덥수룩한 남자가 앉아 있었다. 위협적인 능력을 지니진 않았지만, 인맥으로 뼈대가 굵은 남자였다.

'늦네. 준비를 해야 한다더니.'

박철민은 아직 나타나지 않은 이광호를 떠올렸다. 강지환 회장에게 부탁하여 SPC회사를 따로 독립하도록 유도한 것이 그였다. 그가 강지환으로 하여금, 회사의 형식을 갖추는 것을 넘어서 하나의 기업체로 만들도록 공헌을 해주었다.

박철민은 초조하게 손목을 감싼 은색 시계를 내려다봤다.

'SPC기업이라.'

SPC기업은 다른 기업들처럼 정상적인 사업체로서 활동을 한다. 다만 주된 분야는 초능력 컨펌에 대한 것이다. 의뢰를 받고, 그 중에 채택을 하여 적당한 사원을 현장으로 보낸다. 하지만 초능력을 지닌 사원이 모든 것을 다 처리할 수는 없었다. 일반인 중에 여럿 채용을 시작했고, 그들은 직원들을 보조하는 사원으로서 협력하게 된다. 사원 모집은 실직한 국가 공무원들을 대상으로 이루어졌다.

"음, 계속 기다릴까요?"

유달수 이사가 앞에 놓인 마이크를 두드리며 말했다.

카메라를 설치하던 기자들이 일제히 그를 바라봤다. 그러자 유달수는 머쓱한 얼굴로 문을 내다봤다. 난처하고 초조한 얼굴로 유달수와 기자들을 바라보던 박철민이 누군가를 발견하고 환하게 미소 지었다.

"의미가 깊은 자리에 늦으시면 어떡합니까? 사장님 능력으론 도저히 지각이란 게 있을 수가 없는데? 이상하네요. 꾸미고 오느라 늦은 겁니까?"

유달수가 이광호를 보며 말했다.

회의장에 늦게 참석한 그는 비어있던 유달수의 옆자리에 앉았다. 상석은 의자가 세 개 놓여 있었다. 덥수룩한 수염의 남자와, 이광호가 각각 착석을 마치자 유달수는 정면을 바라봤다. 그러나 역시 여러 대의 카메라가 부담스러운 모양이었다.

"어떻게 하냐. 광호야, 너 생방송은 어떻게 했니?"

유달수가 마이크를 가리며 이광호에게 속삭였다.

"부담 갖지 말고 하세요. 괜찮을 겁니다."

이광호가 말했다.

"죽겠다. 아이고야."

유달수가 다시 카메라를 응시했다.

그는 두어 번 목을 가다듬고 서두를 열었다.

"어, 이렇게 우리가 대한민국을 대표하는, 아니 대표하게 될지는 모르겠지만, 어쨌든 인정받는 하나의 기업으로 성장할 수 있게 되어서 아주 기쁩니다. 의미가 깊은 자리지만 이렇게 기자 분들까지 불러서 창립기념을 하게 될지는 몰랐는데요. 아니, 창립기념이 아닌가? 아무튼 우리에겐 역사적인 자리인 이 자리, 함께 해주서서 고맙다는 말씀을 우선 전하겠습니다."

지나치게 긴장한 그의 모습에 박철민이 웃으며 고개를 돌렸다.

"제가 창립기념을 해본 적이 없습니다. 맞게 하는 건지는 모르겠지만, 이것도 우리들만의 특색이 될 수 있다고 생각해요. 어쨌든, 시작하겠습니다."

유달수가 말했다.

그는 마른 침을 삼키며 뒤쪽에 마주 보며 서 있는 직원에게 손짓했다. 직원이 레이저빔을 유달수의 뒤편으로 쏘았다. 벽면 전체에 넓게 영상이 퍼졌다. 창립기념일에 볼 수 있을 만한 아름답고 교훈이 담긴 영상은 아니었다.

"시작부터 심각한 이야기를 전하고자 해서 죄송한데요. 경각심을 주려면 이렇게 하는 것이 좋겠다는, 여기 계신 이광호 사장님의 조언을 참고하여 앞쪽에 영상을 넣었습니다. 그러니 따지려면 제가 아닌 이분에게 해주시면 좋겠고요."

유달수가 말했다.

벽면을 집어삼킬 듯 비쳐지는 영상은 대부분 사고 장면이었다. 사람, 그것도 다름 아닌 초능력자들의 범행으로 일어난 사고 영상들이다.

"우리가 비밀 회사에서 기업체로 전면에 나선 이유 중 하나입니다. 이 사람들이 한두 명이 아니에요. 전부 다 잡으려면 아마 전 세계의 사람들이 하나로 똘똘 뭉쳐야만 가능하다고 생각합니다. 그럼 이 사람들을 모두 잡기 위해서 어떻게 할 거냐? 제 대답은 노입니다. 이런 사람들은 계속해서 생겨날 거예요. 계속 생겨나는 범죄자들을 우리가 어떻게 미연에 방지합니까? 인공지능도 뚫고 범죄를 저지르는 사람들인데."

유달수가 말했다.

이광호가 그의 팔을 살짝 건드렸다.

"아, 아무튼 우리의 뜻은 이겁니다. 우리는 저들과 다른 나름대로 신사적인 사람으로서, 우리의 능력으로 저들을 막고자 노력할 거란 사실을 모두에게 공표하려는 겁니다. 그러려면 뒤에서 숨어 있는 것보다 당당하게 나서는 편이 좋지 않겠습니까?"

유달수가 말했다.

기자 한 명이 손을 번쩍 들었다.

"말씀하십시오."

모두 일제히 기자의 말을 기다렸다.

"SPC 회사를 기업으로 끌어올린 것은 저들과 다르다는 사실을 공표하고, 차별을 예단해 막으려는 것으로 보이는데요. 그렇다면 기업의 목표

중에 초능력 범죄 집단을 잡는 것이 포함되어 있는 건가요?"

기자가 말했다.

"맞아요. 제 말이 바로 그겁니다."

유달수가 말했다.

"일부 때문에 전체가 욕을 먹는 것처럼 불합리한 일도 없다는 것이 우리 쪽의 입장입니다. 우리는 주 종목을 인공지능과 초능력, 단 두 개로 하여 사업을 운영할 계획에 있어요. 인공지능은 박 사장님이 맡고, 초능력 쪽은 여기 이광호 사장님이 맡아서 하실 계획입니다. 따라서 초능력 범죄 집단의 소탕은 이광호 사장님이 맡아주시겠죠."

"분명 시간능력자이신 이광호씨가 맡아주신다면 많은 힘이 될 것 같습니다. 그렇다면 다른 질문을 드릴게요. 인공지능 시범 도시가 운용 중에 있어요. SPC기업은 대한그룹과 파트너로서 인공지능 도시에 대해서 어떻게 전망하시나요?"

"좋게 보고 있습니다."

"인공지능과 초능력이란 어찌 보면 상극이라고 표현할 수 있어요. 과학의 발달 그 정점에 있는 인공지능과, 과학의 설명에서 벗어난 초능력. 이 두 개의 갈래를 가진 기업의 탄생인데요. 일부에서는 인공지능을 무력으로서 독점을 하려는 것이라는 말이 나오고 있습니다. 이것에 대해서는 어떻게 생각하시나요?"

기자가 날카롭게 질문을 던졌다.

유달수는 턱을 매만지다가 입술을 열었다.

"생각할 가치도 없습니다."

"무슨 말이죠?"

"이번 인공지능 프로젝트의 개발자가 바로 여기 있는 이광호 사장님이시니까요."

기자들이 일제히 수군거렸다. 이광호는 텔레비전 채널만 몇 번 돌리다

보면 본방이든, 재방이든 볼 수 있는 인물이었다. 그는 방송에 출연해 '이광호 신드롬'을 낳은 장본인으로, 비리척결 운동의 선두가 되었다. 그 뒤 출연하는 방송마다 이슈를 낳으면서, 세계적인 화제의 인물로 등극했다.

인공지능 개발자에 대한 관심 역시 뜨거웠다. 그러나 강지환 회장이 손수 기자들의 접근을 막아내면서 철저히 비밀로 지켜지고 있었다.

근 1년 내로 가장 핫한 두 인물이다.

그런데 그 화제의 인물들이 사실은 동일인물이라는 뜻이었다.

"인공지능의 개발자가 이광호씨라는 건가요?"

"대한그룹 내에서 개발되는 모든 로봇과 프로그램 체제를 이광호씨가 개발했다고 받아들여도 됩니까?"

기자들이 흥분한 채 동시다발적으로 물었다.

이광호가 손을 들었다.

그는 유달수의 앞에 놓인 마이크를 조정했다.

"저는 소스를 제공했을 뿐입니다. 그 외에 로봇의 개발이나 아이디어 같은 것들도 조언 삼아 던지기는 했으나, 그건 대한그룹의 기술과 자본력이 받쳐줬기에 가능했던 겁니다."

이광호가 말했다.

"하지만 다른 기업들도 분명 많았을 겁니다! 그런데도 대한그룹과 손을 잡은 것은 SPC의 직원으로서의 결단이었나요?"

기자가 질문했다.

"강지환 대한그룹 회장님과는 개인적으로도 친분이 깊습니다."

"예, 알겠습니다. 그렇다면 굳이 작은 회사였던 SPC회사를 기업으로 상장시킨 이유가 뭐였나요?"

"인공지능이 개발되었을 때 우리는 좀 더 전문적인 인력의 투입과 효율을 생각할 수밖에 없습니다. 주력 종목이 많은 대한그룹 내에서 인공지능 프로그램을 집중적으로 끌어갈 수 없다고 생각했고, 이 방안을 생각해내게 되었습니다. 작은 회사인 채로 인원을 받기보다는 기업으로 상장시키는 편이 더 나을 것이라 생각했습니다. 강지환 회장님의 욕심이 끼어 있기도 했습니다. 그 욕심이란 다른 게 아닌, 인공지능 회사다운 인테리어를 해보고 싶다는 거였죠. 아마도 강두호 전 회장님의 영향을 받으신 게 아닐까 생각합니다."

이광호가 슬며시 웃으며 말했다.

그는 다시 마이크 지지대를 옆으로 구부렸다.

유달수가 목소리를 가다듬으며 말했다.

"우리는 앞으로도, 대한그룹의 파트너 기업으로서 초능력 회사라는 본질을 잊지 않으면서, 인공지능의 개발과, 우리의 역할을 다 해낼 것입니다. 그러니 마음 놓고 지켜봐 주시기 바랍니다. 좋은 세상을 만들기에 일조하겠습니다."

아직도 흥분감이 감춰지지 않은 얼굴들이다. 이건 특종이다. 기사제목을 뭐라고 붙이든 간에 화제가 될 게 자명했다. 기자들은 잔뜩 고양된 얼굴로 어디론가 전화하기 시작했다.

02.

사탄교의 본거지로 향하기 위해 건너가야 하는 숲길.

소년은 헐거워진 가방을 내려놓았다. 이제는 거적때기라고 불러도 좋을 정도로 낡은 갈색 가방을 보며 그는 입술을 달싹였다.

"이거 먼 길을 돌아왔네. 저게 뭐라고."

소년이 말했다.

미성의 목소리로 작게 중얼거리던 그는 불현듯 고개를 들었다. 누군가의 인기척이 느껴졌다.

"어떻게 생각하세요? 괜찮을 것 같아요?"

"알아서 잘하겠지. 판은 이미 깔아졌고 우리들이 원하던 대로 되어가고 있어. 걱정할 게 뭐가 있나?"

"그건 그렇습죠."

"우리가 하루 이틀 준비한 게 아니야. 죽기 전에 이런 진풍경을 구경할 수 있다니 정말이지 좋군. 완성까지 되면 좋으련만. 뭐, 죽은 뒤로도 지켜볼 수는 있을 테니 걱정은 없군. 그렇지 않나?"

"맞습니다."

능구렁이 같은 젊은 남자였다. 그는 나란히 걷는 자기보다 나이든 남자를 보며 능글맞게 웃음을 보이고 있었다.

소년은 그들을 가만히 지켜보다가 나무 뒤편으로 몸을 숨겼다.

"리버스는 우리의 목적을 이뤄줄 거야."

"하지만 그들을 모으기까지 우리의 역할이 컸어요. 그는 그걸 알아줘야 합니다."

"이훈철은 가장 핵심 인물이야. 그가 알아주든 알아주지 못하든, 우리에겐 그가 필요한 게 사실이지. 서운해 하면 안 돼. 네 마음은 가까운 내가 알아주도록 하지."

"이장님의 마음은 제가 알아주면 되는 건가요?"

남자가 농담이 섞인 얼굴로 물었다.

김주령. 소년은 그의 이름을 속으로 곱씹었다. 조금 전까지 어린애다운 미소를 짓고 있던 소년의 얼굴에 웃음기란 찾아볼 수가 없었다. 단지 뭔가를 계산해보는 것처럼 신중하게 숨어서 그들을 지켜볼 뿐이었다.

바로 옆을 지나치는 사탄교인들을 피해 소년은 자세를 더욱 낮췄다.

"자네나 나나, 욕을 많이 먹을 거야."

"확실히. 마을 사람들에게는 면목이 없겠네요."

"우리가 속인 부분도 있긴 하니 말이지."

"그들이 우리의 진심을 알아줄까요?"

"알아주든 말든 그건 중요치 않아."

사탄교의 교주. 그와, 그의 오른팔이나 마찬가지인 김주령 팀장.

소년은 숨소리 하나 내지 않은 채로 그들을 주시했다. 그런데 불현듯 김주령이 어떤 낌새를 느낀 것처럼 걸음을 멈췄다. 그가 뒤를 돌아봤다.

"왜, 아직도 누가 있는 것 같나?"

"이장님 말마따나 제 착각일 뿐일까요?"

"신경이 너무 예민해져 있어. 그런 건 불필요하지."

교주는 턱 밑으로 까맣게 자라난 수염을 어루만졌다. 덥수룩하게 자라난 수염은 지저분해 보이지 않도록 정리되어 있었다.

"누가 자꾸 제 곁을 맴도는 것 같아요."

김주령이 떨떠름한 얼굴로 말했다.

"그때마다 함께 찾아줬지 않나. 그래서 항상 아무도 없던 것을 확인했는데 아직도 부족하다고 하면 안 되지."

교주가 말했다.

"역시 그렇겠죠?"

김주령이 다시 몸을 돌리며 물었다.

"네가 스트레스가 많아. 그러니 조금 쉬는 게 좋을 것 같다는 게 내 의견이야."

"죄송합니다."

"나는 김 팀장이 너무 중간 과정들에 연연하지 않았으면 좋겠어. 중요한 건 우리의 목표와 숙원 등을 이룰 수 있느냐. 그거야. 중차대한 일을 코앞에 두고 고민이 너무 많은 것도 그리 좋아 보이진 않아. 이훈철 그자에게서 인간다움을 기대하지 말게."

"인간다움…… 인가요?"

"명심하라고. 이훈철 그 자는 인간이 아니라는 걸 말이야. 물론, 나로서는 그 자의 그러한 것들이 마음에 드는 거지만."

교주가 호탕하게 웃었다.

그는 김주령에게 마저 걸을 것을 권유했다.

"하긴, 돌아가야 하겠죠. 사실대로 말해주면 역시나 많이들 나가겠죠?"

"이미 눈치 채고 있는 자들이 더 많을 거야. 따르지 않고 나가겠다고 하는 사람들은 모두 처리하면 돼. 우리의 뒤에는 이제 리버스라는 커다란 집단이 있으니 걱정이 없지."

교주가 말했다.

그들은 말없이 숲을 빠져나갔다. 그들이 빠져나가고 딱 3분이 지난 뒤에 소년이 나무 뒤의 수풀 밖으로 몸을 빼어냈다.

"숨 막혀 죽는 줄 알았네. 그런데 뭐지? 누가 자꾸 떠도는 느낌이라니?"

소년이 참았던 숨을 토해내며 말했다.

"아무래도 그가 왔다 간 모양인데? 어디 숨어 있을지 너무 궁금한데. 제대로 하고 있으려나? 걱정되기도 하고……."

소년이 장난스럽게 미소 지었다.

그러다간 골치 아픈 듯이 가방 속을 응시했다.

"이거 생각보다 답답하네. 확실히 알 수 있으면 또 몰라. 이게 맞겠지? 아냐, 또 아니면 뭐 어때. 괜찮을 거야."

소년이 가방 속을 헤집었다.

신문이 한 가득 들어있던 가방은 이제 자그마한 선물상자들이 가득했다. 돌돌 말린 편지와 예쁜 장식이 달린 선물상자가 함께 뒤엉켜 있는 모습을 보고 소년은 그만 웃음을 터뜨렸다.

"나 완전 배달부가 다 됐네."

소년이 가방을 정리해 오른쪽 어깨에 올렸다.

"또 달릴 시간이야."

소년이 말했다.

그는 풀숲 너머로 희미하게 보이는 건물의 끄트머리를 바라봤다.

"기다리는 사람들이 목 빠져 죽기 전에."

소년이 개구지게 웃었다.

운동화 끈을 다시 매고 그가 정면을 바라봤다. 한 차례 파동이 일고 주변 공기가 묘하게 소용돌이치기 시작했다.

"그리고 미안하지만 이건 불필요하겠지?"

소년이 숲을 둘러보았다.

"나무 때문에 저 수상한 장소가 잘 보이지도 않잖아. 또 헤맬 생각하면 머리가 지끈지끈 하다고."

소년이 미안한 얼굴로 나무와 풀잎을 바라봤다.

"미안해. 하지만 나도 기다리는 사람들이 있어서 말이야. 더는 헤매고 다닐 수만은 없다고."

소년이 말했다.

그는 숲을 걸어 나왔다. 그리고 등지고 있던 숲을 마주보고 손바닥을 넓게 펼쳤다. 숲 속에서 들려오는 새들의 노래 소리를 감상할 새도 없이, 소년의 손바닥에서 세찬 열기가 뿜어져 나왔다. 푸른색에 가까운 묘한 불길이 집채보다 큰 숲을 일순간 집어삼켰다.

"나보다 더 사악한 놈들이 있어. 그 사람들 때문이야. 새들아 미안해."

소년이 다짐하듯 내뱉었다.

일렁이는 그의 눈빛에 분노보다 깊은 감정이 담겼다. 아무리 담이 센 사람이라도 겁을 집어먹고 주춤할 정도로 그는 뭔가에 화를 내고 있었다. 용납할 수 없는 일을 된통 당한 사람처럼, 소년은 이제 바로 앞으로 보이는 사탄교를 바라봤다.

"두고 봐. 내가 어떻게 하는지."

소년이 중얼거렸다.

03.

SPC기업.

32층의 높지 않은 층수에 11520개 정도의 계단을 가진 기업의 본사 건물. 같은 층수, 같은 부피에, 다만 각기 다른 디자인과 골조의 세 개의 건물을 하나로 합친 특이한 구조였다. 신축 건물로서 완공까지 삼 개월이나 걸렸지만, 현대의 기술로도 SPC기업의 본사 건물을 완공하는 데 그만큼까지 건축 기한을 앞당기는 것이 쉽지가 않았다.

정문으로 들어가면 왼편으로는 인공지능, 오른쪽으로는 초능력 회사로 들어서는 통로가 펼쳐진다. 가장 가운데에 자리한 건물은 유달수 이사가 기획해 놓은, 관광객 유치와 본사의 안내를 위한 상업적인 곳이다. 모든 층수로의 이동은 에스컬레이터와 엘리베이터가 담당한다. 로비는 기업의 정체성에 맞도록 인공지능 프로세서가 관광객의 안내를 돕는데, 이곳에서는 거리에서 목격하는 것보다 훨씬 많은 수의 안드로이드 로봇이 상주하고 있다.

"이게 누구야?"

강지환이 두 팔을 벌려 반갑게 상대를 환대했다.

가식적인 그가 이토록 거짓 없이 반기는 이는 초능력 회사의 사장으로 있는 이광호였다.

"오셨어요?"

이광호가 말했다.

"이렇게 보니 감회가 남다릅니다. 아우님."

강지환이 이광호와 악수를 나눈 후, 그를 가볍게 안았다.

"비싼 옷을 걸치니 확실히 신수가 훤하네요."

강지환의 말처럼 이광호는 나이가 어린 사장이라는 타이틀에도 긍정적인 이미지가 더욱 부각되고 있었다. 뱀처럼, 누군가의 인맥으로 낙하산

입사하는 사람들처럼 불순해 보이지가 않았다. 그것은 그의 맑은 눈과 꾸밈없이 단정한 머리카락이 한몫했기 때문으로 생각되었다. 그는 엘리트 절차를 밟아서 이 자리까지 올라온 유능한 인재처럼 보였다.

"형식적인 건 좋아하지 않지만, 일단은 갖추는 편이 좋을 것 같아서요. 어떻습니까?"

이광호가 물었다.

그는 못 본 새에 제법 사내다운 분위기를 풍기고 있었다.

"외국에 가 있는 동안 아우님이 어쩌나 걱정되던지 아십니까?"

강지환이 말했다.

로비의 입구, 초능력 회사로 통하는 길목에서 대화를 나누던 이유로, 그들은 형식을 갖춰서 대화를 나누고 있었다.

"갔던 일은 잘 되었나요?"

이광호가 여전히 미소를 띤 채로 물었다.

"그거야……."

밝게 대화를 주고받던 강지환의 표정이 어두워졌다.

뭔가 차질이 있는 모양이었다.

"쉽지는 않겠죠?"

이광호가 물었다.

"바로 그 문제 때문에 아우님이 직접 그 사람들과 만나보는 것이 좋을 것 같습니다. 진척해야 할 것이 많아 바쁘시겠지만, 시간을 잡아서 보도록 합시다. 그 일은 너무 민감한 안건이라 아무래도 받아들이기 쉽지 않은 모양입니다. 반대도 많을 듯 하고. 아우님이 가서 얼굴을 비춰줘야 저 사람들도 납득을 하지 않겠습니까?"

강지환이 말했다.

이광호는 그를 데리고 로비를 향해 걸었다.

"그런데 그것이 시간을 정하기도 쉽지가 않아서 애가 탑니다. 그게 통과가 되고 진행이 된다면 우리 인류에게 걱정이 더는 없는 것 아닙니까?"

강지환이 이광호를 따라 에스컬레이터에 오르며 말했다.

"강회장님과 제 시간을 맞추는 것은 비교적 쉬운 거죠. 문제는 역시 그 사람들 모두를 또 한 자리로 모으는 거겠네요?"

이광호가 말했다.

에스컬레이터를 타고 오르는 관광객들이 그들을 주시하고 있었다. 강지환 회장 역시 관광객들의 시선을 느꼈는지 매우 불쾌해하고 있었다. 하지만 그를 가까이서 알고 지내는 이광호만이 알아채는 감정이었다. 관광객들의 눈에는 사람 좋게 미소를 띠고 있는 회장만이 보일 것이다.

"유달수 이사님이 신경을 많이 쓰셨어요. 덕분에 이곳은 늘 이렇게 붐비고 있죠. 이사님은 제가 보기에 진즉에 이 방면으로 나가셨어야 해요. 물론 이사님 초능력의 특성상 사업 쪽으로 완전히 빠지기가 어려웠다고 생각되지만요."

이광호가 말했다.

"내가 유달수씨랑 한동안 같이 일하게 되었을 때 알았습니다. 아우님, 이 사람은 사업 쪽으로 가면 굉장히 아이디어가 좋은 사람이었어요. 그래서 SPC의 사장을 맡기기로 결정했던 건데, 아우님이 판을 키우는 바람에 한 기업의 대표이사로까지 급속 승진하게 되었던 거지요. 내 마음 같아서야 아우님을 그 자리에 앉히고 싶었지만, 그게 어디 손바닥 뒤집듯 뒤집을 수 있는 거여야지."

강지환 회장이 말했다.

이광호는 그를 3층의 카페로 데리고 갔다. 층마다 편의점이나 카페 등의 보편적인 시설은 하나씩 존재했으나, 3층의 카페는 이광호가 특히나 좋아하는 곳이었다. 프랜차이즈가 아닌 개인이 운영하는 카페이면서, 그 카페만의 모던한 분위기가 좋았다. 깔끔한 디자인의 인테리어와 적당한 조명만을 쓰는 그 공간은, 아무리 혼자 가서 시간을 축내고 있어도 아무도 뭐라 하지 않는 편안한 곳이었다.

"뭐, 비굴하게 다가오는 사람이 없어서 좋긴 합니다."

강지환 회장은 카페에 앉아서 주변을 둘러보다가 말했다. 관광객들도 단지 그의 존재만 인식할 뿐이었고, 점원들은 예의 바른 미소를 띤 채로 일에 집중하고 있었다. 안드로이드 로봇은 말할 것도 없었다.

잠시 후, 안드로이드 로봇이 커피가 놓인 쟁반을 들고 다가왔다. 로봇은 커피를 나란히 놓고는 다시 계산대 쪽으로 향했다.

"강지환 회장님."

뜸을 들이다가 이광호가 말했다.

"왜 그러시나 아우님?"

강지환 회장이 커피를 한 모금 마시며 말했다. 그는 쟁반 위에 커피 잔을 올려서 정리해두었다.

"그들의 반응은 대체로 어떤 겁니까?"

이광호가 물었다.

"반응이라면 나쁘진 않아."

강지환은 입 근육을 삐죽거리다가 덧붙였다.

"하지만 우리가 원하는 효과를 위해서는 아우님의 쇼맨십이 필요한 게 사실이지. 그 사람들은 증거를 보고 싶어 해. 우리의 제안을 그대로 추진할 경우에 얻게 되는 이익이라든가, 다른 역효과가 없는지, 부작용은 없을지, 그런 걸 확실히 하고 싶어 하는 거야. 내가 아우님의 이름을 처음부터 거론해서 망정이지, 아니었으면 몇 마디 해보지도 않고 그대로 뛰쳐나갔을 양반들이야."

강지환이 말했다. 그는 카페의 분위기가 마음에 드는 눈치였다.

"하지만 아예 승산이 없던 건 아니야."

강지환이 특유의 비릿한 미소를 지었다.

"내가 그 사람들을 관찰해봤는데 보수로 감추고는 있지만 대부분 진보

적인 성향이더군. 욕심을 가득 감추고 있는 능구렁이들처럼 잔뜩 움츠린
채로 기회를 노리는 느낌을 많이 받았다. 그래서 그 사람들 입맛에 맞게
잘 이야기해두었는데, 아까 말했던 그런 것들만 확실히 말해주고 안심을
시켜준다면 우리와 손을 잡기로 결단을 내릴 것 같아. 그것에 대한 문제
는 아우님이 잘 맡아서 해주겠지."

강지환이 말했다.

"그건 제가 알아서 하겠습니다."

이광호가 말했다.

강지환은 이광호를 가만히 바라보다가 만족스러운 얼굴로 웃었다.

"그래, 그렇게 해야지."

강지환이 말했다.

"그런데 그건 잘 되어가고 있나? 그 집단이 '리버스'라는 이름으로 활동
하고 있다고? 우리의 기술을 훔치려고 했고 내 수중의 초능력자들을 위협
한 사람들이?"

"공표는 해뒀으니. 저쪽에서 반응이 올 겁니다."

"내가 도울 수 있는 건 없고? 계속 생각해도 열이 뻗쳐. 너도 알겠지만
나는 그런 사람들을 제일로 싫어해. 내가 쌓아 올린 것들을 빼앗아 가려
고 하는 비겁한 사람들. 너무 많이 봐왔지. 그게 친동생이든 친한 친구든
그런 건 상관이 없었어. 누구든 내 것을 빼앗아 가려고 마음을 먹기만 해
도 나는 그 이상의 보복을 해줬어. 하지만 이번에는 그 집단이 초능력자
로 이루어져 있는 곳이라 내가 직접 나설 수가 없어. 뭐든지 간에 내가
도울 수 있는 게 생긴다면 확실하게 말을 해달라고. 아우님, 나는 두 손
놓고 있는 게 아주아주 싫은 사람이야."

강지환이 말했다.

"만약 내가 아우님처럼 초능력이란 걸 갖고 있었다면, 모든 걸 동원해
서라도 저들을 납작하게 밟아줬을 거야."

강지환은 눈엣가시를 비틀어 짜지 못해서 안달난 사람처럼 보였다. 그가 분노하는 모습을 가만히 보고 있다가 이광호가 강지환의 손을 맞잡았다. 테이블에 올려둔 채로 덜덜 떨리는 손은, 아무리 겉으로 젠틀하게 꾸며내고 있다고 해도 감출 수 없는 것이었다.

"회장 형님, 형님이 아무것도 하지 않고 있는 것이 아니에요."

이광호가 말했다.

"우리가 추진하고 있는 그 일이, 그 사람들에게는 큰 타격을 줄 수 있을 거라고 생각합니다."

"그 건이 말이지?"

강지환 회장이 말했다.

"어떤 식으로 타격을 줄 수 있을지 나는 잘 모르겠어. 하지만 아우님이 그렇다고 하니까 믿어야 하겠지. 그렇다면 내가 이 일을 확실하게 성사시키겠어. 내 선에서 내가 할 수 있는 만큼의 보복을 할 테니. 뒷일은 아우님에게 맡겨도 되겠지?"

"뒷일은 제게 맡기세요. 회장 형님은 이번 것만 확실하게 처리해주시면 됩니다. 물론, 그들과의 접선 자리에 저도 동행을 해야겠죠."

이광호가 그의 손을 놓으며 말했다.

강지환 회장이 자유로워진 손을 올려 코를 매만졌다.

"아우님이 있어서 얼마나 든든한지 몰라. 진즉 우리가 알게 되었다면 좋았을 것을. 아무튼 우리는 서로 등을 돌리지 말았으면 좋겠어. 내 개인적인 바람이야."

강지환 회장이 말했다.

그는 한 모금밖에 마시지 않은 커피를 그대로 둔 채로 일어섰다.

"가시려구요?"

이광호가 물었다.

"더 머무르고 싶지만 내가 바쁜 몸이라서 말이야."

강지환 회장이 말했다.

그는 주변의 분위기를 읽다가, 카페를 나서기 전 웃으며 말했다.

"그리고 사장이 된 것, 축하하네."

04.

"정말 잘 숨어 다닌다니까."

다엘이 말했다.

"그런데 어떻게 리버스라는 이름을 알게 된 거래?"

말끔한 정장 차림의 다엘은 뭇 여성들의 눈길을 끄는 데가 있었다. 그는 길던 머리카락을 쳐내어 요즘 스타일로 정리했다. 뚜렷한 이목구비와 훤칠한 체격이 대조되어, 영화배우라고 해도 믿을 정도로 눈에 띄는 외형이었다.

SPC기업의 본사의 초능력 회사 안쪽 편. 일반인 직원들이 그를 힐끗 쳐다보고 지나갔다. 얼굴이 붉어진 채로 지나치는 그녀들의 존재를 모를 리가 없는데도 다엘은 다른 세상에 있는 사람처럼 나엘에게 말을 걸고 있었다.

"전에 사엘, 아니 광호가 얽혔던 데가 있었잖아. 사탄교라고 했었나. 우리도 주시하고 있었던 그곳. 거기에 다녀왔다가 알게 되었다고 말해줬어."

나엘이 말했다.

"나도 거기까진 설명을 들었어."

다엘이 말했다.

그는 길목을 지나가는 직원들을 지켜보다가 다시 말을 꺼냈다.

"위험하지 않았을까? 저쪽에서도 우리를 신경 쓰는 게 확실한데 말이야.

광호라면 위험을 방지한답시고 시간 능력을 써서 갔을 거야. 한 번이면 다행이지만 아마도 여러 번의 시도 끝에 알아낸 정보겠지."

"그래도 멀쩡하게 잘 돌아왔잖아."

"들어봐. 그쪽에도 가엘이 있는데 광호가 오는 걸 허락했다는 뜻으로 받아들여야 하는 거 아니야? 뭔가 이상하다는 생각이 들어서."

"다엘, 괜찮아. 조직의 이름 정도는 들켜도 된다고 생각을 했을 거고, 우리에게 중요한 건 이제 그들의 의도가 아니라, 우리의 선택이 중요한 거야. 이제 그 사람들이 어떤 생각을 하고 있는지 급급해하고 있으면 안 돼."

나엘이 말했다.

그 역시 정장 차림으로 구두까지 갖춰 신은 상태였다.

"광호에게도 생각이 있을 거야. 우리는 믿어 줘야 해. 비록 사고 많이 치는 막내였기는 해도 지금은 우리보다 더 똑똑하다는 사실을 잊지 마."

나엘이 말했다.

그러자 다엘은 어쩔 수 없다는 듯이 고개를 끄덕였다.

"가엘도 사엘도 무슨 생각을 하는지 모르겠어. 아니, 사엘이 아니라 광호라고 해야겠지. 난 사엘이라는 이름이 더 좋지만 말이야."

다엘이 말했다.

"아무튼 그래. 나는 가엘과 사엘, 둘의 심중을 예전부터 알 수가 없었어. 물론 사엘, 광호는 믿고 있어. 절대로 악의로서 행동하는 애가 아니라는 사실을 말이야."

"그럼 됐지. 그럼 우리도 할 일을 제대로 해야겠지?"

나엘이 말했다.

그는 마치 선생이라도 된 듯이 다엘을 바라봤다. 그러자 다엘은 뜨끔한 표정으로 괜스레 이어플러그를 매만졌다.

그리고 처음의 목적대로 회사 내의 초능력자들을 관찰하고 있는데, 나엘이 넌지시 말을 걸었다.

"바엘은 직원들이랑 많이 친해졌을까?"

"그 성격이면 그러고도 남지. 바엘은 먼저 안 다가가는 성격이긴 해도, 원한다면 자기 사람들을 잘 만들어내잖아."

다엘이 말했다.

나엘과 다엘은 SPC의 보안직원으로 입사했다. 일반인 직원들도 대거 채용해야 했기 때문에 신분을 속여 입사하는 것이 용이했다. 다만, 방송 출연의 이력이 있는 바엘, 즉 김상현은 이광호의 추천으로 초능력자로서 입사를 하게 되었다.

그는 사무실을 오가며 직접 업무를 보고 있었고, 조만간 파견 업무에도 나가게 될 것이라고 들었다.

"사무실에 초능력자들만 있는 건 아니니까. 아무리 초능력자들을 별로 좋아하지 않는 바엘이지만 친한 사람쯤은 만들 수 있을 거야."

다엘이 말했다.

나엘과 다엘은 바엘의 형으로서 어떠한 책임감을 느끼고 있었다. 둘은 같은 감정을 공유하며 배시시 웃었다.

"라엘이 그렇게 돼서 정말 슬프지만. 이 생이 끝나면 다시 만날 수 있게 되겠지. 천상에서 행복하게 살고 있다고 믿어야 하는데 말이야."

다엘이 말했다.

나엘은 라엘의 얼굴을 떠올렸다. 그는 시간 능력자라는 굴레에서 좀처럼 벗어나지 못하는 사람이었다. 그가 천사로서 시간의 바다에 머물렀을 당시를 기억해내지 못했다면 아마도 중압감에 못 이겨 자살을 선택했을지도 모른다. 기억을 떠올린 후에서야 그는 이광호가 알고 있는 밝은 모습으로 바뀔 수 있게 되었던 것이다.

"죽을 당시에 절망적이진 않았을 거야."

나엘이 말했다.

"그렇지."

"광호는 언제 기억을 떠올릴까? 라엘은 꽤 오래 갔었지? 2년이었나?"

"맞아. 2년. 나는 6개월이고. 너는 우리랑 만나기 전부터 알고 있었던 걸로 아는데."

"너가 뭐냐. 형한테."

"여기선 내가 너보다 나이가 많으니까."

다엘이 말했다.

짓궂은 그의 얼굴에 나엘이 장난스럽게 주먹을 들었다. 어깨를 밀치는 나엘의 주먹을 받아내며 다엘이 입을 열었다.

"그런데 그 사람은 어떻게 됐을까?"

"누구?"

나엘이 말했다.

"내가 바엘이랑 같이 잡았던 은행 강도가 있었잖아. 그게 광호의 지시였지. 그때는 그냥 뭔가를 알아본다고만 듣고 행동했었는데. 결국 그 일은 바꾸지 않고 되풀이 했잖아. 그 은행 강도한테 뭔가가 있다는 걸까?"

다엘이 말했다.

"허튼 일을 하는 스타일은 아닌 것 같아서 말이야."

"아마도 계획이 있겠지?"

나엘이 말했다.

"좀 불안하다. 또 그 사람을 만나게 될 거란 건가? 바엘은 광호한테 은행 강도에 대한 자세한 이야기를 들었을까?"

"그렇게 궁금하면 직접 물어봐."

나엘이 건성으로 말했다.

그는 힘겹게 서류더미를 옮기는 일반인 직원을 발견하고 걸음을 옮겼다. 그가 직원을 도와 사무실 앞까지 향하는 것을 바라보며 다엘은 은행 강도의 얼굴을 떠올렸다. 희미한 기억 속의 그는 험상궂은 인상이 아니었다.

05.

2020년. 그 날은 리월권에게 있어서 특별한 날이었다. 북한의 정세가 내부적으로 좋지 않던 그때, 리월권은 어린 아내와 함께 탈북을 시도하고 있었다. 정치권이 혼란한 틈이라면 경계 역시 조금은 허술해질 것이라는 기대 때문이었다. 그는 어린 아내와, 그녀의 뱃속 생명과 함께 휴전선을 넘게 되었다.

별 탈 없이 경계를 넘는 데는 성공한 것 같았다. 그러나 안도의 한숨을 내쉬던 그 순간 북한군의 사격이 시작되었다. 리월권은 아내를 끌어안으며 죽음을 받아들이고 있었다. 북한군이 고함을 지르며 다가오고 그들의 총구가 일제히 그의 머리로 향했다. 리월권은 속으로 신에게 기도를 드렸다.

그 남자를 그때 만났다.

머리를 꿰뚫고 정신을 앗아갈 것이란 불안한 예측은 한참이 지나도 실현되지 않았다. 단지 일정한 소음과 함께 싸하던 공기가 부드럽게 변해가고 있었다. 그것은 이상한 경험이었다. 눈을 감고서도 뭔가의 변화를 피부로 느낄 수 있다는 것을 그는 그때 알았다.

어둠 속에서 아내가 리월권을 조심스럽게 흔들었다. 그는 눈을 뜨고 아내의 얼굴을 확인했다. 아내는 실성한 사람처럼 조금씩 웃으면서, 눈짓으로 옆을 가리켰다. 거기에 그 남자가 서 있던 것이다.

"리월권씨, 안녕하세요."

조금은 앳된 얼굴의 남자였다. 그는 얼굴에 묻은 피를 닦아내지 않은 채로 다가와 악수를 건넸다. 그러나 너무도 놀랐던 탓에, 그는 내민 손을 잡지 못한 채로 멍하니 주변을 살폈다. 그 남자와 혈투를 벌인 듯 보이는 북한군 일부가 쓰러져 죽어 있었고, 멀리서 남한군이 찬찬히 다가오고 있었다.

리월권은 멍해졌다. 있을 수 없는 일이라고 생각했던 것이, 바로 앞에 나타나고 있었다. 어쩌면 기적이란 놈이 생겨난 것일까. 남한의 땅에 북한과 남한의 군인이 한 자리에, 다툼 없이 머물고 있다는 사실도 충격적이지만, 그 완고한 북한의 군인들이 웃으며 탈북자를 돕는다는 일은 상상도 할 수가 없었다. 살아남은 북한군은 싸울 의사가 없다는 표시로, 총부리를 하늘로 향하게 걸쳐 메었다.

"리월권씨, 당신이 해야 할 일이 있습니다."

남자가 말했다. 다가온 남한의 군인 두 명이 리월권과 그의 아내를 북한군에게서 인도받았다. 그들은 다시 제 자리로 되돌아갔다.

그 남자 덕분에 살았지만, 경황이 없어 그의 이름을 물어보지 못했다.

남자는 그 의미불명의 말만을 남기고 사라졌다.

그렇게 시간이 흘러 리월권은 감옥에 있었다.

생명의 은인과도 같은 그를 만나고 나서 이제 막 10여년 정도가 흐른 뒤였다.

"3825."

간수가 감시창을 열며 말했다. 특유의 무미건조한 목소리가 울린 뒤에 묵직하게 걸려있던 걸쇠가 열렸다.

"3825. 운동 시간이다. 방에서 운동하지 말고 운동장으로 나와. 그 뒤에 곧바로 노동 시간이니까. 괜한 힘은 빼지 않길 바란다."

리월권은 바닥에 대고 있던 손을 밀치며 일어났다. 그간의 시간을 알려주듯, 입소 전의 마른 몸이 몰라보게 탄탄해져 있었다. 다부진 그의 몸은 사납게 올라간 눈매와 맞물려 인상적인 분위기를 풍기고 있었다.

"문제 일으키지 말고."

간수가 말했다.

리월권이 그를 지나쳐 약 2평밖에 되지 않는 갑갑한 독방 밖으로 걸어나왔다. 간수는 그가 나온 뒤 문을 걸어 잠그며 감시창 안을 다시 들여다봤다.

"난장판이군."

난장판. 간수의 말마따나 그가 전용으로 쓰고 있는 독방은 벽마다 빼곡하게 붙은 스크랩 기사로 어지러웠다. 오리다가 버린 신문더미, 벽에 붙여둔 신문 종이. 그것은 마치 마인드 맵, 혹은 일정한 기준을 두고 정리된 지도처럼 보였다.

해가 바뀌어 SPC가 기업으로 발돋움하던 그때. 감옥의 시간은 어느 때보다 빠르게 흘러가고 있었다. 인공지능 시스템의 등장으로 보안이 강화되고, 시설의 규모와 건물의 구조가 바뀌었다. 새로운 시스템의 도입을 위해 수감자들은 잠시 다른 시설로 이동되었다가 돌아왔다.

그 과정에서 수감자들은 일정 규칙에 의해 전국의 교도소로 재분배되었다. 죄목과 죄질, 그리고 규제의 강도에 따라 이루어졌다.

1월 말. 아직은 추운 그 겨울. 리월권은 처음 머물렀던 교도소로 되돌아오게 되었다. 1심 재판부의 징역 1년 6개월에서 6개월 만기 출소를 앞두고, 그의 조기 출소 이야기가 알음알음 떠돌고 있었다.

그는 다툼이 잦았지만 비교적 모범적인 수감 활동으로 인해 모범수라는 타이틀을 지니고 있었다. 그러나 그 타이틀을 지키기란 쉬운 일이 아니었다. 아직 남과 북이 통일되지 않은 실정인 데다가 정세가 그리 좋지 않다는 데에 그 이유가 있었다.

"이봐, 동무! 남한에 수감된 걸 다행으로 여기라우!"

재소자들의 조롱은 끊이지 않았다.

그들은 리월권의 존재를 탐탁치 않게 여겼다.

리월권이 친해진 재소자 한 명에게 출신지를 알린 것이, 갈등의 시발점이었다. 재소자들은 끈질기게 그를 물고 늘어졌고, 한번 발견한 장난감을 결코 놓치지 않았다. 출소를 위해서 화가 나도 참은 것은 모두 감옥 밖에 있는 가족들 때문이었다.

"저 새끼, 아무것도 못해."

"겁나 센 것 같아 보이는데요. 혹시 쫄보랍니까?"

"내 말이. 근육도 있는 놈이 덩치가 아까운 거지."

"근육이라면 형님도 지지 않는다. 아닙니까?"

리월권은 낄낄거리는 재소자들을 바라봤다. 쳐다보는 것 외에 뭘 할 수 있겠냐는 눈초리가 되돌아왔다.

한 주먹거리도 안 되는.

리월권은 운동기구로 향하던 발길을 돌렸다. 그는 자신을 비웃는 이들을 지나서 넓은 운동장으로 걸어 나갔다.

그는 북한에서의 생활을 떠올렸다.

거기서는 무력만으로 살아남을 수가 없었다. 그러나 그것마저도 없으면 그야말로 죽은 목숨과도 마찬가지였다. 가만히 앉아서 음식이나 받아먹는. 생각도, 제대로 된 행동도 할 수가 없는. 그래서 단련을 했었고, 한때 좋지 않은 일에도 가담했었다. 나쁜 일을 하면서 쌓인 죄책감을 외면하면서 살다가 국경을 넘기로 작정했던 것이다.

한국으로 귀화한 후에, 혹시 모를 일에 대비해 운동을 게을리 하게 되었다. 입는 옷과, 머리스타일, 심지어는 취향까지 바꾸어 가면서, 새로운 환경에 적응하고자 했다.

리월권은 운동장을 가볍게 뛰기 시작했다. 국경을 넘기 직전처럼 몸이 가벼웠다.

'SPC기업, 리버스. 그 중 어느 쪽일까?'

리월권의 머릿속을 한 가지 생각이 지배했다. 단지 생명의 은인이라고만 여기던 남자는 SPC 기업의 사장이 되어 나타났다. 범상치 않던 그 남자가 초능력자라는 타이틀로 방송에 출연할 때에는 알지 못했다. 그러나 신문기사로 접한 그의 흑백 사진을 보고 암흑 속에 서 있던 남자를 알아볼 수 있었다.

'아무래도 그 남자의 입김이 있던 거겠지. 아니라면 내가 모범수랍시고 일찍 출소하게 되는 건 있을 수가 없어.'

법이 강화되면서 죄수들의 조기 출소는 허용되지 않았다. 사라진 것은 아니지만 비리 척결 운동과 함께 그러한 제도는 사라진 것과 마찬가지였다. 현재 조기 출소자의 리스트에 오른 것은 전국의 교도소를 모두 포함해 단 한 명뿐이었다. 재소자들의 끈덕진 괴롭힘이 사라지지 않는 이유 중의 하나였다.

리월권은 이광호의 얼굴을 떠올렸다.

자금난에 시달려 어설픈 짓을 벌이다가 감옥에 들어왔다. 경찰에 잡혔던 것은 그의 편인 것으로 보이는 초능력자들 때문이었지만, 명백히 나쁜 행동을 막아준 것이기에 불만이 없었다. 오히려 그들이 마지막으로 남겼던 말 덕분에 다시 정신을 차릴 수가 있었다. 감옥 밖으로 나가면 새로운 삶을 살 수 있으리라.

그런데 딱 한 가지 걸리는 것이 있었다.

'그 남자는 내가 필요하다고 했었지.'

바꿔 말하면 자신을 도와달라는 의미가 되었다. 그 뜻이 맞는다면 굳이 돕지 않을 이유가 없었다. 아니, 외면하는 것은 인간의 도리가 아니었다.

SPC기업과 리버스의 대립. 아마도 SPC의 사장이 된 이광호는 그것을 두고 도와 달라 이야기했던 것으로 보였다. 그는 시간을 건너다닐 수 있는 사람이니까. 과거로 넘어와서 자신을 구하는 것쯤은 그다지 어려운 것이 아니었을 것이다. 하지만 그런 대단한 사람들 속에서 해야 할 자신의 일이 무엇인지 파악하기가 어려웠다. 단지, 북한에 있었을 때의 직업적인 특수성으로 인해서라고 짐작하고 있었다. 아마도 그를 다시 만난다면 해줘야 할 일이라는 것을 정확하게 알게 될 것이다.

'우리 가족들은 그 사람이 지켜주겠지. 저번과는 달라.'

리월권은 북한에 있을 때를 떠올렸다. 국가를 위해 일하면서도 가족의 안전이 담보로 잡혔던 그때. 하루하루가 볕이 들지 않는 동굴 속에서 살아가는 느낌이었다. 또 다시 그러한 일이 반복될까 걱정은 되지 않았다. 사람을 보는 눈을 믿었고, 그가 보기에 이광호는 절대로 비윤리적인 행동을 벌일 성격이 아니었다.

'나보다 대단한 당신들에게도 내 역할이란 게 존재할지 솔직히 의문이야. 하지만, 그래. 내가 필요하다면 협력해 주리다.'

리월권은 고개를 들어 교도소를 둘러싼 울타리를 바라봤다. 높다란 담 위로 반투명한 전기 막이 돔처럼 하늘을 뒤덮고 있었다.

06.

이광호는 한데 모인 각국의 정상들을 바라봤다. 이렇게 한 자리에 모이기까지 오랜 시간이 소요되진 않았다. 각국의 대통령들, 그리고 저명한 경제학자와 사회학자 등이 모인 자리에, 언어를 전달해줄 통역관도 동참했다.

"이광호씨가 정말 강 회장님과 각별한 사이인가 봅니다. 실제로 뵙기 전까지는 솔직히 의심했어요. 죄송합니다. 하지만 엄연히 강 회장님의 독단으로 볼 수도 있는 상황이 아니었습니까?"

미국의 대통령이 말했다.

4자 회담, 6자 회담도 아니다. 18개국의 정상이 한 자리에 모두 모인 이 비밀스러운 모임은 전에는 일례가 없던 일이었다. 한 국가의 기업 대표가 주선하여 나머지 17개국이 동의를 표하며 한 자리에 나선 것은, 보통의 특수한 일로는 성사되지 않는 것이다.

"이광호씨가 보았다는 미래가 궁금하군요."

일본의 대통령이 말했다. 그녀의 말을 통역관이 모두에게 전달해주었다. 대통령들의 뒤에 비서처럼 서 있던 사람들이 귓속말로 전달을 마치는 데까지 정확히 30초가 소요되었다.

"제가 본 미래에는 이미 통합국이 등장했습니다. 그곳은 전쟁의 위협이 없는 안전한 곳이었죠. 통합되지 않은 지역으로부터의 분쟁은 있었지만 몇 군데만 보완한다면 나름대로 괜찮은 체제였습니다."

이광호가 말했다.

"통합국의 체제는 기본적으로 어떻습니까?"

학자들이 의논을 거쳐 물었다.

"연방 체제였습니다. 하나의 인공지능이 통합국 전체를 통제하고, 각국은 군사 로봇을 보유하고 있었죠. 그렇게 서로를 견제하면서도 군인들에게 드는 군사비용을 대폭 줄이고 있었습니다. 군사로봇의 개발은 통합국 전체가 부담하게 되었죠. 외교를 위한 모든 불필요한 비용과 국방비가 필요하지 않았기에 경제는 오히려 더 좋아진 것 같아 보였습니다. 국제 경찰청과 정부가 등장했고, 통합국의 정체성 보전을 위해서 참여국마다 부통령을 두었어요. 선거 방식은 민주주의 체제를 기본으로 하였습니다. 시민이 투표를 하여, 연임은 가능하게 하였지만, 시민들이 원할 시에 곧바로 퇴임하는 방식을 썼던 것입니다."

이광호가 말했다. 통역관이 중국의 대통령에게 그의 말을 전했다. 그 말을 들은 중국 대통령이 환하게 웃었다.

"나는 오늘 이광호 씨를 만나게 되어 매우 기쁩니다."

중국 대통령이 말했다. 강지환은 미소를 띤 채로 찻잔을 들어 올렸다.

"미래는 정말 탁월한 선택을 한 겁니다. 하지만, 우리가 추진하지 못하더라도 그대로 이루어지겠군요. 그걸 굳이 지금 하려고 한다면 문제가 발생할 수도 있지 않겠습니까? 일을 그르치게 되는 것은 원치 않습니다."

중국 대통령이 말했다. 각국의 대통령은 그의 말에 일부 수긍하는 눈치를 보냈다.

"그렇겠죠. 하지만 미래에 일어날 그 결정을 앞당기고자 하는 이유가 있습니다."

이광호가 말했다. 중국 대통령은 흥미로운 눈으로 그를 응시했다.

"미래는 테러 단체가 존재했어요. 지금도 있는 그들이 그때에도 사라지지 않았던 거죠. zmo라는 곳이었습니다. 광신도 단체라고 생각하면 편해요."

"문제가 생겼던 거군요?"

일본 대통령이 물었다.

"맞아요. 그들 때문에 많은 이들이 강제로 끌려가고 죽어야 했습니다. 그 인명 피해를 막으려는 의도도 있습니다."

"하지만 미래의 일을 끌어와서 더 큰 파장이 생길 수 있습니다. 사회는 여러 상황들이 맞물려서 돌아가는 바, 같은 문제가 또 나타날 수 있는 여지도 충분히 있어요."

가만히 듣고 있던 영국 대통령이 말했다. 학자들이 큰 동감을 표했다. 이광호는 날카로운 눈빛으로 그들을 응시했다.

"같은 조건은 비슷한 결과를 낳습니다. 이광호씨에게 묻도록 할게요. 조건들을 조정할 방법을 충분히 강구한 뒤에 우리를 이 자리로 부르게 된 겁니까?"

사회학자가 물었다. 영국 출신의 그는 테가 얇은 안경을 비스듬히 걸치며 대답을 기다렸다. 문제를 파악하고자 하는 학자 특유의 성격이 느껴지는 것 같았다.

"물론입니다."

"지금까지 들은 것으로는 명분이 충분하지 않아요. 이른 결정일 수도 있습니다."

러시아 대통령이 말했다. 그는 진지해진 얼굴로 이광호를 마주 봤다. 모두가 대답을 기다리는 눈치였다. 작은 일이 아니기에 신중해야 한다는 암묵적인 의사 표시가 진하게 풍겨 나왔다.

"리버스라는 집단을 아실 거라고 생각합니다."

이광호가 말했다. 통역이 끝난 후에 모두가 고개를 끄덕였다.

"그 리버스 집단을 잡는 목적도 통합국 완성이라는 큰 틀을 만드는 이유에 포함되어 있습니다."

"그렇다면 이야기가 달라지겠군요. 조금 더 자세한 설명을 부탁드리겠습니다."

미국의 대통령이 의자를 끌어오며 말했다.

"리버스의 수장이 미래에 머물던 때가 있었어요. 그 역시도 저와 같은 시간 능력자이며, 저보다 월등한 능력을 갖고 있습니다. 불행하게도 정면으로 그와 맞서서 제가 이길 확률이 제로에 가깝습니다."

이광호가 말했다.

리버스라는 집단의 이름을 알기 전부터 테러가 있었다. 도무지 인간의 능력이라고 보기 어려운 교묘한 테러들이 이어졌다. 막을 방도도 없이 속수무책으로 당하던 중, 그들의 이름을 이광호가 발설함으로써 몇 개월 만에 비로소 알게 된 것이다. 처음 한국에서만 발생하던 크고 작은 사건들이 해외로 퍼지기 시작할 때쯤엔 규모가 말도 안 되게 커져 있었다.

각국의 정상들은 종교적인 분쟁보다 초능력자들로만 이루어진 테러집단, 리버스 소탕에 목을 맬 수밖에 없었다.

"우리에게 다른 선택지가 있습니까?"

독일 대통령이 물었다.

"없습니다. 리버스의 수장인 그가 머물렀던 미래를 바꾸어서 혼란을 줘볼 생각입니다. 시간 능력자에게 시간이란 순서대로 기억되며 잊는 일이거의 없습니다. 사라진 시간이라도 그에겐 실제 있었던 일이 됩니다. 그 기억을 우리가 바꾸게 될 미래에서 생겨나는 일로 직간접적인 경험을 만들어줄 생각입니다. 원래의 기억에 더해져서 각기 다른 두 기억이 충돌을 일으킨다면 그의 내면은 평행우주의 충돌지점처럼 알 수 없게 될 겁니다. 그가 강제로 미래로 옮겨져서 머문 시간은 10년이 넘습니다. 그 기간 동안 그는 초능력을 잃고 살았으니. 그는 강제적으로 두 가지 기억을 떠안게 될 겁니다."

이광호가 말했다. 한동안 정적이 흘렀다.

"여기까지 들어보셨는데 다들 어떤 생각을 하고 계십니까?"

강지환 회장이 찻잔을 내려놓으며 말했다.

"암담하군요."

미국 대통령이 말했다. 그는 말을 아끼다가 덧붙였다.

"우리에게 미래란 반드시 일어날 운명처럼 느껴집니다. 그런데 그 미래가, 그리고 현재가, 나아가 과거까지 모두 바꿀 수 있는 영역인 것입니까?"

"저는 타임 워커입니다. 예언자들과는 다르게 실제로 시간을 조정하는 일을 해왔습니다. 충분히 가능한 일입니다. 거기에 저 혼자만이 아닌, 여러분들의 힘이 필요합니다. 이곳에 초대된 여러분의 힘이라면 보다 많은 국가가 통합된 국가로의 길에 함께 할 수 있을 겁니다."

이광호가 말했다.

강지환 회장이 통역관에게 서류를 나누도록 지시했다. 통역관은 자리를 옮겨 다니며 서류를 한 장씩 나누었다.

통합국으로의 계획에 찬성한다면 서류에다가 싸인을 해야 한다. 이 자리에 모이기 직전, 강지환 회장으로부터의 언질이 있었다. 본인임을 증명하는 물건을 하나씩 가지고 오라는 말이었다. 그 말에 이런 뜻이 담겨 있었다니. 각국의 정상들은 대통령만이 지니는 특수한 도장을 꺼내며 아연한 표정을 지었다.

"계획되어 있었던 거였군. 우리가 어쩔 수 없이 동참하리란 것을. 아무튼, 참여할 수 있도록 해줘서 고맙다고 전할 수밖에."

중국의 대통령이 흡족하게 싸인을 마쳤다. 그리고 친필 싸인 옆에 붉은 인주를 묻힌 도장을 찍어냈다.

"그런 이유라면 저 역시 거절할 수가 없죠."

일본 대통령이 망설임 없이 싸인을 마쳤다.

미국, 영국, 러시아, 독일, 일본, 중국, 멕시코, 슬로바키아, 이스라엘, 프랑스, 그리스, 인도네시아, 터키, 노르웨이, 아르헨티나, 가나, 남아프리카 공화국, 마지막으로 한국의 대통령이 나란히 모인 자리.

총 18개국의 정상들이 통합국으로의 추진을 승인했다.

07.

소년은 잠에서 깨어났다. 아직 어두운 사탄교의 내부. 건물의 모든 불이 꺼진 채로 인기척이 없었다.

"또 기절하고 말았네."

소년이 울상을 지으며 말했다.

그가 깜빡 잠들어버린 자신의 행동을 '기절'이라며 자책하고 있을 때였다. 복도의 끄트머리에서 환한 손전등 빛이 뿜어져 나왔다. 누군가 건물의 경비를 위해 손전등을 들고 계단을 올라오고 있었다.

"그래도 다행이야. 딱 일어나고."

소년이 가방을 들고 일어났다.

그는 재빨리 반대쪽 계단 밑으로 향했다. 텅 빈 복도에 발소리가 들리다가 끊어졌다. 그러더니 재차 계단을 밟는 소리가 들려왔다. 보초가 부지런한 성격이 아닌 것이 다행이었다. 바깥을 보니 보초는 아래층으로 향하고 있는 것 같았다.

"빨리 나가야겠어."

소년은 인기척이 완전히 사라진 것을 확인하고 복도로 나왔다. 그는 가방 속을 뒤적여 작은 선물 상자를 꺼내들었다. 상자 겉 표면에 '사탄교-15'라는 글이 적힌 포스트잇이 붙어 있었다.

"이건 이제 떼어도 되겠지. 내 손을 떠날 거니까."

소년은 어둠에 적응이 된 눈으로 방마다 가로로 비어져 나온 팻말을 바라봤다.

'015-ROOM'

소년은 그 방을 투시하듯 바라봤다.

그의 손에서 상자가 떨어졌다. 바닥에 곤두박질치던 상자가 순식간에 허공 속에 사라졌다.

"일일이 너무 귀찮잖아. 하지만 여기까지 어떻게 찾아왔는데 내가."

소년이 억울하다는 듯이 말했다.

"이게 다 그 말만 듣지 않았어도 되는 거였는데."

소년은 불평을 내뱉으며 가방 속을 응시했다. 수북한 상자더미와 편지다발이 그 속에서 꿈틀거리는 느낌이었다. 배달부가 아니라며 자조한 적이 있지만 그래도, 그 말이 가장 적당해 보였다.

"여기서 전해줄 건 다섯 개 뿐이지. 한 개는 이미 넣어뒀으니까. 이제 네 개만 남은 셈이야. 웃자!"

소년이 기합을 넣으며 말했다.

하지만 애써 끌어올린 입꼬리가 계속해서 밑으로 향했다. 아무리 긍정적으로 생각해보려고 해도 자꾸만 짜증이 치밀었다.

"로만, 그 자식을 찢어 죽여야 되겠어."

소년이 답지 않게 사악한 미소를 내보였다.

그는 무아지경으로 웃다가 위층으로 향했다. '로만'이라는 의미 불명의 말을 중얼거리며 그는 위층에 도착했다.

'024-ROOM'

소년은 팻말을 확인하고 24번 상자를 꺼냈다.

'사탄교-24'

소년이 또 다시 상자를 떨어뜨렸다. 그가 손에서 놓은 상자는 24번 room의 안쪽 편으로 순간 이동되었다.

08.

오세나의 작은 변화를 가장 먼저 눈치 챈 사람은 이광호였다. SPC회사가 기업으로 상장되기 직전부터 느껴지던 이상함은, 이제 다른 사람들까지 느낄 정도가 되었다. 정상적인 성장 속도를 넘어선 그 변화를 그녀 역시 모를 리가 없었다. 그럼에도 그녀는 한 번도 자신의 앞에서 의문을 표시하지 않았다.

그녀와 가깝게 지내는 사람이 적어서 다행이었다. 그게 아니었다면 그녀의 변화는 계속해서 회자가 되며, 가까운 실험실로 보내졌을지도 모르는 일이다. 그런 참사를 막기 위해서 자신이 직접 나서면 되는 일이지만, 그렇게 만든 이유를 설명할 적당한 핑계가 존재하지 않았다. 가능하면 조용히, 상황을 주시할 필요가 있었다.

오세나의 몸은 이훈철, 그와 만났던 때를 기준으로 꾸준히 변화했다. 그녀는 이제 어엿한 성인이 되었고, 전과는 다르게 성숙한 여인의 향기를 풍겼다. 그 변화를 부정적으로만 볼 수는 없었다. 초능력에도 영향이 끼쳤던 것인지, 보다 더 세밀하게 능력을 사용할 수 있게 되었던 것이다.

바로 그 점이 생각할 거리를 만들어줬다. 그렇게 해서 이훈철 박사, 아버지인 가엘이 얻게 될 효과가 무엇인지 생각해야 했다.

"세나가 많이 힘들어하는 것 같아."

며칠 전, 사장실에 방문한 유화가 지나치듯이 말했다. 자신에게는 털어놓지 못하는 불안감을 언니인 유화에게는 털어놓고 있었던 것이다.

이광호는 초능력자들의 스케줄러를 보고 있었다. 외부에서 들어오는 의뢰 중에 수용할 것만 채택하여 직원들에게 배분하는 과정은 생각보다 어려웠다. 리버스를 견제할 인력을 끊임없이 남겨두면서 일을 진행해야 하는 번거로움이 있었다. 단지 방어만의 목적이 있는 것이 아니라서 더 골치가 아팠다.

리버스, 그들을 잡기 위해서는 상당히 많은 과정과 시간이 필요할 것이다. 아버지이자, 과거 맏형이었다는 가엘이, 이제는 적으로서 인식되고 있었다. 그를 다시 마주했을 때는 전과는 많이 달라져 있을 것 같았다.

이광호는 A4 크기의 스케줄러를 옆으로 넘겼다.

사장실에 노크 소리가 울렸다.

"들어오세요."

이광호가 스케줄러를 들여다보며 말했다.

문을 열고 직원들이 들어왔다.

"임무 수행 전 보고 드립니다."

안으로 들어온 직원들 중 하나가 대표로 말했다.

"지금 파견을 나가려고 합니다. 특별한 지시가 없으시다면 보고 받았던 대로 일을 진행하도록 하겠습니다."

"특별한 지시 사항은 없습니다."

"예."

"다만 몸 관리 잘하도록 하세요. 적대 세력의 접촉이 의심되어도 일을 진행하셨으면 합니다. 방어만 하세요. 후방 지원을 다른 사람들이 맡아줄 겁니다. 우리 직원들을 믿고 돌발행동은 가능한 자제해 주셨으면 좋겠습니다."

이광호가 말했다.

"알겠습니다. 사장님. 그럼 가보겠습니다."

직원들이 인사를 마치고 사장실 밖으로 나갔다. 그들을 바라보던 이광호가 스케줄러를 덮었다.

현기증이 몰려왔다.

그는 손목시계를 내려다보며 시간을 체크했다. 사장실에도 분명 붙박이 시계가 있었지만 습관처럼 굳어진 행동을 바꿀 생각은 없었다.

'미래에서 받았던 시계.'

과거로 넘어왔으면서도 그대로 간직할 수 있는 이유는 충분치 않다. 만약 미래가 많이 바뀐다면 시계가 가장 먼저 사라질 것이다.

'그때가 되면 알 수 있겠지.'

이광호는 앉은키보다 큰 의자를 밀어내며 일어섰다. 그가 누군가를 기다리듯 한 자리만 맴돌고 있을 때 마엘이 모습을 드러냈다.

"사엘. 일 잘하고 있어?"

나엘과 다엘, 바엘 역시 회사 내에서 일하고 있지만 마엘은 달랐다. 자신마저 묶여 있으면 될 일도 안 될 거라던 마엘은 혼자서 행동하고 있었다. 시간을 건너다니며 시간을 조정하는 것을 그가 도맡아 하고 있었다. 덕분에 번거로울 수 있는 일이 비교적 많이 줄었다. 리버스에게 들키지 않기 위해 타임 워킹을 모두가 지속적으로 하고 있지만, 실제적인 파악은 마엘의 역할이었다.

"일이야 뭐, 차츰 적응하면서 하고 있어요. 생각보다 적성에 맞네요."

이광호가 말했다.

"그래, 다행이네. 그런데 사엘이라고 꿋꿋이 부르는 이유가 뭔지 모르겠어? 언제쯤 사엘이 기억을 되찾을 수 있을까."

마엘이 말했다. 말이 좀처럼 없는 그지만 그렇다고 딱딱한 사람은 아니었다. 솔직하고 자신의 감정 표현에 스스럼이 없다. 부끄러워하는 기색도 없이 대화를 나누는 데 면역이 있는 것 같았다. 어쩌면 시간 능력자들의 공통점이 아닐까 싶을 정도로, 그들은 성격이 조금씩 달랐어도 모두 비슷한 분위기를 풍겼다. 뭔가 성스러운 분위기. 거기에 자신만 해당 사항이 없는 건 기억을 찾지 못했기 때문일지도 몰랐다.

"그보다 사엘."

마엘이 능글맞은 미소를 지우며 말했다.

"리버스 집단에 대한 단서를 찾은 것 같아."

"이번엔 결정적인 거예요?"

이광호가 물었다.

"그래, 그런 것 같아. 조금만 더 파보면 나올 거야. 조만간에 모두 모인 자리에서 말해줄게. 어쩌면 너도 직접 행동해야 할 상황이 올지도 몰라. 그러니까 준비해둬. 유달수 그 사람, 지금 하는 일 없이 놀고 있잖아?"

마엘이 말했다.

"알겠어요, 준비해둘게요."

이광호가 말했다.

"그러니까, 사엘. 마음의 준비 단단히 해둬."

마엘이 말했다.

그는 당부하듯 말을 남기고 다시 시간 속으로 사라졌다.

직원들의 퇴근이 가까워질 무렵이었다. 누군가 노크를 하고 안으로 들어왔다. 수줍게 고개를 내민 채로 배시시 웃던 그녀는 검은 비닐봉투를 흔들며 걸어왔다.

"저녁 아직 안 먹었지?"

오세나가 다가와 물었다.

"응, 아직 안 먹었어. 피곤해 죽겠어."

이광호가 말했다.

피곤함이 묻은 그의 얼굴에 미소가 번졌다.

"오늘은 뭐야?"

"핫도그 사왔어. 이게 요즘 인기가 많은 거래."

"맛있어?"

그러자 오세나가 의미심장하게 웃었다.

"뭐야, 이상한 거 사온 거 아니지?"

이광호가 물었다.

일단 먹어보라며 눈짓하는 그녀의 모습에 그는 비닐 봉투 안에 담긴 호일을 벗겨냈다. 척 보기에도 푸짐해 보이는 핫도그였다. 양념도 많이 들어있고, 두툼한 소시지와 터져 나올 듯 담긴 채소가 아주 먹음직스러웠다.

"먹어봐."

오세나가 말했다.

핫도그는 한 개만 포장해온 것 같았다.

"오면서 하나는 먹었어. 배가 고파서. 헤헤."

오세나가 말했다.

그는 그녀의 말대로 핫도그를 한입 베어 물었다. 도저히 맛이 없을 수 없는 비주얼은 예상했던 맛이었다. 그러나 단 하나 색다른 점이 있다면 느끼해 보였던 것과는 달리 맛이 아주 담백했다.

"맛있지?"

오세나가 물었다.

"괜찮네."

"좋아할 것 같았어. 오빠는 편식을 안 하기도 하고."

오세나가 말끝을 흐리며 고개를 돌렸다.

수줍은 듯 붉어진 얼굴이 눈에 띄었다.

"고마워. 그건 그렇고 연구소는 다녀왔어? 그 있잖아. 능력 개발하는 거 말이야. 이번 달에는 한 번이라고 했잖아."

이광호가 말했다.

"그 테스트? 응, 이제 여러 번 할 필요가 없어서. 한 달에 한 번도 많다고 시간을 조정해보기로 했어."

"담당 연구원이랑?"

"응."

"잘 됐네. 이제 테스트는 하지 말고 훈련에만 힘쓰도록 해."

"응."

오세나가 길게 자라난 머리카락을 매만지며 대답했다. 그녀는 이광호가 커다란 핫도그를 다 먹을 때까지 기다렸다.

"퇴근할까?"

이광호가 말했다.

"그래, 가자."

외투를 정리해 나서는 그의 옆으로 오세나가 바짝 붙어 걸었다. 발이 불편한지 그녀는 제대로 걷지 못하고 있었다. 새로 산 하이힐 안쪽 맨살이 두툼하게 부은 것이 보였다. 성숙하게 보이기 위해서 무리를 하는 것이 분명했다.

"신발, 새로 사줄까?"

사장실을 나와서 이광호가 넌지시 물었다.

"그런 불편한 신발 원래 잘 안 신잖아."

"에이, 됐어. 나도 이제 이런 거 신어보기도 하고 해야지. 정 사줄 거면 예쁜 하이힐을 사줘. 요새 언니들이 신는 것처럼."

"그냥 전처럼 단화를 신고 다녀. 너무 섹시한 스타일보다 귀엽게 성숙한 게 훨씬 보기가 좋아. 네가 원한다면 하는 수 없지만. 굳이 익숙한 걸 바꿀 필요는 없어. 남들 기준에 맞게 너를 재단하지 마."

이광호가 말했다.

둘은 말을 하지 않은 채로 지하 주차장으로 향했다. 거기까지 향하는 그녀의 마음이 봄바람처럼 하늘거리고 있었다.

09.

마엘은 시간 능력자들을 모두 불렀다.

리버스라는 집단에 대한 실마리를 확실하게 발견해냈다는 마엘의 전보가 있었다.

"예상했던 대로 그들은 사탄교와 꾸준히 접촉을 하고 있었어."

마엘이 말했다.

"그때 그 소동이 끝날 수 있었던 이유는 그들의 목적을 이뤘기 때문이 맞아. 아마도 자발적으로 되돌아갔을 거고, 우리는 거기에 놀아났다는 뜻이야."

"사탄교와 접촉하고 있다는 사실을 알았다고 해도. 우리가 할 수 있는 게 있을까? 사탄교와 접촉을 끊어 놓는다고 해서 별다른 타격은 줄 수 없을 거야."

나엘이 말했다.

"무턱대고 리버스를 막는다면 우리끼리의 전쟁을 시작한다고 봐야 해. 초능력자들 간의 전쟁으로 시민들을 물론이고 우리까지 큰 손실을 보게 될 거야. 그들을 확실하게 뿌리 뽑을 수 있다는 확신도 없어. 결국 리버스 집단을 잡기 위해서는 침투나 혼동을 시키는 작전을 써야 해. 또 그들의 목적, 즉 사탄을 신으로 만들기 위한 방법이 진짜로 존재하는지, 그게 뭔지도 알아내야 하지. 우선 사엘이 가엘을 혼동시키기 위한 일을 이미 진행 중이야. 한 수, 두 수만 써서는 안 되고 여러 가지 방법을 모두 동원하는 게 좋잖아. 그들 사이에 잠입해서 그들의 수를 알아내야 해. 리버스로 곧바로 갈 수 있다면 물론 좋겠지만, 그건 불가능에 가깝고 위험 부담이 커. 비교적 가능성이 높은 사탄교가 더욱 안전하겠지."

마엘이 말했다.

"인원은?"

다엘이 눌러쓴 모자를 위로 올리며 물었다.

"그건 사엘이 결정하는 걸로 하자. 사엘, 네가 생각하기에 적당한 인원을 추려서 사탄교로 잠입을 시켜. 너도 같이 가도 되고, 그들만 보내도 돼. 하지만 사엘, 너의 성격에는 역시 함께 가는 쪽을 택하겠지?"

마엘이 물었다.

이광호가 고개를 끄덕였다.

"좋아. 결정된 거야. 우리는 혹시 모를 위험을 최대한 막아줄게. 우리가 뒤에서 지켜줄 테니까. 사엘, 네가 한번 나서봐."

마엘이 말했다.

"실수는 조정할 수 있어. 네 판단력을 한번 믿어볼게."

"알겠어요."

"시작은?"

"가능한 빨라야죠. 결정된 이상, 당장 새벽까지 인원을 추려볼게요."

각자의 포지션을 지키기로 하고, 리버스를 잡기 위한 여정이 시작되었다.

10.

나트교. 자신을 포함해 여섯 명의 사람들.

이광호는 추려낸 초능력자들과 함께 예정치 못하게 교단을 방문했다. 그가 없는 동안 회사는 유달수 이사가 맡아주기로 했으며, 그에게는 오래 걸릴지도 모른다는 미안한 말을 전해두었다.

"오랜만이야."

반가운 얼굴이었다.

신주아가 반갑게 웃으며 방문자들을 맞이했다.

"어떻게 지냈어요?"

오세나가 물었다.

그러자 신주아는 다소 놀란 얼굴로 그녀를 마주봤다.

"정말 많이 달라졌네? 세월이 무섭다, 야."

신주아가 말했다.

"우선은 이리로 와. 갑자기 놀랐지? 잠깐 사탄교로 가기 전에 여기로 와보라니. 내가 생각해도 너무 두서가 없었어. 하지만 그렇게 노골적으로 얘기하지 않으면 불안한 느낌이라 와보라고 한 거야. 정말 미안."

모두가 교단 안으로 들어온 후, 그녀는 누가 볼세라 교단의 문 걸쇠를 걸었다.

그녀는 바로 신도들에게 눈짓을 보냈다. 신도들이 석상 아래에 놓여 있던 작은 궤짝을 앞으로 가져왔다.

"이게 교단의 앞에 놓여 있었어. 어쩐지 심상치 않아서 보여줘야 할 것 같았어. 타이밍 좋게 발견이 되어서 정말 다행이야."

신주아가 말했다.

그녀는 신도들에게 시켜 궤짝을 열어보게 하였다. 그 안에 들은 것은 빈 상자 곽 여러 개와 작은 물건들, 그리고 메모지 수십 장이었다. 조각 조각 반듯하게 뜯겨진 메모지에 휘갈겨 쓴 글씨가 보였다.

"이게 전부 교단 앞에 있었어요?"

오세나가 물었다.

"그래, 저 상자에 담겨 있었어. 나는 산타클로스가 뒤늦게 우리 교단에도 온 줄 알았지 뭐야. 답지 않게 너무 착한 일을 많이 했다고. 아무튼 그래, 이것들이 담겨 있던 선물 상자를 원래는 죄다 버리려고 했는데. 보여주는 게 좋을 것 같아서 그냥 남겨 뒀어."

신주아가 말했다.

"도움이 될 거야."

"그런데 우리가 사탄교로 향할 거라는 걸 어떻게 알았어요? 그것도 예언에 쓰여 있어서 알았던 거예요?"

"아니, 예언은 더 이상 존재하지 않아."

"그럼 어떻게?"

"그게…… 여기 들어있는 쪽지에 적혀져 있었어."

신주아가 자신 없는 목소리로 말했다.

"누가 보냈는지는 모르는 겁니까?"

박철민이 물었다.

"하지만 무시할 수가 없었어."

신주아가 말했다.

이광호는 생각에 잠긴 얼굴로 궤짝을 받아들었다. 꽤 무게가 나가는, 결코 지니고 다닐 수 없는 물건이었다. 궤짝 안에 담긴 메모들은 전부 검토해 봐야 하겠지만, 함께 들어있는 물건들은 어떤 메시지인지 당장에 예측조차 불가능했다. 하지만 그래봤자, 어떠한 메시지를 담은 의도된 작품일 것이다.

"메모는 일단 다 챙겨가는 게 좋을 것 같아. 리버스나 사탄교에서 미리 알고 보내둔 것일지도 몰라. 그렇다면 역시 우리의 시간을 끌려는 속셈일 거야. 여기서 주저하고 있을 시간이 없어. 광호야, 네 쪽 사람들이 뒤에서 돕고 있을 때, 후딱 알아내고 돌아가자."

박철민이 말했다.

"잠깐만요, 형님."

메모지를 챙기는 박철민을 보며 이광호가 말했다.

"이 물건들을 괜히 같이 보낸 건 아닐 거예요."

리버스와 관련된 집단에서 보낸 것이라고 해도, 허튼 짓을 하지는 않았을 것이다. 그들이 의도했던 것이라면, 일단은 바라는 대로 따라줘 보는 것도 나쁘지 않았다.

키핑 가위로 끝맺음된 리본이 달려 있는 선물 상자. 그 안에 들어있었다는 물건들을 바라봤다. 다양한 디자인의 작은 손목시계가 여러 개, 그리고 머그 컵, 열쇠고리 크기의 동물 인형들, 그밖에 미용도구 등이 보였다. 손톱을 정리할 수 있는 물건부터 코털을 깎는 기계까지 다양했다.

선물을 가장하여 메시지만 보내려고 했던 걸까? 쪽지는 그렇다 치더라도 물건들은 어딘가 난해했다.

"형님, 메모 아무거나 하나만 줘 봐요."

이광호가 말했다.

박철민은 챙겨둔 메모지 중에 하나를 그에게 건넸다.

[1-2-3-4-5-6-7-8-9-8-7-6-5-4-3-2-1-0.]

이광호는 다시 궤짝 안을 들여다봤다.

열쇠고리 크기의 작은 인형들이 여기 올 방문객들의 수를 예상이라도 했단 듯이 딱 맞았다. 그것은 손목시계도 마찬가지였다. 아마도 나머지 물품들은 트릭 정도로 보였다.

"다들 손목시계 하나씩 챙겨. 형님이랑, 또 당신도요. 참, 인형도 챙겨야 합니다. 마음에 드는 걸로 아무거나 선택하세요."

이광호가 말했다.

내키지 않는 표정으로 박철민이 궤짝 안에서 사슴 모양 인형을 꺼냈다.

제 2장
수면 위로

타 임 워 커 4 : 리 버 스

11.

　권유성이 지닌 투명화 능력은 기척까지 완전히 지울 수 있었다. 몸이 투명해지는 것은 물론이고, 그간의 훈련을 통해 소리와 물질적인 충격까지 사라지게 만들 수 있게 되었다. 보통이라면 개체와 개체가 충돌하는 데서 발생하는 반발 작용은 있기 마련이다. 그러나 그의 경우에는 이런 모든 것을 포함해서, 아예 세상에 없는 존재처럼 움직이고 행동할 수 있었다.

　"훈련을 계속한 보람이 있어. 이제 내가 나설 차례인가? 내가 히로인이지?"

　권유성이 빙긋 웃었다.

　그의 짓궂은 얼굴을 바라보다가 오세나가 고개를 휙 돌렸다.

　"뭐야, 무시하는 거야?"

　대놓고 서운한 표정을 짓는 권유성을 뒤로 하고 그녀가 입을 열었다.

　"광호 오빠! 만약에 사탄교인들이랑 마주치면 어떻게 해야 돼? 내가 능력을 쓰면 여긴 불바다가 돼버릴 거야."

　"어차피 사탄교인들은 언젠가 잘라내야 할 사람이야. 죽어도 상관이 없지. 그러니까 망설일 필요도 없어. 그 사람들은 너한테 못된 짓도 했으니까. 그렇지만 불바다로 만들기 전에 최대한 많은 정보를 알아 가야 해. 그러기 위해서 여기로 돌아온 거니까. 어쩔 수 없지. 지금 우리의 전력으로는 리버스를 상대할 힘이 되지 못하니."

　이광호가 말했다.

　그는 진지한 자세로 망원경을 들여다봤다.

　"1차적으로 권유성씨가 잠입에 들어갈 거야. 그 다음에 2차로 유화가 기억을 읽어서 세나랑 철민이 형이랑 최대한 조심스럽게 지원을 가줘. 세 명이서는 합을 맞추기 쉬울 테니까. 잘 도와가면서 들어가면 돼. 권유성씨가 혼자서 정보를 알아보는 동안, 피치 못할 사정이 발생할 수 있으니 딱 12시간 지난 뒤에 들어가도록 하자. 여기서 나랑 리오씨는 리버스 사람들을 막아보도록 할게."

이광호가 망원경을 아래로 내리며 말했다.

리오가 오케이 사인을 보냈다. 그런 그를 지그시 바라보며 이광호는 권유성에게 손짓을 보냈다.

"이제 들어가 줘요. 지금이 제일 적당할 겁니다. 3층으로 먼저 가주세요. 지금 시간이면 보초가 없을 겁니다."

이광호가 말했다.

"알겠습니다. 사장님!"

권유성이 말했다. 그의 몸이 투명해지고 이내 기척이 사라졌다. 그가 사탄교까지 걷거나 뛰어서 도착하는 데까지 드는 시간이 30분 안팎이라고 치면, 그 뒤부터 12시간 후에 두 번째 팀을 보내야 한다. 하지만 그 12시간이란 상황에 맞춰 바꿔도 상관없는 것이다. 리버스에 시간 능력자가 있는 이상, 계획이란 것은 언제나 유동성 있게 바뀌어야 한다.

가엘에 대한 기억은 없었다. 그가 어떤 사람이었는지 제대로 파악하지 못하는 이상은 변수에 대한 예측이 완전히 불가능하다. 지금까지 보인 그의 행동으로 추정해서 얻은 정보는, 그가 '리버스'라는 집단을 세상에 드러냄으로써 무가치한 것이 되었다. 그는 오세나의 시간을 앞당겨놓았고, 숨어 지내던 시간이 무색할 정도로 빠르게 자신을 노출시켰다.

"세나야."

이광호가 말했다.

"너까지 꼭 들어갈 필요는 없어. 나랑 같이 있어도 좋아."

최대한 의견을 존중해준다는 뉘앙스로 말했지만 오세나는 머뭇거리고 있었다. 그러다가 결심한 듯이 그녀가 말을 꺼냈다.

"내가 할 수 있는 게 있다면 피하지 않고 하고 싶어. 나도 물론 여기서 오빠랑 같이 있는 게 안심이 되고 좋겠지만. 그래도 처음에 오빠가 그렇게 계획을 세웠던 이유를 따르고 싶어. 위험하면 알아서 피할 거야. 그때처럼 당하지만은 않아. 안심해."

"그럼 조심해. 리버스가 사탄교 안에도 숨어 있을지 몰라. 내가 미리 겪었던 미래와 달라져 있을 확률이 높으니까. 혹시라도 리버스 일원과 마주치면 네 능력을 마음껏 보여줘. 잔혹한 사람들이라 망설이는 순간 당하는 거야."

"알겠어."

둘의 대화를 지켜보다가 박철민이 유화를 바라봤다. 복잡한 생각을 하는 듯이 그녀의 안색이 좋지 않았다.

"왜?"

유화가 그를 향해 물었다.

"아니야. 조금 이따가 잘 부탁한다고."

박철민이 말했다.

"뭐야, 그건 당연하지. 나도 그 동안 훈련을 계속 받았어. 나 무시하다가는 큰 코 다칠 거야."

유화가 말했다. 그녀는 박철민의 손에 아슬아슬하게 걸려있던 망원경을 빼앗아 들었다. 파란색 손목시계가 달빛에 반사되어 영롱하게 빛을 뿜어냈다.

"왜 파란색이야?"

박철민이 물었다.

"그냥, 고를 때 이게 눈에 띄어서. 딱히 파란색을 좋아하는 건 아니야. 여자가 파란색을 고른 게 이상해?"

유화가 말했다. 박철민이 고개를 저었다.

"그럼 됐어."

유화가 말했다.

그녀는 망원경 너머로 사탄교인들이 건물로 향하는 것을 바라봤다.

12.

새벽 1시 무렵.

이장은 빈 복도를 걷고 있었다. 조금 빠른 걸음으로 걷는 그의 얼굴에 진중함이라고는 찾아볼 수 없는 분노가 얽혀 있었다. 그는 조금도 감정을 숨기려고 하지 않고, 그럴 필요성도 느끼지 못하는 사람처럼 씩씩거리며 방 앞에 도착했다.

그는 아무도 보이지 않는 복도를 되돌아본 뒤에 조심스럽게 방 안으로 들어갔다. 불안한 눈빛으로 둘러본 시선의 끝에 상자 하나가 있었다.

'배달된 물건.'

누구에게서 도착했는지 모를 그 물건의 정체가 분노의 원흉이었다. 이 장은 오랜만에 느껴보는 살의에 어쩔 줄 모르고 있었다.

그는 상자를 열었다.

리본 장식으로 곱게 포장된 상자 안에는, 상자와 어울리지 않는 물건이 들어 있었다. 그것은 그가 기억하는 한 가장 소중했던 이의 물건. 용납할 수 없는, 기억하기도 싫은 사건을 연상시키는 물건이 발신 불명으로 도착했다. 그것도 자신이 잠을 청하고 주로 생활하는 방에 들어와 놓고 간 것이다.

이장은 떨리는 손으로 상자 속 물건을 조심스레 잡았다. 그의 일생 중에 가장 아름답던 순간을 선물해준 연인의 신체 일부. 손으로 잡아 뜯어 낸 듯이 투박하게 뜯긴 옛 연인의 오른쪽 귀였다. 한눈에 알아볼 수 있었던 것은 특이했던 귀 모양과 그보다 더 눈에 띄었던 점의 위치 덕분이었다.

"은정아······."

이장은 그만 귀를 놓치고 말았다. 하지만 다시 주워볼 생각도 하지 못한 채로, 이번엔 상자 밑에 깔려 있는 사진을 집었다.

3장의 사진. 거기에 죽은 그녀를 납치하는 것처럼 보이는 사람들이 함께 찍혀 있었다. 그들은 이장 본인도 잘 아는 이들이었다.

"은정아!"

이장은 사진을 들고 울부짖었다. 상자를 발견하고 나서 사탄교인들을 최대한 밖으로 내보냈으니 건물 안에는 몇 사람 없을 게 분명했다. 그러니 마음껏 사적인 마음을 풀어도 될 것이다.

그는 슬픈 마음에, 벌써 20년도 전에 죽은 여인의 생생한 신체 일부에 대한 의문도 지니지 못했다. 문득 그러한 의문이 뒤늦게 떠오르자 그는 누군가를 떠올렸다. 이훈철은 시간 능력자이니 과거로 가서 신체 일부를 뜯어 오는 것이 가능했다. 하지만 사탄교인들과 이간질을 시켜 그가 얻을 수 있는 것은 없었다. 오히려 밀고를 하고자 했다면 SPC의 잘 알려진 시간 능력자인 그가 가능성이 있었다. 그라면 얻을 것이 많을 테니.

"내가 어떻게 하면 될까. 은정아, 너를 위해서 어떻게······."

이장은 떨어뜨린 귀를 주워서 소중히 안았다. 그녀의 귀에 걸려있던 직접 선물한 귀걸이도 그대로였다. 피에 젖어 얼룩이 진 상태지만 이건 진짜였다. 지금 눈앞에 보이는 신체의 일부는 그녀의 것이다. 이건 그녀가 맞다.

"너를 잃고서 얼마나 힘이 들었는데. 내가 이 길을 택한 건 순전히 당신을 잃었기 때문이었는데."

이장은 3장의 사진 중에 2장을 상자 속에 집어넣었다. 그리고 남은 한장의 사진을 뚫어져라 응시했다. 거기에 함께 찍혀 있는 이는 잘 아는 사람이다. 팀장의 아버지이자 자신의 절친한 친구였던 그. 한 때 사이비에 빠진 것이 아닌지 걱정하고, 직접 거기서 구해내고자 설득도 수차례 하게 만들었던 친구였다.

꽉 쥐어진 손아귀 속에서 사진이 구겨졌다. 두 눈이 똑똑하게 기억하고 있다. 연인이었던 천은정은 한 괴짜 사이코에 의해 살해당했고, 21조각으로 사체가 나뉘어 발견되었다. 신분을 확인하는 절차를 취하던 중에 충격을 심하게 받았었다. 그때 그 친구가 다가와 위로의 말을 건네며 사탄교로 인도했다.

가해자는 여전히 체포되지 않았다.

'만약 이걸 내게 보낸 사람이 SPC라면.'

이장은 잠시 고민했다.

이훈철이 보냈을 확률이 아예 없는 것은 아니다. 그는 어떤 이유인지 사탄교와의 접촉을 대놓고 피하는 경우가 많았다. 사탄과 가장 연이 깊으면서, 사탄교를 달갑게 여기지 않는 것도 이상했다. 악하기로 둘째가라면 서러울 테지만, 어떤 선을 지키는 것을 좋아하는 그라면 가능했다. 그렇다고 사탄교에서 빠져나와 리버스에 합류하라는 뜻일까? 그건 아닐 것 같았다. 역시 SPC 이광호 사장의 독단이거나, 그쪽 사람들의 결단일 것이다.

"팀장⋯⋯."

팀장은 몇 시간 내로 사탄교에 도착할 것이다. 지금은 그를 마주하고 싶지가 않았다. 그가 그녀를 죽인 것은 아니지만, 정황상 그의 아버지가 자신의 연인을 죽인 게 맞았다. 아무런 의심 없이 예언대로 행동하고 따라줄 적당한 사람으로 써먹기 위해서, 팀장의 아버지가 자신이 사랑하던 여자를 죽여 버렸다. 원수의 아들을 바라보는 눈이 좋을 리가 없었다. 뭐가 어찌됐든, 지금은 생각해야만 한다.

"하지만 난 너무 많은 죄를 지어버렸어. 너는 천국에 있겠지. 아무런 죄도 짓지 않고 한없이 착한 사람이었으니까. 너랑 나는 죽어서도 만날 수가 없을 거야. 내가 모든 걸 돌이킨다고 해도 여태껏 신을 배반했던 행동들을 수없이 해 왔는걸."

이장이 말했다.

슬픈 그의 목소리가 목구멍에 잠겨 사라졌다. 마음 속에서 범인이 팀장의 아버지인 그가 맞다고 소리치고 있었다. 물론, 물론, 이라는 단어를 속으로 되뇌면서 이장은 화를 삭혀내보려 했지만 그건 불가능했다.

"그 놈이 널 죽게 만든 것도 모르고 그 동안 속아서 살았으니. 얼마나 웃겼을까. 너는 또 얼마나 슬펐을까. 나한테 말도 못하고 얼마나 내가 밉고 끔찍했어?"

이장은 진정된 손을 상자 속에 가두었다. 그녀의 귀는 너무나도 생생한 촉감이라 계속 들고 있을 수가 없었다.

그는 마지막까지 손에 들려 있던 사진 한 장을 반으로 접어 주머니에 넣었다.

"이제라도 편하게 있을 수 있게 해줘야지. 그게 지금까지의 과오를 씻어내 줄 수 있을지는 모르겠지만 말이야."

13.

권유성은 사탄교인들을 따라 건물 내부로 진입했다. 전에도 와본 경험이 있어서 길을 찾는 데 어려움은 없었다. 하지만 이광호가 봤던 미래에서 리버스의 기습이 있었다. 적으로 둔 시간 능력자가 낌새를 감지하고 찾아오게 되는 모양이었다. 전면전은 가능한 피하라는 당부가 있었으니 지금은 필요한 정보만 빨리 알아내고 귀환하는 것이 목표다. 적과의 전면전은 모든 것이 갖춰지고 적의 우두머리가 전위를 상실했을 때 이루어질 것이다.

'1층, 2층은 일반 신도들이 머무는 곳인가 보네.'

권유성은 2층의 복도를 걸었다.

저번에 왔을 때는 의심스러운 곳만 다녔던 이유로 많은 것이 생소했다. 1층과 2층은 일반 신도들이 머무는 방들이 줄지어 있는 것 같았다. 노골적으로 표현하면, 사탄교의 중심 세력들에게 속아, 아무것도 모르는 일반인들이 갇혀 있는 장소 같았다.

일전에 이광호 일행이 잠입했던 당시에 갇혀 있던 곳도 1,2층 그 어디쯤이었다. 기억이 잘 나지 않지만 층계를 많이 오르지 않았던 기억은 났다.

'악마의 성경이 있었던 곳은 꼭대기 층이었지?'

권유성은 악마의 성경을 찾아내던 당시를 떠올렸다. 딱 보기에도 수상해 보이는 외관의 문은, 쇠사슬로 칭칭 감겨 있었다. 녹이 슨 자물쇠를 최대한 소음 없이 열기 위해서 얼마나 진을 뺐는지 모른다. 그런데 그것과 똑같은, 내용만 다른 것이 하나가 더 존재할 거라니 미칠 일이었다.

"괘씸한데."

권유성이 중얼거렸다.

투명화의 범위는 훈련을 거쳐 넓혀갔다. 조금 더 세밀하고, 넓은 범위로 조절해가며 쓸 수 있도록 갈고 닦은 것이다. 그렇게 해서 이제는 목소리까지 들키지 않을 수준으로 발전시켰다. 아무도 모르게 누군가를 감시하거나, 비밀스러운 조사를 하는 데는 무리가 없다는 것을 뜻한다.

자유롭게 돌아다니면서도 그때그때 능력의 범위만 줄이고 넓힐 수 있으니, 이처럼 편한 초능력도 없는 것이다.

SPC의 도움이 컸다. 혼자서는 도저히 초능력을 발전시킬 수 없었고, 가능하더라도 굉장히 오랜 시간이 소요되었을 것이다. 물론 훈련과 테스트, 그리고 얼마 전부터 새롭게 도입된 실험까지 귀찮을 정도의 스케줄을 소화해내야 한다. 그래도 서로 돕고 사는 개념으로 이해하면 보수도 적당하고 자기계발에도 유익했다.

"능력을 키웠으니. 이번엔 진짜도 한번 찾아봐야 하겠다. 이광호 사장은 찾으라는 말이 없었지만 하라는 것만 딱 하고 나면 그건 기계지. 사람이 아니야."

권유성은 2층 복도 끄트머리에서 층계를 오르려다가 멈칫했다. 비어있는 줄 알았던 방에서 누군가의 목소리가 들려왔던 것이다.

"리버스가 정말로 사도가 맞을까요?"

권유성은 문 너머에서 들려오는 목소리에 청각을 집중시켰다. 대화의 내용과 그들이 머무는 층수로 봐서는 일반교인들 중 하나의 목소리일 것으로 생각되었다. 이번 목표는 가능한 많은 정보, 특히 리버스와 사탄교의 공생 관계에 대해 알아 오는 것이다. 일반교인들의 시각이래도 충분히 중요한 정보가 될 것이다.

"의심할 여지가 없어요. 그들은 사도가 맞습니다. 자매님, 불안해하지 마세요."

"하지만 리버스는 테러를 일삼고 있어요. 그것도 무차별하게 말이에요. 교주님은 우리에게 눈을 뜬 자로서의 고통을 감내하라고 하셨지만, 그래도 이건 아닌 것 같아요. 정말로 괜찮을까요? 신의 사도로서 아무런 죄가 없는 사람들을 무참히 죽일 수 있다는 게 납득이 되질 않아요."

"우리는 그저 따르면 돼요. 자매님도 보셨잖아요. 우리가 믿는 분의 힘을 말이에요. 그 증거를 절대로 외면해서는 안 돼요."

우선은 대화를 나누는 자들은 둘뿐인 것 같았다. 방 안에 몇 명이 더 있을지 모르는 일이지만, 주로 대화를 이어가는 것은 여자 두 명이 전부였다. 그들은 이제 잘 들리지 않는 목소리로 속닥거리고 있었다.

'사탄교 내부에서도 역시 일반 사도들에게는 비밀이 있었군. 하긴, 그 모든 걸 전부 알고서도 이렇게 많은 사람들이 사탄을 숭배하겠다고 나서

지는 않겠지.'

권유성은 끄트머리의 방을 지나 계단으로 향했다. 리버스 일원들이 사탄교에 진입하는 시간은 반나절 뒤였다. 앞당겨질 수도 있었지만 아직까지 자신의 정체를 눈치 챌 만한 초능력자는 없는 것 같았다.

그는 바로 옆을 지나치는 교인을 흘깃 바라봤다.

여태껏 봐왔던 일반 교인들과는 다른 느낌을 주는 사람이었다. 어렴풋이 남자라고 느꼈지만 얼굴의 반을 가리는 커다란 모자 때문에 성별 구분 자체가 불확실했다. 이상한 예감에 층계를 오르다 말고 뒤돌아 응시하는데, 순간 눈이 마주친 것 같았다.

"내가 보이나?"

권유성은 말을 걸 듯 그에게 물었다.

하지만 그 교인은 잠시 쳐다보기만 할뿐, 다시 발길을 재촉하고 있었다. 많이 쳐줘야 열일곱, 흔히 중학생 정도로 생각될 정도의 외형이었다. 초능력자라고 해도 날 때부터 능력을 쓰는 경우는 드물다. 방금 본 사람이 리버스의 일원이었다고 해도, 자신의 존재를 파악할 만한 여력은 아직 없을 것이다.

"날 봤을 리가 없지. 이 수준까지 오르기 위해서 얼마나 연습을 많이 했는지."

권유성은 안심하며 층계를 다시 올랐다.

이제 3층.

3층부터는 사탄교의 주축들이 머무는 공간이다. 회의와 비밀 모임을 위한 장소도 존재한다. 꼭대기 층에 악마의 성경을 숨겨두었던 것으로 추측해보면, 이 건물은 위로 올라갈수록 권위가 커지는 구조로 되어 있는 것 같았다.

아주 단순하게 생각해보면 꼭대기 층에서만 서성거려야 하는 게 맞다. 하지만 악마의 성경을 복제해서, 진짜를 숨겨둘 만한 잔머리라면 아주 단순하게 가서는 안 될 것이다.

"이번엔 진짜를 가져가서 사장님한테 칭찬이나 받아야지. 이번 기회에 나도 고속 승진을 해보지 뭐."

권유성은 3층 복도를 걸었다. 적어도 사람 사는 공간이라는 느낌이 들던 지하층과 1,2층과는 달랐다. 어딘지 오싹한 느낌이 들 정도로 이질적인 느낌이 전해져왔다. 인기척까지 존재하지 않아 더욱 기괴했다. 마치 영화 속에서나 존재하는 엑소시즘이 하루에도 수십 번씩이나 일어날 것 같은 분위기였다.

"새끼 악마들이라 이거냐?"

권유성은 땀이 흐르려는 것을 애써 무시하며 조심스럽게 발을 떼었다. 능력을 덧씌운 덕분에 어떠한 기척도 나지 않겠지만, 그래도 조심스러워지는 것은 어쩔 수 없었다.

"빨리 하고 돌아가야지."

지하는 팻말이 없는 방이 무수히 존재한다. 1층은 room1부터 10까지, 2층은 11부터 20까지, 3층은 21부터 30까지. 한 층마다 10개의 개인 공간을 두고 있었다. 예전에 이광호 일행이 끌려와서 수감되었던 장소는 팻말이 존재하지 않았다.

용도를 구분해서 개인 공간에만 번호가 매겨지고 있었다. 그렇다면 도망의 의사가 없는 일부 교인들에게만 개인 공간이 주어진다고 봐도 무방하다. 일반 교인의 방에 중요한 물건을 둘 리는 없으니, 주축 세력들의 방과, 그 외의 공간만 살펴보는 것이 좋을 것으로 판단되었다. 사탄교가 감춘 진짜 악마의 성경을 찾아내는 것이 중요한 관건이다. 사탄교와 리버스의 공생 관계가 거기 적혀있지 않다면, 주축 세력 중 일반인을 붙잡아 알아내야 할 것이다.

"내가 사탄교인들이라면 그걸 어디에다가 숨길까?"

권유성은 생각을 정리했다.

"우선 1층과 2층은 아니야. 일반 교인들이 머무는 공간이면 그들에게 탈취당할 가능성이 있어. 나도 생각할 수 있는 걸 그 사람들이 모를 리가 없지."

5층 건물. 지하층까지 합하면 6개의 층이 있는 것이다. 문득 어째서인지 악마와 관련된 사람들은 숫자 6을 보통 이상으로 좋아하는 것 같다는 생각이 들었다. 6이라는 숫자에 어떠한 힘이 담겨 있을 거라고는 생각하지 않는다. 단지 기독교의 성경에 관련된 내용이 나온다는 사실만 어렴풋하게 인지하고 있었다.

"6개의 층수니까. 지하층이나 5층에 숨겨져 있을 확률도 있겠군."

권유성이 복도 끝의 계단을 멀찍이 응시하며 중얼거렸다.

간단하게 생각하면 위로 향할수록 중요한 것이 나타나는 구조였다. 그렇지만 일전에 가짜를 발견한 곳이 6개의 층 중 마지막. 즉, 5층이었다.

"생각할 필요도 없이 지하층이겠어."

권유성은 잠시 고민했다.

그러다가 발길을 돌려 계단을 빠르게 내려갔다. 적을 잡아다가 리버스와의 공생 관계를 묻는 것은 자신의 힘만으로는 불가능하다. 이광호 사장이 자신을 제일 먼저 보낸 것도 나름의 이유가 있을 터. 우선 악마의 성경을 찾는 것이 먼저였다.

하지만 의문이 들었다. 이광호가 의도한 것이 이것이 맞는다면, 어째서 대놓고 악마의 성경을 찾으라고 이야기하지 않았을까?

"조심성이 많아. 사장님이."

권유성이 싱긋 웃으며 지하층에 도착했다.

그러나 그의 웃음은 금세 지워지고 말았다. 판의 미로라도 된 듯이 지하층의 구조가 이상해져 있었다.

"사장님아, 리버스가 오는 시간은 반나절 뒤라고 하지 않았어?"

권유성은 다섯 개의 갈래 길을 바라봤다. 아까 전에 돌아봤을 때 지하층 먼저 수색을 했어야 했다는 생각이 들었다.

그는 계단에서 마주쳤던 사람을 떠올렸다.

만약 리버스가 벌써 도착했다면, 그 자는 일반인이 아닐 것이다.

"그래도 소득은 있네. 확실히 악마의 성경은 지하층에 있는 게 맞아. 벌써 들고 튄 건 아니어야 할 텐데."

권유성은 난감하게 미로의 입구를 바라보다가 첫 번째 갈래 길로 들어갔다. 높다란 벽과 금방이라도 살아서 움직일 듯이 울퉁불퉁한 붉은 바닥이 눈에 들어왔다. 지하 층, 그리고 지옥을 칭하는 다른 말인 지하세계. 5개의 갈래길. 사탄교의 꼭대기 층인 5층. 이건 결코 막 지은 건물이 아니었다. 하나하나에 의미가 담겨 있는 계획된 건축물인 것이다. 사탄교의 교인들은 사탄과 굉장히 밀접한 관계를 지니고 있으리라.

"조금 이따가는 사탄교의 대장을 잡아서 물어보는 게 좋겠어."

권유성은 벽마다 보이는 문고리를 잡아 하나씩 열었다. 문을 열면 반대편의 미로로 통하는 이상한 구조였다. 이걸 만든 초능력자의 초능력은 환시 또는, 공간 변이의 한 종류일 것이다.

"사장님은 미래에서 내가 이러고 다닐 걸 알았을까?"

문을 하나씩 열어보고 다니는 것은 시간 낭비일 것이다. 미로처럼 꾸며진 이곳에서 처음 시작점으로 무사히 도착할 수 있을지도 확실하지 않다. 문에 달린 팻말로 구분을 한다면 쉬워지겠지만, 지하층은 예외로 아무런 팻말도 없었다. 느낌이 가는 대로 무작정 문을 통과해 걷는다면 반나절 안에 악마의 성경을 찾을 수 있을지도 의문이다.

권유성은 유화를 떠올렸다. 그녀와 동행했다면 조금 편해졌을 것이다. 기억을 읽는 그녀가 문 너머의 기억을 읽어 찾아낸다면 그처럼 쉬운 일도 없다. 다시 빠져나오는 것도 원활했을 것이다.

"올 때까지 여기서 기다리고 있을 수만은 없는데."

권유성은 왔던 길을 되돌아봤다.

이광호는 악마의 성경을 본인에게 찾으라고 말하지는 않았다. 그렇다면 그가 원하는 것은 무엇이었을까.

최대한 많은 정보를 얻어와 달라는 이광호의 부탁. 정보란 것은 책에도 수록되어 있지만 때로는 책보다 많은 것을 아는 인간이 존재하기 마련이다.

권유성은 기억을 되짚어 걸었다.

"교주를 잡아가면 사장님도 나를 인정해주겠지."

그는 3차례 길을 잃은 끝에, 시작점으로 되돌아왔다.

그리고 계단을 올라 3층으로 향했다.

사탄교의 교주로 있는 이장은 3층에 개인공간을 두고 있었다.

[room-24]

권유성은 문 앞에 귀를 갖다 댔다. 조금씩 인기척이 들려오고 있었다. 물건을 들었다 놓고, 뭔가를 정리하는 소리들이 들려왔다. 말소리는 없었지만 아마도 이장이 안에 있는 것 같았다. 그 안에 출입하는 이는 이장밖에 없었다.

'문을 열고 어떻게 해야 하지?'

몸으로 제압한다면 가능한 급소만을 노려서 빠르게 제압해야 한다. 힘이 센 것도 아니고 신경계 초능력자들처럼 특수한 능력은 없으므로, 기척을 흘리지 않는다는 이점을 충분히 이용해야 할 것이다.

권유성은 심호흡을 했다.

속으로 카운트를 세고 문을 여는데 이장의 뜻밖의 반응이 그의 움직임을 멈추게 했다. 이장은 놀란 기색도 없이 덤덤하게, 마치 뭔가를 받아들인 사람처럼 가만히 문 쪽을 응시하고 있었다. 그의 초점은 다른 데로 가 있었지만 아마도 누군가 들어왔음을 인지하고 있는 것 같았다.

"나를 찾아온 겁니까?"

이장이 허공을 바라보며 물었다.

괜히 이상한 마음에 권유성은 그의 초점이 향하는 자리로 가서 섰다.

"일단은 들어오시는 게 좋을 것 같습니다. 여기는 당신 외에 아무도 없으니 안심하고 들어오십시오."

이장이 말했다.

그는 소속도 물어보지도 않고 탁자로 향했다. 검은 불꽃이 일렁거리고 있었다. 이장은 불꽃을 끄고 돌아왔다. 여태껏 본 적도, 들은 적도 없던 검은 불꽃은 방금 켜졌었던 듯한 느낌이 들었다.

"문은 닫아주십시오."

권유성은 문을 닫고 문에서 멀찍이 떨어졌다.

"초능력자가 들어오면 그에 맞춰 불이 지펴지는 초입니다. 초능력자의 성향에 따라 불꽃의 색깔이 다릅니다. 원래대로면 강두호 총수가 지녔어야 할 능력을 그대로 재현하고 있지요. 그가 살아있었다면 많은 게 변했을 겁니다."

이장이 말했다.

권유성은 긴장한 채로 그의 말을 들었다. 절대로 긴장을 놓지 않으려 하며 그는 상황을 파악하려고 노력했다.

"SPC에서 오셨습니까? 누군가 저를 찾아올 거라고 예상은 했습니다."

착각인지 이장의 눈이 붉어지는 것 같았다.

그는 잠시간 침묵하다가 문 너머를 바라보고 있었다.

권유성은 목소리에 덧 씌워놓은 능력을 지웠다.

"천지혁 교주, 이제 몇 시간 뒤에 여기는 전쟁터로 변할 겁니다. 나와 함께 가는 게 어떻습니까?"

권유성이 말했다.

그러자 이장은 방을 둘러봤다.

"이곳에서의 흔적은 모두 지워두었습니다. 나는 이제 언제 죽어도 여한이 없는 상태예요. 하지만 제가 안심할 수 있도록 당신의 모습을 보여주시겠습니까?"

천지혁이 말했다.

모습을 보여도 될까. 지금의 이장은 거짓으로 꾸며낸 모습이 아닌 것 같았다. 인생에 초탈한 사람들만이 보일 수 있는 눈빛이 그의 눈에 스쳤던 것이다.

"알겠어요."

권유성은 능력을 완전히 풀었다.

그의 모습을 바라보고 천지혁이 책상에서 한 상자를 챙겨 들었다.

"다시 모습을 감추세요. 밖으로 나가는 데까지 어려움이 많을 겁니다. 팀장의 집안은 대대로 간악한 유전자를 지녀왔습니다. 이번에도 그가 무슨 수를 써놨는지 저조차도 예측할 수가 없어요."

천지혁이 말했다.

권유성은 다시 능력을 덧씌웠다. 목소리까지 완전히 감추기 직전에 그는 천지혁 이장에게 말했다.

"우리에게 협력한다면, 교주, 당신의 안전은 우리 쪽에서 최대한 보장하도록 노력하겠습니다."

"괜찮습니다. 이 목숨이 끊기기 전에 뭐라도 할 수 있다면 제 억울함은 조금이라도 풀 수 있을 겁니다."

천지혁이 말했다.

사탄교 건물 밖으로 나오며 몇 명의 교인들을 마주쳤다. 계단에서 봤던 그는 없었다. 인사를 건네는 교인들을 그는 간단한 손짓만 한 채로 지나쳤다. 밖으로 나와서 그는 사탄교 건물을 물끄러미 바라봤다.

"얼른 자리를 옮겨야 합니다. 뒤는 우리 일행들이 알아서 해줄 거예요. 차는 마을 입구 부분에 세워두었습니다. 아직까지 거기 있을지는 모르겠지만…… 아무튼 빨리 가는 게 좋을 거예요."

권유성이 능력을 풀며 말했다.

그들이 걸음을 옮기려는 순간 누군가 모습을 드러냈다.

"너는?"

권유성이 놀란 눈으로 그를 바라봤다.

"리오. 사장님이랑 있어야 하잖아?"

"그런 일이 있었어."

리오는 머쓱하게 뒤통수를 매만지고 있었다.

"아무튼 가자. 리버스가 나타나서 일이 골치 아파졌어. 자세한 이야기는 나중에 사장님한테 들어. 아직은 사장님하고 나밖에 모르는 일이니까."

리오가 다가와 권유성과 천지혁을 얼싸안았다.

"조금 통증이 있을 거야. 너는 처음이니까. 교주 당신은 아프든 말든 아무런 상관이 없으니 당부하지 않을게. 참아, 유성아."

리오는 저항하는 권유성의 손길에도 아랑곳없이 그의 팔을 단단히 잡았다. 그리고 순식간에 공간을 이동시켜 나트교 안으로 들어왔다.

멍해진 얼굴로 권유성이 자신의 두 손을 내려다봤다.

"느낌이 진짜 이상한데."

손바닥은 물론이고 몸 전체에 전기가 통하듯 저릿했다. 쉽게 가라앉지 않을 것 같던 미세한 통증은 몇 분이 지나자 거짓말처럼 사라졌다.

"오셨어요?"

신주아가 신도들과 다가와 물었다.

리오가 잘난 척 경례를 보냈다.

"재밌으시네요. 기다리고 있었어요. 그런데 애초의 계획과는 많이 다르네요. 예정에 없던 방문자가 있는 것 같아요."

신주아가 표정을 지우며 천지혁을 바라봤다.

그는 공간을 이동하는 과정에서의 통증에서 아직 헤어 나오지 못한 것 같았다. 끈덕지게 바라보는 그녀의 눈빛에도 고개를 들어 마주 볼 생각도 하지 못하고 있었다.

"잘 데려오셨어요. 하지만 상황을 보아하니 고문 같은 것 없이도 술술 불어버릴 것 같네요. 우리 아빠가 어떻게 돌아가셨는데 복수도 하지 못한다고 생각하니 꺼림칙해요. 하지만 지금은 그런 걸 따질 때가 아니겠죠."

신주아가 천지혁을 응시하며 말했다.

그녀는 그를 위아래로 훑어봤다. 그러다가 천지혁 이장의 손에 들린 낯익은 선물 상자를 바라봤다.

"주님은 모두를 사랑하라 하셨죠. 알겠어요. 일단은 안으로 들어오도록 해요. 저 망할 인간까지요."

신주아가 말했다.

자발적으로 걷지 못하는 천지혁을 신도들이 부축했다.

14.

이광호는 손목시계를 바라봤다. 권유성이 사탄교 안으로 들어가고 나서 5시간 정도가 흐른 뒤였다.

"세나야, 그리고 유화. 이제 안으로 들어가. 형님, 철민이 형님도요."

이광호가 말했다.

"알겠어. 그런데 이렇게 일찍?"

박철민이 말했다.

"지금 들어가도록 하세요. 리버스가 생각보다 일찍 도착했어요. 가서 사탄교 내부의 기억을 읽어주세요. 그건 유화가 할 테니. 형님과 세나는 유화를 지키도록 하세요. 저는 여기 남아서 계속 미래를 조정하도록 할게요."

이광호가 덧붙여 말했다.

"물건은 잃어버리지 않도록 조심해요. 그리고 아침 8시 전에는 빠져나와야 합니다. 8시 이후에 나오지 못하면 우리는 모두 죽은 목숨이에요."

박철민은 망원경을 이광호에게 건넸다.

간단히 채비를 마치고 그가 유화와 오세나를 보호하며 발길을 돌렸다.

"광호야, 무슨 일이 생기면 그 즉시 너는 리오씨와 함께 이동하도록 해. 리오씨가 무사하도록 네가 지켜주고."

박철민이 말했다.

"알겠어요. 형님."

이광호가 말했다.

그는 옆에 남은 남자를 바라봤다. 그가 히죽 웃으면서 사탄교 안으로 들어가는 유화 일행을 쳐다봤다.

오세나가 걱정스러운 눈길로 이광호를 한번 바라보더니 박철민을 따라 걸었다. 그녀는 불길한 예감을 애써 무시하는 모습이었다.

그들이 점처럼 보이기 시작하자 이광호가 고개를 돌렸다.

"리오씨."

"예?"

"리오씨는 숫자를 좋아하세요?"

"숫자를요?"

남자는 별 이상한 소리를 듣는다는 표정으로 고개를 갸웃했다.

"저는 숫자를 아주 좋아해요. 간단하게 보면 딱딱해 보이는 그 숫자 속에 담을 수 있는 의미가 참 많거든요. 이제는 신이 존재한다는 걸 알고, 악마 역시 있다는 것을 명확하게 아는 지금은 더 생각이 많아졌어요. 숫자 놀이라는 건 물체의 규격을 단정할 때 흔하게 쓰이죠. 심지어 암호를 정하거나 친한 이들끼리 장난을 칠 때에도 숫자가 관여돼요. 우리가 쓰는 언어조차도 일정한 순서와 규칙이 있고, 대부분은 숫자가 담겨 있죠. 그래서 좋아해요. 저는."

이광호가 말했다.

"그러고 보니 이광호 씨는 철학과를 나오셨죠?"

"처음에는 학문적인 의도가 없었어요. 철학과를 선택했던 건 단순히 내 목적에 크게 관여 받지 않고 쉽게 시간을 때울 수 있는 학문이기 때문이었어요."

"그렇군요. 아까의 질문에 대한 답변은, 사실 아무 생각 없어요. 숫자를 좋아하진 않죠. 수학이 연산이 되니까. 아무래도 숫자를 좋아한다는 사람은 많지 않을 겁니다."

"그래요?"

이광호는 갑자기 진지해진 얼굴로 그를 바라봤다.

"그것 참 이상하네요. 제가 아는 리오씨는 그런 대답을 할 사람이 아니에요. 공간을 이동하는 데 좌표가 필요하다는 특이한 사람인 걸요."

이광호가 히죽 웃었다.

그는 남자가 방심한 틈을 타서 리오의 얼굴로 변장한 남자의 얼굴을 되돌렸다. 남자의 모습이 서서히 바뀌었다.

"이런, 여긴 아버지께 말도 없이 온 거였는데. 용케도 알았네?"

남자가 천진난만하게 말했다.

"나도 그동안 놀고 있던 건 아니어서. 이 정도의 눈치도 없이 사장 자리에 올라온 것 같아?"

이광호가 남자의 몸을 세게 밀치며 말했다.

남자는 앳된 소년의 모습이었다.

"그렇게 하면 내 분신이 사라져버리잖아. 뭐, 그건 상관없어. 오늘은 싸우러 온 게 아니니까. 그냥 확인만 하고 갈 거야."

남자가 말했다.

그는 지저분해진 옷을 털어냈다.

"리버스의 일원이지?"

이광호가 물었다.

"맞아. 일단은 그게 맞지. 하지만 오늘은 개인적인 호기심 때문에 여기 온 거야. 그걸 나한테 보낸 거 네가 맞지?"

남자가 물었다.

"무슨 말이야?"

이광호가 되물었다. 남자는 의미 모를 표정으로 꿰뚫어 보듯 그를 마주 봤다. 한참을 관찰하듯 바라보던 남자가 대뜸 말했다.

"내 이름을 알고 있어?"

"오늘 처음 보는데 어떻게 알겠어. 생각보다 정신 나간 놈이군. 아무런 움직임도 보이지 않아서 내버려 뒀던 건데 고작 그런 꿍꿍이 때문이었나?"

이광호가 말했다.

그러자 남자의 표정이 일그러졌다. 그는 어떤 생각을 골똘히 하는 것처럼 침묵하더니 비소를 지었다.

그리고 일순간, 이광호의 몸이 붕 떠서 커다란 나무에 부딪혀 쓰러졌다. 남자가 믿을 수 없는 스피드로 일격을 가한 것이다. 이광호는 피를 토하며 일어났다.

"당장이라도 여기서 널 죽이고 갈 수도 있지만 참겠어. 대의보다 개인적인 호기심이 우선이니까."

남자가 돌아서며 말했다.

이광호는 본능적으로 그가 위험한 자임을 인지했다. 몸이 닿았을 때 힘을 흘려보냈는데도 전혀 먹히지 않는 인간이라면, 지금 해치우는 것이 옳을 것이다. 그러나 눈앞의 남자가 어떠한 초능력을 지니고 있는지 미래를 엿보면서도 결국 알아내지 못했다.

이훈철의 비호가 있을 것이다. 그의 보호가 있을 정도라면, 아마도 남자는 리버스의 주축일 것으로 생각되었다.

"다음번에 만나면 진심을 다해서 나를 상대해줘야 할 거야. 내 궁금증을 풀기 위해서라도 네가 오래 살아있었으면 좋겠군. 그런 김에 하나 말해주지."

남자가 등을 반쯤 돌리며 말했다.

"네가 지금 사탄교 안으로 들어가지 않으면, 네 친구들 모두 죽어. 네가 생각하는 것보다 우리 쪽 사람들은 괴물들만 모여 있거든. 아버지가 초능력자들의 능력을 얼마만큼이나 끌어낼 수 있을 거라고 생각해?"

남자가 히죽 웃었다.

이광호는 불안한 눈길로 사탄교 건물을 바라봤다. 후드를 둘러쓴 사람들이 그 주변을 에워싸고 있는 것이 보였다.

"특별히 말해줄게. 내 이름은 로다스만. 우리는 다시 만나게 될 거야."

남자가 말했다.

그러고는 완전히 자취를 감추어버렸다. 나뭇가지의 잎이 심하게 흔들거리며 그가 사라진 것을 알렸다.

"이럴 때가 아니지."

사탄교 내부로 리버스 일원들이 들어가고 있었다. 그들에게 지시를 내리는 사람이 존재하는 것 같았다.

이광호는 손목 시계를 바라봤다.

'가능할까.'

이훈철이 시간을 통제하고 있을 것이다. 시간을 되돌리거나 하는 것은 불가능할 것으로 생각되었다.

지금부터라도 1분 1초를 함부로 쓰면 안 된다.

이광호는 10초 뒤의 미래로 흘러 들어갔다.

유화는 능력을 개방해 건물 내의 기억을 읽었다.

심층 훈련을 계속해나간 덕분이다. 이제는 손을 대거나 만지지 않고도 일정 공간의 기억을 선택해 읽을 수 있었다.

"어때?"

오세나가 물었다.

"누가 여기 왔던 것 같아. 리버스 관계자인지 아닌지는 모르겠지만 분명한 건 사탄교 내부인은 아닌 것 같아."

유화가 말했다.

"그 사람이 나트교에 상자를 두고 간 사람인 것 같아. 역시 초능력자야."

"SPC사람이 아니면 리버스 관계자가 아닐까?"

오세나가 물었다.

"확실하지 않아. 우리 쪽 사람은 아니고 리버스 관계자거나, 어디에도 속하지 않는 외부인이겠지."

유화가 말했다.

"다른 기억도 읽어볼게."

유화가 걸어 다니며 기억을 읽는 동안, 박철민이 주변을 살폈다. 리버스 사람들과 마주칠 거라는 이광호의 경고가 있었으니 신체의 모든 감각이 긴장된 채로 깨어 있었다. 오세나는 자력으로 자신을 지켜낼 수 있겠지만, 유화는 그게 아니었다. 유사시에 그녀를 지키는 것은 자신의 역할이었다.

"잠깐만. 어? 이건 좀 이상한데."

유화가 머뭇거리며 말했다.

"권유성씨가 교주랑 함께 여길 빠져나갔어."

"뭐라고?"

박철민이 물었다.

"기억을 다 읽고 빨리 나가자. 너무 많아서 시간이 조금 걸릴 거야."

"나중에 다 말해줘. 그래서 얼마나 걸려?"

"10분이면 돼. 그 안에 마치고 나가자."

유화가 말했다.

그녀는 말없이 걷다가 갑자기 울먹거리기 시작했다. 끔찍한 기억을 읽어낸 것처럼 울고 있는 유화가 걱정되었다. 박철민이 그녀와 나란히 걸으며 옆에서 다독였다.

"너무 다 읽지는 마. 필요한 것만 선택해서 읽어."

박철민이 말했다.

"그게 불가능해."

유화가 말했다. 그녀는 몸을 가누지 못한 채로 주저앉아 버렸다. 분명히 남의 기억일 뿐인데도 유화는 자신의 일처럼 소리 내어 울기 시작했다.

"이러다가 여기 사람들 다 집합하겠어. 광호가 무슨 미래를 봤든 간에, 우리 선택을 중요시 하겠다고 했으니까. 그만 읽고 여기서 나가자. 권유성이 교주를 데려간 이상, 더 머물러 있을 필요가 없을지도 몰라."

박철민이 다급하게 말했다.

오세나가 유화를 부축해 일으켰고, 둘은 생각할 여력이 없는 그녀를 대신해서 리버스의 움직임을 살폈다. 이 상황에 마주치게 된다면 그야말로 최악이다. 몇 명이 몰려올지도 모르는데 무방비한 사람을 보호하며 싸울 수 있을 리가 없었다.

"빨리 나가자."

그때 굉음이 들렸다. 아마도 현관 입구에서 들려오는 소리인 것으로 보였다. 금세라도 적을 맞닥뜨릴 수 있는 상황에서 예상치 못한 인물이 허공에서 모습을 드러냈다.

"광호야, 몰골이 왜 그래?"

박철민이 물었다.

"말해줄 시간 없어요. 형님, 둘을 데리고 가능한 멀리 날아가세요. 염력으로 형님까지 띄워서 그때처럼 할 수 있죠?"

"그때라면?"

"미래에 갔을 때처럼 말이에요."

이광호가 말했다.

입가에서 흐른 피가 얼룩덜룩하게 묻은 옷차림이었다. 자세히는 몰라도 상황을 설명할 시간이 없다는 것쯤은 이해할 수 있었다. 굉음을 듣고 나서 꽤 시간이 흘렀으니 더욱이 시간은 없었다. 박철민은 창문을 열고 유화와 오세나를 허공에 띄웠다.

"미안해."

그는 염력으로 그녀들을 밖으로 내던졌다. 그리고 자신에게도 능력을 써서 창 밖에 떠올랐다.

"너도 빨리 이동해."

"알겠어요."

박철민이 먼저 내보내진 이들과 함께 무서운 속도로 날아갔다. 이광호는 그를 바라보다가 시선을 복도 쪽으로 향하게 했다.

'시간 능력을 다시 쓸 수 있을지 모른다.'

가엘이 시간 이동을 막아둔다면 그야말로 옴짝달싹할 수도 없는 상황이다. 도박 같은 상황이지만 일단은 해보는 수밖에 없었다.

'그 남자는 누구일까. 로다스만.'

이광호는 손목시계의 초침 소리에 청각을 집중시켰다. 그리고 천천히 시간 속으로 걸어 들어갔다.

15.

"3825, 소지품 챙기고 공동 물품은 놓고 가도록."

교도관이 말했다.

리월권은 두 명의 교도관을 뒤로 하고 방으로 들어갔다. 챙겨야 하는 물품은 이미 정해져 있었다. 그것 말고는 없었다. 그는 스크랩해서 붙여둔 신문 기사들을 한 장씩 떼어냈다. 그것을 다 떼어내서 손에 두툼하게 잡힐 지경이 되어서야 그는 되돌아 교도관들을 바라봤다.

"다 챙겼으면 이제 가도록 하지. 입소 때 입고 왔던 옷은 검문소에 있는 직원이 건네줄 거다."

교도관이 말했다.

각진 모자를 눌러쓴, 일반 간수와는 구별되는, 입소 날이나 출소 날에만 얼굴을 보게 되는 직원들이었다. 그들과의 동행으로 출소를 앞두고 있다는 실감을 할 수 있었다. 정말로 조기 출소를 하게 된 것이다.

교도관들은 리월권을 연행하듯 검문소로 데려가며 철창 너머로 얼굴을 붙이고 선 죄수들을 쳐다봤다.

검문소에 다다르기 직전 교도관이 물었다.

"그런데 그 신문 기사들은 신줏단지처럼 모시고 있군. 무슨 의미가 있나?"

리월권이 질문을 던진 직원을 바라봤다.

그는 간수들에게서 대강의 이야기를 전해 들은 눈치였다. 동업자인 만큼, 직원들끼리의 대화가 많았을 것이다. 별의별 말을 다 주고받았을 테니 어쩌면 자신이 북한 주민이었다는 사실도 알고 있을 것이다.

하지만 리월권은 대답하지 않았다.

"너에게도 사정이 있을 테지. 사회에 나가면 법을 위반하지 않게 노력해보도록."

교도관이 말했다.

그들은 검문소의 직원들에게 리월권을 인계했다. 검문소 직원들이 건네는 옷은 깨끗하게 세탁이 되어 있었다.

리월권은 탈의실로 들어가 옷을 갈아입고 나왔다.

출소. 그 동안 입고 지냈던 죄수복을 커다란 수거함에 넣으면서, 그는 검문소의 직원들을 바라봤다.

"여기 사인하고 밖으로 나가시면 됩니다. 출소는 저 로봇들이 도와줄 겁니다."

리월권은 직원이 내민 서류에 사인을 마쳤다.

사회로 돌아가 문제를 일으킨다면, 가중 처벌을 받겠다는 일종의 각서였다. 그는 사인을 마치고 안드로이드 로봇들을 바라봤다. SPC의 마크가 어깨에 새겨진 진압용 안드로이드 로봇이었다.

제 3장
타협과 변혁

타 임 워 커 4 : 리 버 스

16.

모임에 참여한 각 나라의 대통령들의 입을 통해 거대국가의 출현이 예고되었다. 그것은 큰 파장을 몰고 오면서 양 극단의 반응을 이끌어 냈다. 찬성하는 사람들은 극진적인 변화에 따른 부작용을 경고했고, 반대하는 이들은 절대로 그런 일은 일어나지 않아야 한다고 일축했다. 그러거나 말거나, 각 나라의 수장들은 별도의 부연설명 없이 '검토해 보겠다'라는 답변만 내놓았다.

이 같은 변혁의 시기에 한국에는 선거 날이 다가오고 있었다. 예정되어 있던 국회의원 선거일에 맞춰서 대통령까지 새롭게 선출한다. 이는 비리 척결 운동이 낳은 결과였다. 비리 척결 운동으로 인해 대통령과 국회의원 선거가 앞당겨지게 되었다.

"물론 통합의 날이 되면 우리 기업이 통합국의 모든 전산을 관리하게 될 겁니다. 전산뿐만이 아니지요. 우리나라에서 시행되고 있는 인공지능 도시처럼 시행될 수 있다면야, 우리가 세계적인 기업으로 발돋움하는 것도 문제가 아닙니다. 하지만 이사님, 그리고 사장님들, 생각해보십시오. 만약 통합국으로의 추진이 도중에 막힌다면 우리 기업이 쌓아온 긍정적인 이미지 모두를 버려야 할 겁니다."

기업 총 회의에 참여한 이들이 남자를 바라봤다.

마케팅부의 정유여 부장. 그는 SPC기업이 창립 전부터 다른 회사에서 초빙해온 인재로서, 불과 3개월 만에 큰 성과를 일궈낸 남자였다. 신생 기업인만큼 능력 위주로서 채용과 승진이 이뤄졌고, 그는 녹슨 바늘구멍보다도 뚫기 힘든 3계단 승진을 얻어냈다.

"게다가 이제 곧 정계의 선거가 있을 겁니다. 예상했던 결과로서 출마자들이 통합국에 대한 공약을 걸고 있어요. 우리 기업에 대한 말이 나오진 않았지만, 시민들이 우리의 존재에 대해서 알게 되는 것도 시간문제입니다. 비리를 쫓아내자는 모토를 지닌 우리 기업에 큰 타격이 올 겁니다. 그렇게 되면 일반 시민들은 인공지능 사업에 대해서도 반감을 가질 수 있습니다."

정유여 부장이 말했다.

"섣부른 결정이 아니었습니까?"

그는 여러 가지 의미가 담긴 눈빛으로 이광호를 응시했다. 말은 총 책임자인 유달수 이사를 가리키고 있었지만, 묻는 대상이 초능력 계열 사장에게 향하는 것을 모르는 사람은 없었다.

"어어, 그건 충분히 논의가 되었던 겁니다."

유달수 이사가 말했다.

"그렇다면 이사님, 선거를 조작하기라도 하겠다는 겁니까? 시민운동이 도를 넘어섰어요. 정치권을 송두리째 뿌리 뽑아 지금 아예 새롭게 선출되는 지경입니다. 덕분에 전문성이 결여되고 도덕성만 뛰어난 이들이 더욱 지지를 받는 상황이에요. 문제는 이 사태를 만든 게 우리라는 겁니다. 그런 우리가, 이제 와서 뒤로는 각 나라의 수장들을 불러 일종의 모의를 했다는 게 알려지기라도 하면 그야말로 망신인 겁니다. 이건 음모론과도 결착될 수 있어요. 정계와 재계를 입맛에 맞춰 바꿨다는 의심을 피하지 못할 겁니다."

정유여 부장이 말했다.

유달수는 불편한 얼굴로 잠시 말문을 닫았다.

"너무 날카로워진 거 같은데, 그 흥분은 조금 가라앉히시고."

유달수가 말했다.

"확실하게 말해둡니다. 우리는 선거를 조작하지 않을 겁니다. 민주주의 사회에서의 선거권은 오직 시민에게 있어야 합니다. 그러니 기분 나빠하지 않으셨으면 합니다."

이광호가 말했다.

유달수는 어쩔 수 없다는 듯이 그에게 발언권을 넘겼다.

"그리고 말씀하신 것 중에 잘못 이해하신 부분이 있습니다. 물론, 정유여 부장님의 우려가 터무니없다는 것은 아닙니다. 그건 우리 회사를 걱정하는 것이고, 객관적으로 봤을 때도 충분히 예견할 수 있는 일들입니다. 그렇게 되면 안 됩니다. 저도 그런 식으로 흘러가길 바라지 않습니다."

이광호가 말했다.

정유여 부장은 조금 누그러진 얼굴로 그를 응시했다.

"물론 이광호 사장님의 능력을 믿지 못하는 게 아닙니다. 진실 된 분이라고 생각하고 있고, 미련한 결정을 성급하게 할 사람이 아니란 것을 압니다. 하지만 도저히 납득이 되지 않아서 꼭 짚고 넘어가야 안심이 되겠습니다. 결례를 범하여 죄송하나 이해해 주시고 설명을 부탁드립니다."

정유여 부장이 말했다.

이광호는 강지환 회장과 국내로 돌아온 뒤에 SPC의 내부 권력자들에게 통합국에 대한 말을 전했다. 미리 대비해야 할 것이고, 충분한 논의를 통해 의견을 얻고자 했던 것이다. 그 결정이 잘못된 걸까. 하지만 다시 생각해봐도, 미리 전하는 것과, 불시에 다른 이를 통해 알게 되는 것은 명백히 달랐다.

"잘못 이해한 부분이 있다면 말씀해주십시오."

정유여 부장이 말했다.

"말씀드렸듯 선거는 국민들을 통해서 이뤄질 겁니다. 하지만 예견하건대 대통령이 바뀌는 일은 없을 겁니다."

이광호가 말했다.

"대통령이 바뀌지 않는다니요?"

정유여 부장이 말했다.

"지금의 대통령은 임기가 채 끝나지 않았습니다. 운동에 휘말려서 도중에 사퇴하고 내려갈 판이 되었죠. 하지만 그가 재선에 출마한다면 시민들은 분명히 그를 뽑을 겁니다. 그는 비리 척결 운동에서 유일하게 낙오되지 않았던 사람입니다. 물론 일적인 부분에서도 유능했구요."

이광호가 말했다.

"하지만 우리나라는 연임이 되지 않습니다. 한 사람이 대통령에 다시 출마할 수 있게 되면 불필요하게 강한 권력 집단이 형성될 수밖에 없습니다. 여태까지의 역사를 보면 답이 나옵니다. 그게 없어짐으로 인해서 부패 권력을 몇 차례나 몰아낼 수 있었죠. 다시 부활시킬 수도 없을뿐더러, 그렇게 돼서도 안 되는 것 아닙니까?"

정유여 부장이 말했다.

가만히 듣고만 있던 이들이 술렁거리기 시작했다.

"대통령께서 청렴한 분이라는 건 압니다. 하지만 그 뒤에도, 그 뒤에도 계속해서 출마한다는 건 불가능합니다. 단 기간에 연임제를 부활시키는 것도 무리가 있습니다."

정유여 부장이 말했다.

"그 건은······."

유달수 이사가 운을 띄웠다.

"대통령 연임제에 대한 문제는 생각해둔 방법이 있습니다."

이광호가 말했다.

터질 듯 불안해 보이던 정유여 부장이 붉게 상기된 얼굴로 일어났다.

"더는 듣고 있지 못하겠습니다. 저는 나가보겠습니다."

"앉으세요."

인공지능 계열 사장이 말했다.

정유여는 불만스러운 얼굴로 다시 자리에 앉았다.

"정유여 씨에게 묻겠습니다. 이미 통합국으로의 길은 열렸습니다. 이제 곧 거대국가가 등장할 것이고, 우리가 빠진다고 해도 벌어질 사안입니다. 거대국가 속에서도 하나의 대통령이 새롭게 선출될 것입니다. 우리에게 전문성과 도덕성 중 먼저가 되어야 할 것이 무엇으로 보입니까? 능력입니까? 아니면 정의로움입니까? 둘 다입니까?"

이광호가 말했다.

그는 다소 공격적으로 들릴 수 있는 목소리로 덧붙였다.

"새롭게 탄생할 거대한 힘에 맞서려고 한다면 우리도 준비를 해야 합니다. 단지 한국 내부뿐만이 아닌 다른 나라의 간섭도 당연히 받게 될 겁니다. 시민권과 선출권은 우리에게 있더라도 여론은 세계적으로 흘러갈 것이란 말입니다. 다른 나라의 시민들도 모두 대한민국의 국민들처럼 얌전하지 않습니다. 거리로 나오는 것에 그치지 않고, 적극적으로 의사 표현을 하고, 과감하게 지도자를 끌어내기도 합니다. 여론을 조성하여 공격하기도 하고, 앞으로의 정세는 예상치 못하게 흘러갈 겁니다."

"하지만 통합국에 포함되지 않으면 되는 게 아닙니까?"

"한국의 인구가 몇입니까?"

"논지에 어긋나는 말입니다. 묻는 말에 답해주세요."

"선진국 하나를 상대하기도 벅찬 것이 한국의 실정입니다. 우리가 아무리 문명을 발전시킨다고 한들, 여러 국가를 모두 합친 국가를 상대로 게임이 될 거라고, 그렇게 생각하지 마십시오. 애초에 의견을 내지 않았더라면, 하고 묻는다면 이건 미래를 위해 꼭 필요한 일이었고, 앞당길 수밖에 없었다고 말해주고 싶군요."

이광호가 말했다.

커다란 나라를 상대하기도 벅찬데, 여럿을 상대해야 한다.

정유여는 혹시나 자신의 궁금증 저 이면에 거대한 비밀이 도사리고 있을지도 모른다는 생각이 들었다. 알게 되어서 전혀 좋을 것이 없었다.

"이번 비리 척결 운동으로 인해 큰 아버지가 정계에서 내려오셔야 했습니다. 죄송합니다. 사적인 감정 때문에 목소리를 높이게 됐어요. 이해해주셨으면 합니다."

정유여 부장이 말했다.

그는 불안한 눈초리로 고개를 숙였다.

"아닙니다. 확실히 하고 싶었는데 이렇게 화두에 올려 주서서 감사합니다."

이광호가 말했다.

유달수가 그를 한번 바라본 후 마이크를 구부렸다.

"그럼 다른 분들 의견은 어떻습니까? 오늘 안건 말입니다. 잠시 삼천포로 빠졌지만, 통합국의 기초에 우리의 인공지능 소스를 제공하는 것에 동의합니까?"

유달수가 말했다.

"이견 없습니다."

"우리가 주가 되어서 진행되는 게 좋을 겁니다. 자칫하다가 주도권을 빼앗기면 큰 손해이니까요."

"저도 별도의 이견은 없습니다."

"동의합니다."

유달수가 고개를 돌려 정유여 부장을 응시했다.

그는 납득한 얼굴로 이사를 바라봤다.

"이사님, 저도 동의합니다. 앞으로 우리 SPC기업의 발전에만 신경 쓰도록 하겠습니다. 마케팅 쪽은 제가 맡아서 이끌도록 하겠습니다. 부정적인 여론이 형성되지 않도록 노력하겠습니다."

정우여 부장이 말했다.

유달수는 흡족한 미소를 띠며 회의장에 모인 이들을 돌아봤다.

"오늘 회의는 여기서 마치도록 하겠습니다. 모두 가서 일들 보세요."

17.

정유여 부장.

그의 아버지는 '자식'에 집착했다. 단순히 번식의 의미에 집착한 것이 아니라, 자신의 명성과 부, 그리고 직위를 이어줄 수 있는 남자 자식을 원했다. 그의 생모는 정유여를 출산하기 전까지 다섯 번의 임신과 한 번의 유산을 겪었다. 오로지 명성을 이어가겠다는 욕심 때문에 생모는 몇 차례나 살을 찌우고 빼는 고단한 과정을 겪어낸 것이다. 그 욕심이 어느 정도였냐 하면, 세 번째로 가진 자식이 딸이라는 소식에 병원을 박차고 나가 며칠 째 연락도 하지 않을 정도였다.

우여곡절 끝에 생모는 아들을 출산했다. 그것이 지금의 정유여였다. 그렇게 힘든 과정 속에서 얻게 된 귀한 아들이지만, 그 아들은 애정 어린 눈빛이 아닌 부담스러운 기대를 감내해야 했다.

엘리트 중의 엘리트. 무엇 하나라도 두각을 드러내야 했다. 학창시절에는 추억 대신 풀고 난 문제지를 방 뒤편에 차곡차곡 쌓아갔다. 부친의 기대는 태산보다 컸으며 그 기대에 못 미칠 때마다 생모는 심하다 싶을 정도로 불안해했다.

한평생 어떠한 과제를 마치기 위해 태어난 사람처럼 행동해야 했다. 어학, 정치적 지식, 넓은 견문, 자신의 노력을 입증해줄 수많은 트로피와 상장들.

뭔가를 이뤄낼 때마다 훌륭한 사람이 된 것만 같았다. 가치 있는 사람이 되는 것 같았고, 남들보다 우수한 사람으로 인정받는 것이 좋았다. 그런데 이렇게 쌓아 올린 것들도 말짱 헛것이 되어버렸다.

갑자기 나타난 초능력자들은 그간 노력했던 모든 것들을 의심하게 만들었다. 아무리 날고 기어도 가치 있는 사람은 결국 태생부터 다른 것이 아니었을까?

"젠장! 마음에 안 드는 새끼들!"

정유여 부장은 커피가 조금 남은 캔을 땅에 던졌다. 거칠게 그것을 밟아대다가 분에 못 이겨 그가 돌부리 밑에 주저앉았다.

남들보다 어린 나이에 권력을 맛보았고, 꽤 높이 올라왔다고 생각했다. 알아주는 기업에 스카우트되었고, 유명세를 좇아 들어오게 된 것이다. 물론, 이직한 회사에서도 능력은 인정받았다. 어린 나이에 부장이라는 타이틀을 거머쥐고 중요한 회의에 참석할 자격까지 얻게 되었으니 말이다.

"나는 누구보다 성공해야 한단 말이야."

정유여 부장은 누군가를 떠올리며 쓴웃음을 지었다. 아무리 노력을 해도 그처럼 성공할 수 있을 자신이 없었다.

"사람들은 영영 나 같은 건 처다보지도 않겠지."

그들이 나타나기 전까지 쏟아지던 관심이 지금은 온데간데없었다. 여태까지 쌓은 모든 지식들은 그들의 능력 앞에서 빛을 발하지 못할 것이다.

"왜 나는……."

한국이란 나라에서 높은 권력을 지닌 자들을 곁에 두었다. 지금은 쫓겨났지만, 한 때는 정치권을 쥐락펴락하던 큰아버지도 곁에 있었고, 법조계에서 내로라하는 인재들과도 함께 식사를 나눌 정도로 좋은 인맥이 많았다.

'질투'를 느끼게 하는 자들을 처단하는 것쯤은 입김만 불면 가능했다. 버러지들의 발악은 잠시뿐이었다. 사람들을 발아래에 두고 그들을 비웃을 때면 이전까지의 고생들이 모두 보상을 받는 것만 같았다.

그런데 생전 처음, 뜻대로 되지 않는 상대를 만났다. 겉보기에 능력, 지능, 외모까지 앞서는 것처럼 보이는 그가, 오늘 이후로 인맥까지 더 훌륭한 것이 모두의 앞에서 드러나 버렸다. 정치계에 몸담았던 큰아버지를 애초에 좋아하지는 않았다. 그럼에도 그를 운운하며 발끈한 것은 순전히 개인적인 질투심에 기인한 것이다.

"제길!"

정유여의 얼굴이 일그러졌다. 태어나 처음으로 지어보는 절망적인 표정이 얼굴 근육을 통해 느껴졌다. 굳이 거울을 통해 보지 않아도 알 수 있었다. 한강 둔치에 곧 자살해도 이상하지 않을 패배자의 모습이 머릿속에 그려지고 있었다.

'초능력'

그것만 얻을 수 있다면.

정유여는 초능력 회사의 내부 상황을 조금은 알고 있었다. 엄격하게 통제되고 있는 것처럼 보이지만 그 안에 일반인 직원도 있는 바, 알음알음 들려오는 소리가 있던 것이다. 듣기로는 초능력자들에 관련한 정보를 데이터화 하여 가지고 있다고 들었다. 그렇다면 어떠한 연구가 진행되고 있는지도 몰랐다.

"이대로 질 수는 없어. 두고 봐. 네가 신이 아님을 내가 증명해주지."

정유여는 비릿하게 웃으며 휴대폰을 꺼냈다.

이런 부탁을 할 수 있는 사람은 사실상 없었다. 그러나 생사결하여 불가능한 일은 아마도 없을 것으로 보였다. 실패하게 된다면 죽는 것밖에 없었고, 죽는다면 더는 비참한 심정으로 살아가지 않아도 되었다.

"……여보세요?"

수화기 너머로 여린 여성의 목소리가 들려왔다.

정유여는 호흡을 가다듬었다.

이 순간은 젠틀하고 상냥한 가면을 쓴 신사로서 행동해야 한다.

"안녕하세요. 처음 뵙겠습니다. SPC기업의 정유여 부장이라고 합니다."

사냥감은 클수록 흥분이 된다 했다.

정유여는 열등감이 사그라지는 것을 느꼈다.

18.

강지환 회장이 문을 닫았다.

"뭐야, 당신?"

남자들이 당황한 눈으로 강지환을 쳐다봤다. 회장은 남자들 옆에 기대어 있는 여자들을 바라봤다. 선거가 일주일도 안 남았는데 친분이 있는 정치인들끼리 술자리를 즐기다니. 그것도 한창 비리척결 운동이 휘젓고 간 다음에 말이다. 참으로 인간의 학습 능력을 의심케 하는 행태였다.

"잠깐만, 이거 예상 밖의 인물이신데? 아이고, 우리 회장님 아니십니까?"

남자들 중에 한 명이 말했다.

이번 대선 주자로 출마하게 된 사내였다. 하지만 그는 대통령으로 선거되지 않을 것이다. 계획대로 되기 위해서는, 대통령은 연임되어야 한다.

"합석해도 되겠습니까?"

강지환 회장이 예의를 갖춰 말했다.

자기들보다 한참은 나이가 어린 회장의 말에 남자들이 호들갑을 떨며 자리를 만들었다. 회장을 자리에 앉히고 나서 남자가 소매를 팔 위쪽으로 거뒀다.

"회장님이 이 근처도 오시는 줄은 몰랐습니다. 아무튼 반갑습니다. 뭐, 이 근처에 볼일이라도 있으셨던 겁니까?"

대선 주자로는 형편없는 인물.

물론 그의 능력과 일처리 수준은 꽤 괜찮은 편에 속했다. 하지만 인격적인 면으로는 하자가 많았다. 비슷한 사람끼리는 서로 알아보는 법이다. 지금도 모르는 척 능구렁이처럼 행동하고 있으니 말이다. 마주친 눈빛 속에서 강지환 회장이 결코 우연히 이곳에 들르게 된 것이 아님을 확신하는 눈치였다.

"그래요. 일이 있어서 왔습니다. 일행도 있는데 혹시 괜찮다면 들어오게 해도 괜찮겠습니까?"

강지환 회장이 말했다.

남자가 글라스를 가져와 술을 따랐다.

"회장님 측근이시라면 언제든 환영합니다. 자객이 아니라면 말이지요."

남자가 말했다.

그는 호의를 지니고 있는 것처럼 보였지만 동시에 경계도 늦추고 있지 않았다. 대한그룹의 강지환 회장이 최근 현 대통령과 긴밀하게 만났음을 모르는 정계 인사는 없었다. 당연히 대선 주자로 나오게 된 그 역시 소식을 들었을 것이다.

대선 주자 중 하나인 한정재 국회의원.

그는 곧 열릴 문을 흘긋 바라봤다. 그러나 그의 예상과는 달리 문은 열리지 않았다. 무언가 이상함을 느낄 찰나였다.

"왔습니까?"

강지환 회장이 어딘가를 응시했다.

한 남녀가 자연스럽게 다가와 비어있는 자리에 앉았다. 최대한 가깝게 붙어 앉느라고 비게 된 바깥 쪽 자리에 남녀가 떨어져 앉았다. 낯선 자들에게 포위된 것만 같은 기분에 정계 인사들은 불편한 기색을 드러냈다.

정계 인사들은 강지환 회장이 지닌 또 다른 무기를 떠올렸다. 그는 초능력자들과도 긴밀한 관계를 지니고 있다는 것.

"회장님, 무슨 일로 저희들을 찾아오신 겁니까?"

한정재의 바로 오른 편에 앉은 남자가 불만스럽게 물었다. 초능력자들을 대동하고 찾아온 것이라면 썩 좋은 일은 아닐 것이다.

한정재가 손을 들어 일행을 저지했다.

"현 대통령과 비밀스럽게 만난 것은 알고 있었습니다."

한정재가 말했다.

"제가 대선 주자로 나서지 않기를 바라는 겁니까? 해서 대통령 라인의 다른 사람을 그 자리에 앉히려는 것인가요? 이거, 회장님께서 돈을 벌기 바빠 최근 정세에 신경 쓸 틈이 없으셨나 봅니다."

강지환 회장이 크게 숨을 내쉬었다.

정계에 있어서만큼은 강경한 대응을 피하고자 했지만 어쩔 수 없었다. 이광호의 부탁이 있었고 취지와 당위성이 분명했다. 처음에는 단순히 이광호를 자신의 편으로 만들어 이용하고자 했지만 이제는 달랐다. 그는 소중한 존재가 되었고 마음에 맞는 파트너였다. 그가 합당하지 않은 부탁을 했을지라도 아마 들어줬을 것이다.

"본론부터 말하겠습니다. 한정재 국회의원님."

강지환 회장이 말했다.

조금 전까지의 예의 바른 미소는 지워지고 없었다. 거기엔 세력의 우위에 있는 자의 오만한 미소가 대신하고 있었다.

"우리 편에 서시죠."

"하!"

한정재 국회의원이 기가 차다는 듯이 웃었다. 막다른 벽으로 쥐를 몰듯 몰아놓고 한다는 말이 같은 편에 서달라는 말이다.

"무슨 뜻으로 해석하면 좋겠습니까? 그런 것치고는 화목한 분위기가 아니군요. 그것은 제안입니까, 아니면 요구입니까, 협박입니까?"

한정재가 물었다.

강지환 회장은 초능력자들을 바라보았다. 유화가 그와 눈을 마주치고 건너편의 리오를 향해 시선을 돌렸다.

"우리 기업에 속한 초능력자들이 전부 몇인 줄 아십니까. 국회의원님."

강지환 회장이 말했다.

이것은 제안이 아님을 에둘러 표현하고 있는 것이다.

"머리가 나빠서 알아듣기 어렵군요."

한정재가 말했다. 그는 안주가 담긴 접시와 술잔을 밀어내고 테이블 위에 두 팔을 올렸다.

"대선 주자 사퇴를 바라는 겁니다. 대신 국회의원으로 출마하십시오. 그럼 오늘 여기서의 일은 입밖에 내지 않겠습니다. 잘 아시지요? 비리 척결 운동이 심화되고 있는 것 말입니다."

강지환 회장이 말했다.

한정재의 얼굴이 일순 굳었다. 그는 애써 침착한 얼굴로 강지환 회장을 바라봤다.

"딱히 방도가 있겠습니까? 강지환 회장님의 영향력이 이미 한국 안에만 있는 것이 아니니 말입니다. 하지만 저도 얻는 것이 있어야 하지 않겠습니까? 같은 편에 서는 것이라면 얻는 것이 있겠지요. 한번 들어나 봅시다."

한정재가 말했다.

분명 나쁘진 않았다. 그도 바보가 아닌 이상, 더는 권력의 중점이 대통령에 국한되지 않는다는 것을 알았다. 강지환 회장의 라인에 들어갈 수 있다면, 장기적으로 얻게 될 이득이 더욱 많았다. 더군다나 대선에 출마한다고 해서 그것이 당선을 의미하지는 않았다. 강지환의 라인으로 빠진다고 해서 결코 실이 되진 않는다. 그의 밑에 있는 초능력자들과도 같은 편이 될 수 있을 테니까 말이다.

"회장님은 신사적이라고 들었습니다. 그 말이 만들어진 것이 아니라면 대선 주자 사퇴에 합당한 보상을 가지고 오셨겠지요."

한정재가 말했다.

쥐도 새도 없이 술을 마시다가 죽을 수는 없는 노릇이다. 그것을 아는지 모르는지 이 자리의 다른 이들은 적대적인 반응을 보이고 있었다. 생각이 없는 것인지, 오래 살고 싶은 마음이 없는 것인지.

정치계에 발을 담았다면 특사가 될 생각은 버려야 한다.

가만히 지켜보고만 있던 강지환 회장이 웃으며 입을 열었다.

"과연, 현명하십니다."

회장이 대뜸 문가를 쳐다봤다.

"들어오세요."

문과 가장 가까운 자리에 앉아 있던 리오가 문가를 향해 말했다. 정장을 빼입은 수려한 외모의 사람들이 줄줄이 들어왔다. 그들이 평범한 사람이 아님을 정치계 인사들은 거의 동시에 알아차렸다.

"형님, 우리가 고작 이런 대접을 받아야! 우리들은 시민들이 뽑은……!"

한정재가 발악을 하던 남자의 멱살을 거칠게 잡았다. 생과 사의 경계에 서 있는 자가 자신의 위치를 가늠하지 못하고 떠들고 있는 것이 얼마나 아둔한가.

한동안 남자를 노려보던 그가 손을 풀어내고 강지환 회장을 바라봤다.

"대답을 들려주시죠."

"알고 계시겠지만 우리 대한그룹의 영향력은 매우 큽니다. 발전 가능성은 있어도 후퇴 가능성은 없지요. 이 나라 안에 대통령보다 우위에 있는 자들이 생겼음을 국회의원님은 아시고 계실 거라 믿습니다. 한 편이 되는 것만으로도 한정재 국회의원님을 건드릴 수 있는 사람이 없을 거라고 말해주고 싶군요. 부와 명성보다 중요한 것이 권력 아니겠습니까? 죽으면 말짱 소용이 없는 것에 집착하지 마시지요."

강지환 회장이 말했다.

한정재는 밀폐된 룸 안에 에워싸듯 서 있는 자들을 바라봤다. 초능력자들의 존재를 알게 되었을 때보다 더 큰 위압감이 느껴졌다. 그들은 도무지 자신과 같은 평범한 '사람'처럼 보이지 않았다.

괴물 같은 사람들과 한 배를 타게 된다.

타지 않으면 침몰하게 된다.

하지만 한 배에 탄다고 해서, 물속으로 떨어지지 않으리란 보장은 없었다.

"안전장치가 있습니까?"

한정재 국회의원이 말했다.

그들의 속셈이 무엇이든, 정말 소문처럼 대통령 연임제를 꿈꾸고 있든, 그건 신경 쓸 바가 아니다. 조금 더 멀리 봐야 한다.

"저는 진심입니다. 한정재 국회의원, 믿지 못한다면 저도 어쩔 수 없습니다. 진심으로 당신이 이 제안을 받아들여 함께 갈 수 있었다면 좋겠습니다."

강지환 회장이 말했다.

한정재는 초능력자들로 추정되는 사람들을 차례차례 바라봤다. 꼼꼼하게 그들을 분석하던 그의 눈이 한 곳에 멈추었다.

낯익은 얼굴이었다.

"당신은 방송에 한 번 나온 적 있던 사람이군요."

한정재 국회의원이 그를 바라보았다.

질겅질겅 껌을 씹고 있는 남자였다. 장난스러운 얼굴로 남자가 미소 지었다.

"이광호씨와 친밀한 분이시고, 제 기억이 왜곡되지 않았다면 당신 역시 시간 능력자였습니다. 맞으신가요?"

한정재가 말했다.

"네, 맞아요. 광호랑은 오랜 친구죠."

김상현이 말했다.

한정재는 차분해진 얼굴로 고개를 끄덕였다. 강지환 회장이 권력자라면 이광호는 팀의 리더다. 실질적으로 초능력자들을 이끌고 있는 우두머리. 인공 지능 체계를 최초로 시각화하여 기계에 생각을 불어넣은 사람. 그와 강지환 회장이 친형제처럼 지낸다는 소문이 아무래도 사실인 모양이었다.

"……그런 거라면 거부할 이유가 없지요."

한정재가 강지환 회장에게 손을 내밀었다.

강지환 회장이 환하게 웃으며 그의 손을 힘주어 잡았다.

"탁월한 선택입니다."

강지환 회장이 말했다.

"아쉽네요. 쓸 만한 삽을 가져왔는데."

초능력자들 중 한 명이 말했다.

어쩐지 실망한 표정의 초능력자들이 보였지만 한정재는 애써 모른 척했다. 뒷산에 묻으려는 데 실패했다는 농담이 이제는 전혀 농담처럼 들리지 않았지만 말이다.

"그런데 대선 주자는 저뿐만이 아닌 걸로 압니다. 어떻게 하실 계획이십니까? 대한그룹 강지환 회장님."

한정재가 물었다.

장난치듯 공포감을 조성하는 초능력자보다는 강지환 회장과 친밀해지는 게 더욱 빠를 것 같다는 판단이 섰다.

최선을 다해 친한 척 구는 한정재 의원의 어깨에 강지환이 팔을 둘렀다.

"아, 그렇군요. 그걸 먼저 설명했어야 했던 것 같네요."

막 생각났다는 듯 들리는 말투였다.

회장은 귀 옆을 긁적거렸다. 매우 귀찮지만 홀가분한 얼굴이었다.

"이미 다 다녀왔습니다. 한정재 국회의원님이 마지막이었지요."

강지환 회장이 말했다.

그는 웃으면서 농담처럼 덧붙였다.

"아마도 거기는 다시 덮어두라고 해야겠네요. 인원수에 맞춰서 네 자리나 만들어 뒀는데 말입니다."

"농담이 지나치십니다. 아무튼 잘 부탁드립니다. 강지환 회장님."

한정재 국회의원이 말했다.

마지막 자리였다는 그의 말을 기억하고 한정재는 마담을 불러 추가로 방을 잡았다. 초능력자들을 얼른 다른 곳으로 보내버려야 술이 넘어갈 것 같았다.

초능력자들이 옆방으로 건너가고 한정재 국회의원은 급하게 마담을 불렸다.

"최대한 비싼 술로 대접해주세요! 부탁입니다!"

19.

아무리 덤덤하게 행동하려고 해도 그렇게 되지가 않았다. 부모를 죽게 만든 원수와 다름없이 느껴져서 신주아는 눈에 힘을 풀 수가 없었다. 의식해서 얼굴을 피려고 하면 꾹 다문 입술에 이번엔 답답함이 치솟는다. 일단은 사탄교 내의 정보를 알 수 있겠다 싶어서 데리고 있는 것이지만, 이광호가 오지 않으면 한 마디도 꺼내지 않겠다는 말을 한 뒤로 말이 없었다. 일상적인 이야기도 잘 하지 않으니 그야말로 로봇이나 다름없는 것이다.

"아, 짜증나! 이 새끼는 어떻게 된 게 고집이 이렇게 세대? 그러니까 그런 사이비 같은 곳에 있었지!"

"교주님, 고운 말 쓰셔야죠! 약속했잖아요."

"짜증난다고, 저 새끼! 내가 뭐라고 생각하는 거지?"

"욕은 안 하기로 하셨으면서 왜 그러세요. 체통을 지키셔야죠."

"아무리 그래도 입도 뻥긋 안 하잖아. 아, 짜증나! 이광호는 언제 오는 거야. 도대체? 리버스 그 새끼들을 잡을 생각은 있는 거래?"

"이광호씨는 처리할 일이 많으시잖아요."

"우리는 뭐 안 바쁜가?"

열을 내고 있는 신주아의 옆에서 김민성이 난처하게 웃었다. 그는 곧이어 고집스럽게 창 밖을 바라보고 있는 천지혁을 바라봤다.

"형제님, 교주님이 화가 나실 수밖에 없는 상태라 이해 부탁드려요. 원래 이렇게 거친 분은 아니시니 오해하지 않으셨으면 합니다."

김민성이 말했다.

그러나 그는 묵묵부답이었다. 과연 그의 말을 제대로 들었는지 모를 정도로 아무런 미동도 없었다.

"저것 봐. 사람을 무시하는 것도 정도가 있지! 당장 이광호한테 전화해야겠어!"

신주아가 말했다.

그녀는 여전히 망부석처럼 굳어있는 천지혁을 내버려두고 방을 나섰다. 빠르게 걷는 그녀의 옆을 뒤따라 나온 김민성이 나란히 걸었다.

"하지만 이광호씨는 많이 바쁘실 텐데요?"

"그럼 저걸 언제까지 내버려두라고? 아직 할 일도 다 끝내지 않았는데 아버지를 보러 갈 수는 없다고! 저 새끼를 그대로 지켜보고만 있다가는 답답해서 죽어버릴 거야!"

신주아는 층계를 옮겨 개인 방으로 들어갔다.

그녀는 골동품처럼 보이는 전화기 앞에 서서 수화기를 들었다.

"벌써 며칠이 지났는데 이 새끼는 연락도 없고, 기다리라고만 하고!"

신주아는 다이얼을 돌렸다.

수화기 소리가 들려오다가 끊어졌다.

"여보세요. 도대체 언제 오는 거야? 이 사람 여기다가 계속 둘 건 아니지?"

신주아가 말했다.

이광호의 대답을 기다렸지만 어쩐지 대답은 들려오지 않았다. 혹시 연결이 제대로 되지 않은 건가 의심하는데 누군가 말문을 열었다.

"아, 혹시 신주아 교주님 되세요?"

진중한 척 하지만 장난기 어린 목소리. 신주아는 기억 속에서 남자의 목소리를 떠올렸다. 딱 한 사람, 기억나는 이가 있었다.

"회장님이 전화를 받으시네요? 이광호는 어디 가고. 그 사람이 이 번호는 직속으로 연결되는 번호라고 했었는데?"

신주아가 의문을 표시하며 물었다.

그는 자리를 비웠고, 빈 사무실에 회장이 들어왔다는 말이 된다.

"그 사람 얼마나 바쁜 거예요?"

신주아가 물었다.

유달수 회장이 길게 들숨을 내뱉었다.

"말도 마요. 회장보다 바쁜 사장이 광호예요. 무슨 일을 벌이고 다니는지. 나는 회장도 아니고 그냥 그런 들러리? 회사 홍보용? 아무튼 천지혁 때문에 골치가 많다고 들었는데 맞아요?"

"맞다. 천지혁!"

신주아는 울컥하고 치솟는 감정을 억눌렀다.

반가움과 걱정 때문에 잠시 잊고 있던 골칫거리가 떠올랐다. 실어증에 걸린 것도 아니면서 말문을 닫고 있는 남자는 사람을 괴롭히는 재주가 있었다.

"이광호가 올 때까지 말 한 마디 꺼내지 않는다고 합디다."

신주아가 말했다.

하소연하듯 뱉었건만 유달수는 지나치게 평온하게 받아들이는 것 같았다.

"그래요? 그거 곤란하네. 지금 광호는 정치놀이 하느라 나보다 바빠요. 선거 이제 며칠 안 남은 거 아시죠? 그 문제로 정리하느라 바쁜데, 그거 아니어도 할 게 많은가 보더라고. 인공지능 센터에도 계속 방문하는 것 같던데? 초능력 계통 직원들도 보러 다니는 것 같고. 아무튼 직원들이 회장인 나보다 광호를 더 좋아하게 생겼어."

"지금 농담할 때에요? 지금 내가 저 개새, 아니 저 사람 때문에 스트레스가 얼마나 받는데. 조만간 이광호한테 여기로 오라고 전해줘요! 마음 같아선 오늘 바로 왔으면 좋겠지만 바쁘다니까. 뭐."

"아, 미안해요. 미안해. 아니, 그럴 게 아니고 지금 내가 거기로 갈게요. 부탁이 있는데. 창문 좀 열어둬 줄래요? 창이 크면 클수록 좋은데 그건 내가 알아서 할 거고. 자매님, 그럼 부탁할게요."

"창문이요? 창문을 왜."

신주아는 당황한 얼굴로 수화기를 내려놨다.

그러다가 문득 정신을 차리고 창문가로 가서 섰다. 오랫동안 그 모습을 보지 못해서 잊고 있었는데 그의 초능력을 생각해보면 이해가 되는 말이었다. 강두호가 살아있을 때 자주 그런 식으로 메시지를 전달하는 역할을 맡았으니 말이다.

"초능력이 있으면 무슨 느낌일까."

신주아는 멍하니 창밖을 주시했다.

그녀의 옆에 김민성이 보좌하듯 섰다. 그렇게 함께 하얀 공작새를 기다리고 있을 때였다. 뒤에서 인기척이 들렸다.

"회장님은 아직인가요?"

남자가 샛노란 머릿결을 쓸어내리며 웃었다.

익숙한 얼굴, 그는 사탄교 잠입 당시 이광호와 함께 있던 남자였다. 기억이 잘못된 것이 아니라면 그는 순간 이동 능력을 지니고 있었다. 본인을 제외한 다른 사람까지 함께 이동이 가능한 걸로 알고 있다. 그런데 어째서 유달수가 함께 오지 않은 것인지는 쉽게 이해가 되지 않았다.

"아, 회장님이 조금 괴짜라서 화려하게 등장하는 걸 좋아하세요. 그래서……."

리오는 자연스럽게 방 안에 놓인 의자에 앉았다.

여러 번 방문한 것도 아니면서 제집처럼 구는 모습이 썩 마음에 들지 않았다. 이쯤 되면 초능력이 발현된 후로 사람이 뻔뻔해지는 건지, 독특한 사람들이 초능력까지 쓸 수 있게 되어버리는 건지 모를 지경이다. 그녀가 아는 초능력자들은 하나같이 범상치 않았다. 이상하게 친화력이 좋거나, 눈치가 없거나, 그게 아니면 정신적으로 어느 한 부분이 독특한 것처럼 느껴졌다.

신주아는 고개를 내저으며 다시 창밖을 바라봤다.

"어, 저기 오네! 회장님, 착륙 조심히 하세요."

바람을 휘날리며 공작새가 방 안으로 들어왔다.

희뿌연 안개를 걷어내고 유달수가 모습을 드러냈다. 중요한 일이 있었던 건지, 공적으로는 갖춰 입게 되는 건지 그 동안과는 다른 모습이었다.

"내가 언제 넘어지는 거 봤나?"

유달수가 말했다.

그는 고개를 돌려 신주아를 바라봤다.

"천지혁 때문에 고생이 많으시다 해서, 언제까지 여기 모셔둘 수도 없는 노릇이고. 데려가려고 왔습니다. 괜찮겠죠?"

유달수가 말했다.

듣던 중 반가운 소리였다.

신주아는 그와 리오를 천지혁이 있는 방으로 안내했다.

"사정을 봐줘서 고마워요. 아무리 중요한 사람이어도 계속 데리고 있기는 불편하던 참이었어요."

"벙어리처럼 굴어요?"

유달수가 물었다.

"맞아요. 그것도 그건데 뭔가 충격을 받은 건지…… 저 사람 때문에 죽은 사람이 손에 다 꼽을 수도 없는데 자기가 충격을 받아 봤자 얼마나 받았겠어요? 그럴 자격도 없는 사람이에요. 이런 말 내 입으로 하게 될지는 몰랐는데, 주님을 배반한 사람이 끝까지 행복할 수는 없는 법인걸요."

신주아가 말했다.

뒤따르던 리오가 코 밑을 훔쳤다.

"여기예요."

신주아가 말했다.

열린 방문 너머로 한 남자의 모습이 보였다. 마치 사색에라도 빠진 듯이 창문 너머를 보고 있는 천지혁 교주. 유달수는 그의 결연한 표정 뒤에 쓸쓸함이 묻어 있는 것을 느꼈다. 절대로 친밀해질 수 없을 사람이라고 생각했었다.

"크흠!"

유달수가 문 앞에 서서 헛기침을 했다.

그러자 천지혁이 돌아봤다.

"이광호가 올 때까진 아무 말도 하지 않을 겁니다."

천지혁이 말했다.

신주아의 말대로 그는 그럴 생각인 것 같았다.

"그래, 그래서 당신을 광호랑 만나게 해주려고 왔어요. 우리랑 같이 가도록 하죠. 여기서 괜한 사람들 불편하게 하지 말고요."

유달수가 말했다.

그가 흘깃 바라보자 리오는 천지혁 곁으로 다가갔다.

"당신들을 어떻게 믿습니까? 이광호씨를 여기로 데려오세요."

천지혁이 말했다.

그는 리오와 거리를 두고 물러났다.

"여기 사람들은 믿을 수 있어요? 가장 믿을 수 없는 처지일 텐데?"

유달수가 말했다.

"그냥 가요. 겉모습은 양아치 같아 보여도 우리 회장님은 꽤 믿을 만해요."

리오가 입을 가리며 속닥거렸다.

천지혁은 여전히 불신 어린 표정으로 유달수를 응시했다.

"거기가 여기보다는 편안할 거라고 보장할게요. 무엇보다 옮기고 나면 수일 내로 광호를 볼 수 있을 거예요. 이래도 고집부릴 겁니까?"

유달수가 말했다.

사탄교의 전 교주. 지금도 그 직책이 따라다니는 천지혁을 강두호의 저택에 굳이 들여놓고 싶지는 않았다. 하지만 상황이 여의치 않으니 옮겨두려는 것이다. 한사코 따라가지 않는다고 나오면 그대로 나트교에 버려둘 생각이었다. 직접 찾아와서 제안을 하자고 마음을 바꾼 것은 기회를 주고 싶은 마음 때문이었다. 죽이고 싶을 만큼 싫지만, 그에게도 사정은 있을 테니, 고인의 집에서 뭔가를 느껴보라는 심술도 한몫했다. 그가 직접 강두호를 죽인 것은 아니지만 어쨌거나 한통속이었으니 말이다.

"어쩔 겁니까?"

유달수가 말했다.

천지혁은 잠깐 고민하다가 리오에게 가까이 다가갔다.

"알겠습니다. 그럼 따라가도록 하죠."

천지혁이 말했다.

유달수는 빙긋 웃으며 리오에게 손짓했다.

"금방 오세요. 먼저 가 있을게요."

리오가 말했다. 그는 꺼림칙한 얼굴의 천지혁을 감싸 안고 사라졌다.

"흥, 두통이나 원 없이 느껴보라지."

유달수가 말했다. 그러고는 마저 할 일이 남은 사람처럼 창가에 앉았다.

"고마워요."

신주아가 말했다.

"아니에요. 교주님이 고생 많이 했어. 원수나 다름없는 사람인데. 신자가 무신론자를 바라보는 느낌은 아닐 테지. 이단도 이단이지만 저건……."

"우리 도움이 필요하면 언제라도 물어봐요. 적어도 그런 류에서는 우리 교단만큼 많이 아는 곳도 없거든요."

신주아가 말했다.

나긋나긋해진 그녀의 목소리를 듣고 있던 유달수가 빤히 김민성을 바라봤다. 불편한 기색을 감지하고 김민성이 몸을 돌렸다.

"저는 할 일이 생각나서 나가볼게요. 말씀 나누시고 일보러 가세요."

김민성이 밖으로 나가고 한참 후에 유달수가 입을 열었다.

"눈치가 좋은 친구네요."

유달수가 말했다.

"글쎄요. 저는 모르겠어요. 옆에서 계속 매를 벌던데?"

신주아가 말했다.

유달수가 난처하게 웃었다.

"뭐, 그건 그렇고. 할 말이 있어요. 여기 간다고 연락을 하고 온 건데. 광호가 우리 계획에 대해서 전해달라고 하더라고요. 나트교에서도 준비해야 할 거라고 하던데 자세히는 모르겠고. 전해달라는 말만 딱 전하고 갈게요."

유달수가 말했다.

"계획이요?"

"길진 않아요. 우선 우리는 통합 정부를 만들려고 하고 있어요."

"통합이라면?"

"설명이 길어지니까 본론만 말할게요. 참여국이 조금 많아요. 벌써부터 정치계에서는 알게 모르게 진행 중이에요. 뉴스 보셨죠? 대충 그런 이야긴데 광호가 그 건에 대해서 언급하면서 이 말을 전하라 했어요."

"뭔데요?"

유달수는 왼쪽 눈썹을 찡그렸다.

"어어, 잠깐만. 생각이 잘 안 나는데. 맞다. 뭔가를 잇기 위해서는 중심점이 필요하다고 했어요."

"그게 다예요?"

신주아가 조심스러운 목소리로 물었다.

"이해는 잘 안 되지만 광호 스타일이 뭐 항상 그래서. 아무튼 이렇게만 전해달라고 하더라고요. 이야기는 전했으니까. 이제 갈게요."

유달수가 말했다.

그는 서두르며 창가에서 떨어졌다.

"알았어요. 창문 열어줄까요?"

"그 정도는 혼자서 할 수 있어요. 그럼, 나중에 봅시다."

유달수가 말했다.

그는 공작새로 변해서 작은 창문에 가까스로 몸을 우겨 넣었다. 잠깐 뒤를 돌아보고 눈을 맞추더니 그가 하늘로 도약했다.

멀어지는 공작새를 바라보면서 신주아가 중얼거렸다.

"중심점이 필요하다고……?"

개인적인 말을 그렇게 빙 돌려서 할 리는 없었다.

그는 나트교의 교주인 '신주아'에게 그 말을 전한 것이다. 집히는 점이 있기는 했다. 아버지가 생전에 가끔 하던 말과 일맥상통하는 것이었다.

"종교적 대단합. 그게 올 거라고 하셨었지."

물론, 인류가 멸망하지 않는다는 가정 하에서였다. 아버지는 그런 말씀을 가끔 하셨다. 당시에는 뜬 구름 잡는 이야기라고 무시했었다. 이광호에게서 다시 그 말을 전해 듣게 된 지금은 달랐다. 그의 말처럼 뭔가의 준비를 해야 할 것이다.

"그 때가 되면 너는 장차 큰일을 마무리 짓게 될 거야."

신주아는 창밖의 구름을 멀찍이 바라보며 중얼거렸다. 아버지는 대통합에 대한 말을 하면서, 농담처럼 말하고는 했다. 그게 마치 운명을 받아들이라는 말처럼 느껴져서 그렇게 애를 쓰며 벗어나고자 했었는지도 모른다.

"아빠……."

신주아는 볼 위로 흐르는 눈물을 닦아내지 않은 채로 그리운 얼굴을 떠올렸다.

20.

　오랜만에 도착한 집은 썰렁하기 그지없었다. 아내는 편지 한 장을 남긴
채로 사라졌다. 쌓여 있는 고지서들이 작년 9월부터 시작되는 것으로 미
루어, 아내는 그쯤 아이와 함께 집을 나간 것 같았다. 편지에는 '당신이
없는 이 집에서 혼자 기다리는 것이 힘이 든다.'라는 말이 쓰여 있었다.
이미 교도소 밖을 나와서 기다리는 이가 아무도 없다는 것을 확인한 순
간부터 예상한 일이었다. 막상 적막감이 감도는 집을 마주하자 더 깊은
허전함이 밀려왔지만 어쩌면 잘 된 일인지도 모른다.

　리월권은 개인 방으로 사용하던 작은 방에 들어갔다. 물건들은 모두 그
자리에 있었다. 범죄를 작심하고 집을 나서기 전의 모습과 비슷했다. 물
건을 항상 두던 위치에 두지 않으면 마음이 불편한 자신을, 아내는 잘 이
해하고 있었다.

　그는 비참한 심정으로 때가 잔뜩 낀 배낭을 집어 들었다.

　그때 비무장지대에서 처음 만난 이광호는 지금과 비슷한 모습이었다.
그렇다는 것은, 그가 최근에 시간 능력을 써서 과거로 돌아갔다는 것인
가? 그것은 알 수 없었다. 분명한 것은 그가 정확한 목적을 지니고 자신
을 구해줬다는 말이 된다. 무언가 부탁할 것이 있어서 죽음에서 꺼내준
것이라면, 아마도 그것을 들어준다면 작은 소원을 들어줄지도 몰랐다. 그
는 전지전능한 신은 아닐 테지만 그래도 작은 소원쯤은 간단히 들어줄
수 있을 것 같았다. 시간의 흐름 속에서 자유로운 존재는 결코 인간일 수

가 없다.

'이광호, 우선적으로 그의 목적을 알아내야 할 것이다.'

리월권은 수첩에 메모했다.

버스 승강장. 터미널 앞에서 그는 곰곰이 생각에 잠겼다. 그 동안 교도소 내에서 듣고 알게 된 내용으로 추정하자면, 이광호의 적대자는 '리버스'라는 집단이다. 그들은 초능력자로 이루어진 테러 집단. 같은 종족이어도 이해관계에 따라서 적이 될 수 있는 것이 생물이다. 리버스와 이광호 측의 초능력자들은 어떤 부분에 있어서 서로 대립하고 있다고 봐야 맞다. 아직까지 이광호 측에게서 소식이 없는 걸로 봐서는, 아직 마주칠 준비가 되지 않았다는 결론이 나온다.

"하지만 내가 무슨 수로 당신을 돕는다는 말이오."

리월권이 중얼거렸다.

하지만 일단은 믿는 수밖에 없었다. 자신이 갈피를 못 잡고 있다면 그가 와서 자연히 도울 것이고, 그가 운명이란 걸 조정하는 사람이라면 어떻게든 흘러갈 것이다. 이미 한번 죽었을 목숨, 그것은 더는 자신의 것이 아니었다.

버스가 정차했다. 그는 가방을 어깨 위로 추켜올리고 버스에 올라탔다.

중간 자리 창가에 앉아, 리월권은 밖을 바라봤다. 하나둘씩 자리에 오르는 사람들을 관망하며 그는 북조선의 향기를 떠올렸다. 그곳은 진한 피 냄새가 나는 곳이었다. 일반 시민들은 도무지 알 수가 없는, 피 묻은 솔잎 냄새가 묻어 있는 땅.

"여기도 그리 다르지 않구만, 기래."

리월권이 문득 중얼거렸다.

그런데 누군가 그 말을 들은 모양이었다.

"예?"

옆 좌석에 앉으려던 남자가 당황한 얼굴로 물러서려 했다.

"아닙니다. 앉으시오."

리월권이 말했다.

남자는 그를 아래위로 살피다가 조심스럽게 옆자리에 앉았다. 일단은 앉았지만 어떤 의심을 떨치지 못한 눈치였다.

'내래, 일단은 이 말투부터 확실히 고쳐야겠어.'

리월권은 속으로 생각했다.

그의 첫 번째 행선지는 경기도 수원. 인공 지능 시범 도시로 선정된 곳이었다. 많이 바뀐 서울의 도심보다, 더욱 급격한 변화가 예상되는 곳이다. 그곳은 예전에 공장 취업을 위해 전전했던 적이 있어서 기억하고 있었다.

21.

마치 문신처럼 몸을 뒤덮은 붉은 자국은 발목을 지나지 못한 채로 끊겨 있었다. 불길에 휩싸인 듯이 빛나는 문양은 흡사 그에게 고통을 주고 있는 것 같았다. 유성우는 방문턱에서 숨죽여 이훈철을 지켜보았다. 잠시 살갗 위로 빛을 뿜어내던 무늬는 식은 듯이 본래의 검은색으로 돌아왔다.

"자네답지 않군. 왜 지켜보고만 있는 거지?"

이훈철이 불현듯 물었다.

"그게, 죄송합니다."

유성우가 마른 침을 삼키며 대답했다.

이훈철은 의자 등받이에 걸려있는 하얀 목욕 타월을 몸에 걸쳤다. 그는 최대한 단정하게 매듭을 매고 나서 뒤를 돌아봤다.

"전할 말이 있나? 설마 보고 싶어서 왔다고 하지는 않겠지?"

이훈철이 무미건조한 얼굴로 물었다.

"전에 내렸던 명령 말입니다. 그것에 관한 결과를 전달하러 왔습니다. 본의 아니게 기적을 숨기게 되었던 건 죄송합니다."

유성우가 말했다.

그는 목을 굽힌 채로 대답이 들려올 때까지 기다렸다. 발자국 소리가 가까워지더니 이내 멈췄다.

이훈철이 유성우의 어깨를 두드리며 문 턱을 넘었다.

"그건 당사자에게 직접 듣도록 하지. 그래서 그는 지금 어디에 있지?"

"회담 장소에서 기다리고 있습니다."

"알기 쉽군. 누구랑은 다르게 말이야."

이훈철이 중얼거렸다. 그는 가늘고 긴 길을 따라 걷다가 붉은 융단이 깔린 계단을 내려갔다.

"예?"

유성우가 물었다.

그러나 이훈철은 아무런 대답도 하지 않았다. 끝을 모르고 이어진 계단을 따라 내려가다가 그는 유성우와 함께 어두운 방 안으로 들어갔다.

"왔어요?"

앳된 얼굴의 소년이 후드를 쓴 채로 밝게 웃었다. 그는 혼자서 방 안을 지키고 있던 모양이었다.

이훈철이 소년의 맞은 편 의자에 앉았다.

"성공했어요, 아버지. 그 다음 지령을 내려주세요."

소년이 말했다.

22.

"드디어 만나게 되었네요. 저번에는 실례가 많았습니다."

천지혁이 전에 없이 예의를 갖춰 말했다.

고집불통 같은 모습만 봤던 유달수와 리오가 기가 찬 듯이 웃었다. 어쨌거나 볼일은 이광호에게만 있다는 것이다.

"너무 오래 내버려둔 건 아닌지 모르겠어요."

이광호가 말했다. 그는 빙긋 웃으며 천지혁의 반대편 소파에 앉았다.

"이곳이 불편하진 않으셨나요?"

이광호가 물었다.

"강두호씨의 죽음에 대해서 알고 싶어 하는 것 같군요."

천지혁이 말했다. 핵심을 파고든 질문에 이광호가 만족스럽게 그를 바라봤다.

"맞아요. 우리가 알고 있는 건 한정적이에요. 직접 본인의 입으로 듣고 싶습니다. 대한그룹의 강두호 전 총수님이 살해당한 이유에 대해서 아시는 바가 있으신가요?"

이광호가 물었다. 설란이 탁자 위에 찻잔을 내려놨다. 이광호와 천지혁의 앞에 각각 내려놓고, 그녀는 주방으로 되돌아갔다.

"그가 초능력을 갖게 될 거란 사실은 알고 계셨겠죠."

천지혁이 물었다.

"형제들에게 들어서 알고 있습니다. 조금 더 자세한 정황을 알고 싶어요."

"예, 말씀드리겠습니다. 제가 있던 사탄교는 여러분이 생각하는 대로 리버스와 관계가 깊습니다. 리버스의 우두머리인 이훈철이 시간 능력자로 여러 가지 일들을 하고 있죠. 강두호 총수는 그의 판단 아래 살해당한 겁니다. 그가 직접 그를 사살하기로 결정했고, 스스로 일을 진행한 걸로 알고 있습니다."

천지혁은 이광호의 입술이 굳게 닫히는 것을 바라봤다.

"역시 그렇게 됐던 거군요."

이광호가 말했다.

"좋습니다. 그렇다면 리버스와 사탄교의 궁극적인 목적에 대해서 묻겠습니다. 근거지에 대한 단서도 알고 싶지만, 순차적으로 알게 되는 것이 이해가 쉬울 테죠."

천지혁은 참회하듯 잠긴 목소리로 입을 열었다.

"우선은 사탄교에 대해서 아셔야 합니다. 저는 일찍이 그곳의 존재를 알고 있었습니다. 자세히는 몰랐지만, 대강은 사이비 종교라고 알고 있었죠. 아는 이가 그곳에 발을 담그고 있었고, 저도 어찌어찌 그곳으로 흘러 들어가게 되었습니다."

"말 진짜 잘하네. 난 벙어리인 줄 알았어."

리오가 중얼거렸다. 유달수가 그에게 눈총을 주었다.

"그렇게 입교한 뒤로 날 끌어들였던 아는 이가 죽고 저는 사탄교의 내막에 대해서 조금씩 알게 되었습니다. 그때는 아주 힘들었던 이유로 그 모든 사상들이 타당하고 정의롭게 느껴졌었죠. 이 세상은 잘못되었고 뭔가 바뀌어야 한다는 사명에 빠지게 되었습니다. 그리고 시간이 흐르자 제법 높은 위치까지 올라오게 되었죠."

"그렇군요."

"종교마다 성서와 교리가 있는 것처럼, 사탄교에도 비슷한 것들이 있었습니다. 다른 점이 있다면, 신이 아닌 사탄. 신의 대립자를 기준으로 쓰인 규범과 목표, 이루어야 할 지침으로만 이루어져 있다는 것이겠죠. 예언이라고는 하지만, 사탄은 신이 아니기에 그것은 정확하지 못합니다. 단지 우리가 교인으로서 맞춰가야 할, 일종의 목표인 것으로, 하나가 아닌 여러 권이 존재하고 있습니다."

"그 중, 한 권을 우리가 가져간 거군요."

"맞습니다. 사탄교는 교인으로서 갖춰야 할 사상과 규칙 등에 대해서 엄격하게 지키라고 말합니다. 악마의 성경은 총 두 권으로 알려졌지만, 사실은 그 둘을 총합한 한 권이 더 존재합니다. 사탄교에는 두 권. 그 두 권을 묶어 해석한 한 권은 어디에 있는지 저도 알지 못합니다. 직감으로는 그 한 권이 이훈철의 손에 있는 것 같아요. 아무튼, 여기서 일반 교인들은 모르는 진짜 내막이 있습니다. 거기서 리버스가 탄생한 거고요."

"계속 말씀해주세요. 천지혁씨의 신변은 앞으로 우리가 보호해드리도록 하겠습니다."

"아니요, 저는 언제 어떻게 죽게 되더라도 괜찮습니다. 다만 뒤늦게라도 사랑하는 사람 앞에서 떳떳해지기를 바랄 뿐이에요."

천지혁이 두 손을 매만지며 말을 아끼다가 덧붙였다.

"신의 무른 판단력으로는 엄격한 정의가 이루어지기 어렵고, 그렇기에 선악이 혼란한 상태로 공존할 수밖에 없다. 따라서 창조주가 아닌, 그에 가장 가까운 사탄만이 사심 없이 천지 만물을 바르게 다스릴 수가 있다. 우리는 모든 걸 바로 되돌리기 위해 준비해야 할 사명을 지니고 있다. 이게 우리의 신념이자 궁극적인 목표입니다. 리버스는 그것을 실질적으로 이행하기 위한 사도로서 존재하고 있습니다."

"리버스……."

이광호가 나지막이 말했다.

모든 걸 뒤바꾼다. 사탄의 편에 서서 뭔가를 바꾸려고 하는 것이다. 신의 권좌에 앉기 위해 사탄이 일을 꾸미고 있는 셈이다. 그것이 논리적으로 가능한 것인지 이광호는 생각했다. 아무렴, 논리적으로는 설명할 수 없는 일들이 이미 일어나고 있었다.

"말 그대로의 의미입니다. 사탄은 자신이 직접 신이 되려고 합니다. 창조하는 능력은 없지만, 만물을 다스릴 수 있는 권능만은 양도받을 수 있다고 생각하고 있는 것 같습니다. 어디까지나 지금까지 알게 된 것을 추론한 결론에 불과하지만, 아마도 비슷할 겁니다. 그러나 리버스가 어떻게 존재하게 된 건지 자세한 속사정은 저도 알지 못합니다."

천지혁이 말했다.

"그렇다면 리버스가 어떤 방법을 쓰려고 하는 건지 알 수가 없겠군요."

이광호가 말했다.

"네, 맞습니다."

천지혁이 두 손으로 바짓단을 거머쥐며 말했다.

"죄송합니다. 제가 저지른 과오에 비해서 많은 도움이 못 되는 것 같습니다."

천지혁이 말했다.

이광호는 그를 가만히 바라봤다. 괴로운 심정이 휘몰아치듯 불안해 보이는 천지혁의 얼굴을 보자 이광호는 머리가 맑아지는 것을 느꼈다. 모든 생각이 정리되고, 하나로 귀결된다. 사탄교와 리버스는 사탄을 신으로 만들려고 하고 있고, 창조주의 마음이 없는 채로 통치하는 공포정치를 하려고 하고 있다. 그 선두에 그 누구도 아닌 아버지 이훈철이 서 있는 것이다. 그를 가엘이라고 불러야 할지, 아버지라고 불러야 할지, 이제는 알 수 없었다.

"괜찮습니다. 오늘은 들어가서 쉬도록 하세요. 그들의 근거지에 대한 것과 앞으로의 행보에 대해서는 내일 상의하도록 하겠습니다."

이광호가 차갑게 웃으며 덧붙였다.

"물론, 당신을 온전히 믿고 모든 걸 털어놓을 것이라고 기대하진 마세요."

23.

다엘은 나엘을 보며 눈짓했다.

반대편 의자 뒤편에서 모습을 감추고 있던 나엘이 모습을 감췄다. 그가 사라지자 다엘은 둥근 캡 모자를 깊숙이 눌러쓰고 대로변 인도를 따라 걸었다. 안드로이드 로봇이 심심찮게 거니는 거리 속에서 말끔하게 차려입은 남녀가 사이좋게 데이트를 즐기고 있었다. 다엘은 애인과 다정하게 걷고 있는 여자를 응시했다. 굽어져 내려오는 붉은 긴 머리카락을 풀어헤친 여자. 그녀는 미행이 붙은 것을 모르는 눈치였다.

"그럼 잘 가. 자기야."

남자가 여자에게 말하고 있었다.

"에이, 헤어지기 싫은데. 꼭 가야 해?"

"나도 일해야지. 그러니까 오늘은 이만 헤어지자. 내일도 있고, 모레도 있잖아."

"알았어. 그럼 잘 가."

주차되어 있던 차량에 오른 남자를 여자가 배웅했다. 붉은 머리카락을 가진 여자는 되돌아서서 걸어오기 시작했다.

다엘은 모자 앞부리를 매만지며 멈춰 섰다.

벌써 여러 번의 시뮬레이션으로 모든 경우의 수를 맞춰 두었다. 이번에는 실패하지 않는다는 일념으로, 다엘이 여자를 바라봤다.

리버스 일원을 막다른 길에 모는 데 성공했다. 기찻길 옆, 겉으로 보기엔 길이 이어진 통로처럼 보이지만 공사로 인해 사실은 막혀 있는 곳이다. 이 근처에 사는 것으로 꾸미고 있는 그녀는 몰랐겠지만 말이다.

"쯧, 도망 못 간다니까. 말을 듣지 않으면 친구들을 부를 거야."

다엘이 여자를 보며 말했다.

여자의 애교 넘치던 얼굴은 어느새 표독스럽게 변해 있었다.

"우리도 많이 알아보고 접근한 거니까. 시치미 뗄 생각은 하지 않는 게 좋아."

나엘이 말했다.

리버스의 일원들은 신원을 철저히 숨기고 있다. 얼굴을 가린 그들에게서 특정할 수 있는 것은, 그들의 하관과 체형뿐이다. 덕분에 이미지를 매치시키고 각 일원들의 활동 범위를 좁히느라 무척 애를 먹었다.

"오래 걸리겠지만 너희를 하나하나 싹 다 죽이는 법도 있단 걸 명심해. 좋은 말로 할 때, 너희가 어디에 은신해 있는지 말해."

나엘이 말했다.

여자는 초능력을 사용하지 않고 있었다. 이전 시뮬레이션을 통해 그녀의 초능력에 죽을 뻔했으니, 리버스의 일원이 아닐 수도 있다는 의구심은 들지 않았다.

여자가 히죽 웃었다.

울컥하고 좋지 않은 감정이 치솟아 올랐다.

"젠장, 가엘이 어디 있는지 빨리 말하란 말이야!"

다엘이 매섭게 소리쳤다.

지나치게 흥분하는 다엘을 나엘이 막아섰다.

"진정해."

"하지만 그 자식 때문에 우리 형제가 죽었어. 가엘이 그를 인간으로서 죽인 건지 천사로서 죽인 건지 확실하지 않다고."

다엘이 말했다.

이훈철. 그의 변한 얼굴은 테러가 발생하는 곳곳마다 알려졌다. 리버스의 일원 중에서 유일하게 얼굴을 드러내고 행동하는 그. 이광호에게서 전해 들은 리버스와 이훈철의 목적은 가히 충격적이었다. 친형제나 다름없는 이를 죽이면서까지 이루고자 했던 것이, 아버지나 다름없는 신을 끌어내리고, 그 권좌에 사탄을 올려두는 것이라니.

신의 사도를 천사라 칭한다. 한 번도 태어나지 않은 깨끗한 영혼을 천사로 두고, 신은 그들에게 영생을 허락하며 애정으로 보살핀다. 천사는 그 사랑에 보답하기 위해, 순수성을 유지하며 살게 된다. 각자의 능력과 신의 재량에 따라 역할이 주어지는데, 신은 사탄과의 일이 있은 후에, 최초로 일곱 명의 아이를 만들었다. 그들에게 주어진 역할은 사탄을 견제하며 시간의 흐트러짐을 바로잡는 것이다.

가엘은, 첫째 사도로서 가장 큰 힘을 받아 태어났고 팀의 리더나 마찬가지였다.

"가엘도 물론 중요했지만, 라엘 역시 내겐 중요했어. 아니, 여기 내려오고 나서는 가엘보다 그가 더 소중했다고."

다엘이 울먹거리며 말했다.

여자는 비릿하게 웃으며 뒷걸음질 치고 있었다. 벽에 바짝 붙어서야 멈춰 서서는 구경하듯 둘을 바라봤다.

"움직이지 못할 거야. 네 능력이 뭔지는 수도 없이 봤으니까. 여기선 쉽게 도망갈 수 없을걸?"

나엘이 말했다.

여자는 돌연 당황한 얼굴로 등을 막고 있는 벽을 짚었다.

"잘 안 되지? 이제 말해줄 때야, 아가씨. 애인이 죽길 바라는 게 아니라면."

나엘이 말했다.

다엘이 눈물을 닦아내며 여자에게 바짝 다가섰다.

"난 아주 화가 많이 났으니까. 정확히 말하는 게 좋을 거야."

기세 좋게 말했지만, 여자는 어느새 평온한 얼굴로 돌아와 있었다.

"그까짓 목숨. 버리는 건 아깝지 않지."

여자가 말했다.

"시간 능력자라면 내가 무슨 짓을 할지 알겠지."

여자가 말했다. 그녀는 둥글게 휘어진 눈으로 다엘을 마주봤다. 마치 조롱하듯 미소 짓던 여자가 혀를 길게 빼냈다.

붉은 선혈이 흩뿌려졌다.

쓰러진 그녀를 바라보던 나엘이 가만히 뒤를 바라봤다. 투명한 막 속에서 한 무리의 사람들이 다가왔다.

"미안, 친구들은 이미 불렀어. 넌 오늘 죽지 못해."

다엘이 말했다.

얼마나 세게 깨문 것인지 계속해서 피가 뿜어져 나오고 있었다. 그러나 몸속의 혈액을 모두 빼내고 나서야 멈출 것 같던 흐름은 이내 끊겼다.

"살릴 수 있겠어요?"

다엘이 말했다.

"그럼요."

하얀 마스크를 낀 남자가 빙긋 웃었다. 초능력자로서는 특이한 부류였다. 그는 치료 능력을 지녔으며, 죽을 위기에 직면했거나 죽은 지 얼마 안 된 사람들을 되살릴 수 있었다. 의사로서는 특출 난 능력이다.

"부탁합니다. 드디어 찾아낸 실마리에요."

나엘이 말했다.

남자는 주변 사람들을 물렀다. 그러고는 쓰러진 리버스 일원의 몸에 손을 올렸다. 눈을 감고 그가 치료를 진행하는 동안, 은신 능력자들이 막을 쳐놨다. 일반인들이 가까이 다가오지 못하도록 최면도 사용되었다.

다엘은 피곤한 기색으로 벽에 기대었다.

"난리네."

낯익은 목소리였다.

초능력자들 사이에서 상황을 주시하고 있던 김상현이 가까이 다가왔다.

"늦지 않았어. 고맙다."

다엘을 대신해서 나엘이 말했다.

"고맙긴 뭘."

김상현이 말했다.

그는 다엘의 옆에 나란히 기대어 섰다.

"광호한테는 내가 말할게."

김상현이 말했다.

대통령과 국회의원을 선출하는 선거가 하루 앞두고 저물어가고 있었다.

24.

늦은 새벽. 동이 트기 시작할 무렵이었다. 대통령과 국회의원직의 선출을 위해 시민들이 옷을 입고 하나둘 집을 나서기 시작했을 때. 이광호는 SPC기업의 본사에 있었다. 정확히 말하면 자신이 사장직을 맡은 초능력 회사의 건물 내에 있었다. 그곳에서도 극히 일부만이 출입을 허락받은 밀실의 연구실. 각 지역의 연구소 직원과 사장인 그, 그리고 고 강두호 총수의 자식인 강지환 회장만이 드나들 수 있는 곳이다. 리버스의 일원이 마침내 생포되었다는 소식도 이곳에서 듣게 되었다.

'신의 능력을 여러 조각으로 나눈 것.'

초능력자의 존재가 실제로 나타나기 전까지, 초능력은 불가사의한 힘에 지나지 않았다. 인간이 아닌 어떠한 존재의 힘이라는 말도 있었고, 그 때문에 자신이 초능력자임을 주장하고 나서는 사람들은 거짓말쟁이로 치부될 뿐이었다. 과학적으로 충분히 증명되는 인간의 존재와 생명체로서 당연히 지니는 DNA구조는, 인간을 단지 화학의 산물로 남게 했다.

하지만 여기서도 의문은 생기기 마련이다.

인간의 존재 그 이전, 우주는 어떻게 생겨나는가. 원자란 무엇인가. 그것은 처음부터 그 자리에 있었던 것인가.

"여태까지 귀신도 본 적이 없는데 말이지."

신과 악마. 직간접적으로 경험은 했어도 본 적은 없는 그 존재들은, 마치 유령처럼도 느껴졌다.

이광호는 투명한 관 속을 자력으로 떠도는 둥그런 구를 바라봤다. 아마도 초능력자의 원천으로 생각되는 구 모양의 물체. 스스로 움직일 수 있고, 자아가 있는 듯이 보이는 명확하지 않은 물체였다. 초능력자의 몸속에서 발견한 세포를 모두 추출해 내자, 그것은 모여들어 구 모양의 물체가 되었다. 색이 같은 것도 있고, 다른 것도 있다.

구불구불하게 연결된 관 속을 미끄러지듯 오르내리는 물체들은, 서로 부딪치거나, 통과하며 계속해서 움직이고 있었다. 정지된 것은 없었다.

"어떤 법칙이 있을 거야. 색이 다른 걸 보면 아마 총수님이 지녀야 했을 능력과 관계가 있었겠지."

대략적으로 보면 색이 비슷한 것들끼리는 충돌하지 않는다. 하지만 색이 다르다고 해서 모두 충돌하는 것은 아니었다. 서로 밀어내는 힘도 제각기 다른 것 같았다. 불규칙하게 느껴지긴 하지만 힘의 우위라든가 통용 범위가 모두 다른 것 같았다.

이광호는 유난히 반짝이는 붉은색 구를 바라봤다. 오세나의 몸에서 뽑아낸 것이 뭉쳐져 만들어진 물체였다. 그녀가 지닌 불의 성질을 대변하듯, 역동적인 움직임을 지니고 있었다. 그녀의 원천은 물론이고, 리오와 박철민의 원천 역시 관 안에 담겨 있었다. 이광호의 것을 뺀 모든 초능력자의 구체가 담겨 있다고 보면 되었다.

실험은 강두호 총수 때부터 진행되고 있었다. 그가 연구하던 것을 조금 더 손을 봐서 체계화시킨 것이 이광호였다. 강지환 회장에게 이를 말해두고, 앞으로의 계획에 대해서도 말해두었다. 그는 좋은 생각이라며 허락을 했고, 출입증은 외부 사람이 만들지 못하는 기술로 만들어졌다.

이광호는 붉은 구체의 움직임을 눈으로 좇았다. 그것은 검은 구체를 향해 다가가고 있었다. 좁은 통로로는 들어간 적이 없는 검은 구체. 움직임도 느리고 다른 구체를 피하려 하지도 않는 특이한 물체였다. 친분이 있는 자의 것은 아니다. 하지만 구체의 생김새나 특징에 대한 내용은 데이터화 해 두었으니 찾아보면 알 수 있을 것이다.

마침내 붉은 구체는 검은 것을 잡아먹었다. 잡아먹었다는 표현밖에는 적당한 말이 떠오르지 않았다.

이마 위로 땀이 흘러내렸다.

누구에게도 말하지 않고, 기록하지 않으며, 남몰래 관찰하고 있는 현상이었다. 단지 힘의 우위에 의해 밀려나는 수준이 아니다. 눈앞에서 사라진 구체들은 정말로 없어져 버린 것인지, 흡수당한 것인지 알 수 없었다.

단지, '어느 순간 저절로 사라졌다'라고만 기록해두고 있는 이상 현상은, 어쩐지 찜찜한 기분이 들어서 비밀로 해두고 있었다. 오세나의 원천이 다른 이의 원천을 잡아먹는 장면을 목격한 횟수가 벌써 열 번은 넘었다.

"그 말이 사실이라면"

이광호는 어떠한 기억을 떠올렸다.

누가 보냈는지 모를 서신. 거기에 쓰여 있던 오세나와 관련된 내용. 서신의 내용이 모두 사실이라면 무척 난처한 상황인 것이다. 모르는 사람도 아니고, 이미 소중한 사람이 되어버렸으니 모른 척할 수도 없었다. 냉정하게 일을 처리할 수 없을 것이다.

거기다가.

"아무튼, 안 돼."

이광호는 다짐하듯 말했다. 그는 붉은 구체에서 눈을 떼고 실험실 입구쪽으로 발을 돌렸다.

서신 맨 마지막 아래에 쓰여 있던 말. 그것은 오세나와 설란을 모두 살해하거나, 설란을 품어 자신의 여자로 만들라는 말이었다.

그날 저녁. 개표가 끝났다.

당선된 대통령이 사퇴를 발표하면서 공석에 대한 논의가 시작되었다. 과반을 획득한 대통령 후보들이 줄줄이 사퇴의 의사를 발표하면서 대통령은 자동으로 연임되게 되었다. 여기에는 국민들의 입김이 들어갔다.

당선된 국회의원 중에 사퇴 인원은 나오지 않은 관계로, 새로 취임한 국회의원들은 바로 공무에 들어갔다.

25.

통칭 '랜디'

생포한 리버스 일원의 닉네임이었다. 그녀의 말에 의하면 조직원들 모두가 자신의 원래 이름이 아닌 다른 이름으로 불리고 있었다. 제법 가깝게 지내는 이들 역시 서로의 본명을 모르고 있다면 말은 다 한 셈이다.

랜디는 일부 초능력자들의 고문에 못 이겨 비밀을 모두 실토했다. 그녀의 말은 대부분 천지혁이 언질한 것과 일치했다. 사탄을 신으로 만들기 위해, 이훈철을 필두로 계략을 꾸미고 있었다. 다만, 사탄을 어떤 방법으로 그를 신의 자리에 앉히려고 하는 건지는 그녀 역시 모른다고 전했다. 그녀는 주축이 아닌 것으로 판명되었다.

"사실일까?"

박철민이 넌지시 말했다.

SPC그룹, 초능력 계열사 내부에 꾸며둔 작은 공간. 직원들의 편의를 위해 만든 휴게소 같은 장소였다. 최소한의 인테리어로 이뤄진 그곳은, 아이디어 상품으로 도배가 되어 있었다. 과학적인 지식을 이용한 기기와,

문명의 이기가 가득한 장소에서 나누는 대화라고 보기에는, 뭔가 적당치 않았다.

"그래, 말이 안 되긴 하지. 광호야, 우리가 숨 쉬듯 사용하는 이 힘 역시도 과학적으로 설명이 안 된다는 건 알 것 같아. 하지만 그게 진짜로 가능하다고 생각해? 사탄의 아들까지 나타났었으니 악마가 있다는 것까지는 알겠어. 그렇다면 신이라는 게 정말 있을 것 같기도 하고……."

말하기도 꺼림칙하다는 듯이 박철민은 주저하고 있었다. 바르고 정당한 것을 좋아하는 그의 성향을 생각해보면 지금 어떤 기분일지 예상할 수 있었다.

"형님."

이광호가 말했다.

"어, 광호야."

박철민이 곧바로 대답했다.

그는 이광호가 어련히 선수 쳐서 말해주길 바랐지만, 뒤이어 들려오는 말은 영 뜬금없는 종류의 것이었다.

"뉴스 보셨어요?"

"갑자기 웬 뉴스야?"

"학업 스트레스를 받던 학생이 자길 망신 주던 교사를 죽였대요."

"그래? 못된 새끼네."

"제자가 스승을 죽이는 게 옳다고 보세요?"

이광호가 물었다.

그는 딱히 제자의 행동을 나무라는 사람처럼 보이지 않았다. 마치 문제라도 내는 것 같은 뉘앙스에 박철민은 기분이 묘해졌다.

"옳지 않지. 물론 당사자들이 어떤 마음이었을지는 잘 모르겠고, 전해지지 않은 속사정 같은 건 있었겠지만."

박철민이 말했다.

대답해놓고도 기분이 이상했다. 대화 주제도 불쾌하기 이를 데 없었지만, 어쩐지 어린 동생의 페이스에 휘말리는 느낌이었다.

"그 학생 장래 희망이 뭔지 아세요?"

"그걸 내가 알아야 하냐?"

"교사였대요. 초등학교 선생님. 그것 때문에 교대를 가려고 엄청 노력했었나 봐요. 이상하죠? 교사가 되고 싶은 사람이 교사를 죽이다니."

"기분 나쁜 애네. 아무튼, 그 애 교사가 되긴 그른 것 같다."

"하아, 형님, 뉴스를 좀 보세요. 세상 돌아가는 사정도 알고 있어야죠."

이광호가 말했다.

"아니, 아까부터 자꾸 이 형님을 무시하는 것 같은데."

박철민이 말했다.

그는 불만을 토해내려다가 멈췄다. 시종일관 포커페이스를 유지하던 이광호가 갑자기 진지해진 얼굴로 바라봤던 것이다.

"사탄이 신이 되려는 건 어떻게 생각할 수 있을까요? 창조주는 태어난 걸까요, 존재하는 걸까요? 죽을 순 있는 존재라고 생각해요?"

이광호가 말했다.

"그렇다면 죽을 수 있는 존재가 과연 신이 맞을까요?"

"신은 없다는 거냐?"

바보 같지만, 한참 어린 동생이 말하려는 바를 정확히 짚을 수가 없었다. 창조물이 창조주를 스스로 없애려 한다는 구역질 나는 전제를 대신 말해준 것은 고맙지만, 의중을 알 수 없으니 답답함이 올라왔다.

"여기서 짚어야 할 점은 사탄교와 리버스의 주장이에요."

이광호가 말했다.

"그들의 주장?"

박철민이 되물었다.

"그 사람들은 사탄과 신의 자리를 바꾸겠다는 다짐을 한 거예요. 그들

스스로가 사탄을 신으로 만든다고 한 것이지, 신을 죽이겠다는 말을 한 적이 없어요. 신의 존재를 부정한 것이 아니기 때문에, 창조주는 죽을 수 있는 존재가 아니란 거겠죠."

"아!"

"그 방법이 무엇인지 알아내는 건 우리의 역할이에요. 알아내는 것뿐만 아니라 막아내기까지 해야 하겠죠."

이광호가 말했다.

"우린 여러 추측을 할 수 있고, 리버스의 행보를 쫓으면서 무엇이 정답일지 유추할 수 있을 거예요."

"듣기만 했는데 벌써부터 귀찮아지네."

박철민이 이마를 가볍게 누르며 말했다.

모두 없애버리면 그만이겠지만, 수적 우위에도 불구하고 그건 불가능해 보였다. 수적 우위라는 것 역시 SPC가 더 우세한지는 정확히 알 수 없다. 리버스 일원들을 한 놈씩 찾아내 죽이는데 가까스로 성공한다 해도 찜찜한 건 마찬가지다. 사탄이 신이 되기 위한 방법이 사실은 초능력자들의 영혼 몇 개를 희생하는 것이라면 난감해지기 때문이다.

그는 지끈거리는 이마를 매만지며 고개를 들었다. 어쩐지 말이 없다고 느꼈는데 이광호는 누군가를 발견한 듯 보였다.

"누구 있어?"

박철민이 뒤를 돌아봤다.

밉살스런 표정으로 한 여성이 휴게소 안쪽을 바라보고 있었다.

"오빠들 여기서 뭐해?"

유화가 말했다.

그녀는 이내 빠른 걸음으로 휴게실 안으로 들어왔다. 대화가 잠시 멈추기만을 몰래 지켜본 사람 같았다.

"유화. 일 안 하고 뭐하고 있어. 연구소 일정 오늘 아니었어?"

박철민이 물었다.

"그건 미뤘어. 더 중요한 일이 있어서."

유화가 대답했다.

"중요한 거?"

"그래. 중요한 거."

유화는 박철민의 앞에 서서 휴게소 바깥을 바라봤다. 누군가 기다리는 눈치였는데, 그 누군가는 한참을 뜸 들이다가 모습을 드러냈다.

"뭐야, 난 또. 세나였구나?"

박철민이 말했다.

그는 밝게 웃으며 오세나를 보며 손을 흔들었다.

박철민의 반응과는 상반되게 이광호는 복잡한 얼굴이었다.

"잘 지냈어?"

오세나가 밝게 웃으며 인사했다.

그녀는 이광호와 박철민을 번갈아 보며 수줍게 들어왔다. 하얀 스커트에 군살 없이 길게 뻗은 다리는 전보다 길어져 있었다. 몸으로만 보면 이십 대 중반으로 보일 정도로 성숙해진, 아니, 성장이라고 말하기 부적절했다. 혼자서만 몇 년의 시간을 보내다 온 것 같은 느낌이었다. 마치, 이훈철이 급격하게 변한 모습으로 나타났던 것처럼.

"더 큰 것 같네?"

이광호가 물었다.

"응, 근데 병원 가봤는데 몸에 이상은 없대. 아, 걱정하지 마. 이제 더는 안 클 거야. 아마도. 내 생각에 지금이 딱 적당한 것 같아. 연구소에서도 별말 없었고, 조금 이상하긴 하지만 뒤늦게 크는 경우도 있으니까. 딱히 이상한 것도 아냐. 그리고 오늘은, 여자들만의 뭐가 있어서 뭉친 건데. 생각난 김에 놀러 왔어. 그게, 오빠들이 요즘 워낙 바빴잖아."

오세나가 말했다.

서두르는 모습의 그녀에게 이광호가 천천히 다가갔다. 그가 다가오는 것도 모르고서 고개를 처박고 허둥지둥하던 그녀는 갑자기 전해지는 촉감에 얼굴을 들었다.

"컨디션은 괜찮아?"

이광호가 말했다.

그는 몸의 변화를 살피려는 듯이 오세나의 몸을 잡고 여기저기 둘러보고 있었다. 그들을 바라보던 박철민과 유화의 표정이 심각해졌다. 제 삼 자로서 그녀의 변화가 걱정스러운 것은 마찬가지였다. 의사의 진단과는 별개로 말이다. 그러나 정작 당사자인 그녀는 갑작스런 스킨십에 당황할 뿐이었다.

"아픈 데 있으면 꼭 말해. 몸이 이상해도 말하고."

이광호가 말했다.

그는 허리까지 내려온 오세나의 머리카락을 매만졌다. 신체 조직이 급 격한 성장을 이뤄낸 것은 분명 이훈철의 능력 때문일 것이다. 건강상의 문제는 없다고 하지만, 장기적으로 봐야 할 것 같았다.

성장이 언제까지고 지속되면 곤란했다.

"저기, 오빠."

오세나가 말했다.

걱정이 앞서서 그만 눈치채지 못했는데 그녀는 부끄러운 기색이었다. 최근 어색해진 그녀와의 분위기를 기억해내고 그가 황급히 손을 거뒀다. 자꾸만 부끄러운 눈빛으로 마주 보는 그녀의 모습 때문에 기분이 묘했다.

"미안해. 이제 성인인데 너무 애처럼 대했네."

이광호가 말했다.

"사과할 것 없어. 근데 지금 시간 돼?"

오세나가 말했다.

"사장이 마냥 놀고먹는 직업은 아니니까. 직원들 먹여 살려야 하니, 처리해야 할 게 수십 가지가 넘어. 지금은 잠깐 쉬고 있는 거야."

이광호가 말했다.

"그래, 그렇구나."

"응."

"이제 뭐 할 건데? 철민 오빠랑 쉬다가 또 뭐할 거야?"

"외부에 나갔다 와야 해. 만나볼 사람들이 있어서."

이광호가 말했다.

오세나가 박철민을 흘긋 바라봤다.

"나는 다시 일하러 가봐야 해. 이따가 의뢰가 있어."

박철민이 말했다.

오세나가 이광호를 쳐다봤다. 그러고는 말도 없이 그를 빤히 바라보기 시작했다. 이광호는 난처한 얼굴로 웃음 짓고 있었다.

"나도 가도 돼?"

오세나가 물었다.

뒤에서 유화의 웃음소리가 들렸지만, 그녀는 신경 쓰지 않았다. 딴에는 용기를 내어 찾아온 것이어서 기회를 놓치고 싶지 않았다.

"거길 같이 간다고?"

이광호가 물었다.

그는 오세나의 뒤편에 선 박철민과 유화를 건너다봤다. 그와 눈이 마주치자 유화가 박철민의 팔을 잡아끌었다.

"우린 이만 가보자."

"어딜 가?"

박철민이 유화를 보며 물었다.

"너는 오늘 일이 없잖아. 근데 벌써 나 일하러 가라고?"

"쉿!"

유화가 박철민을 데리고 나가자 자연스레 둘만 남았다. 이광호는 가만히 웃음을 흘리다가 붉은색 철제 의자에 걸어두었던 검은 자켓을 걸쳐 입었다.

"같이 가도 돼?"

오세나가 물었다.

"가고 싶다면."

이광호가 말했다.

그는 오세나의 어깨를 감싸려다 말고 먼저 발길을 옮겼다. 따라나서려는 그녀를, 불현듯 그가 돌아봤다.

"이번에 새로 취임한 정치인들이 모이는 자리야. 최필영 대통령도 아마 올 거고. 그러니까 너무 놀라진 말고, 거기서 네 이야기는 되도록 하면 안 돼."

이광호가 말했다.

오세나는 시원스러운 그의 미소에 멍한 표정을 지었다. 그러다가 밝게 웃으며 힘차게 고개를 끄덕였다.

제 4장
변화

타 임 워 커 4 : 리 버 스

26.

"광호야, 아무리 봐도 모르겠는데? 어떡할까. 이대로 대기하고 있을까?"

김상현이 작은 목소리로 속삭였다.

눈에 띄는 장소. 번화가의 안쪽, 젊은이들이 가끔 시간을 할애하는 장소로 활용되는 유흥가의 길목이 리버스의 근거지로 향하는 입구였다. 그들이 이런 장소를 '입구'로 선택한 것은, 비밀스러운 조직원들의 신분을 역이용한 것으로 보였다. 대놓고 수상한 장소보다 이렇게 눈에 잘 띄는 곳이, 가끔은 더욱 안전하다. 출입에 제한을 줄 수 있는 능력이 있는 그들로서는, 사실 장소야 어찌 되었든 상관은 없을 것이다.

"나타날 것 같진 않지?"

이광호가 말했다.

"내가 그 사람들이라면 눈에 띄게 행동할 것 같지 않아. 초능력자들 중에 최면 능력을 지닌 사람이 있을 수도 있어."

김상현이 말했다.

그는 수상한 사람이 오직 자신들뿐인 것 같아 심란한 기분이 들었다. 가급적 평범하게 옷을 입었지만, 얼굴이 보이지 않도록 모자를 깊숙이 눌러쓰면 범죄자 또는 수상한 사람으로 보이는 게 당연했다. 하지만 유명세 때문에라도 얼굴을 가릴 수밖에 없었다. 굳이 직접 행동하려고 나서는 그의 심중을 이해하지 못하는 것은 아니었다. 어디 죽일 테면 죽여보라는, 한때 자상했던 아버지 이훈철에게 내보일 수 있는 투정 어린 심보일 테다.

"어이, 대장님?"

김상현이 말했다.

아이를 달래는 듯 들리는 그의 목소리에 뚱한 대답이 들려왔다.

"왜."

"언제까지 서 있기만 할 거야? 계속 줄담배만 피워대려고?"

그는 담배를 피우는 둥 마는 둥 하며 사람들을 관찰하고 있었다. 그의 모습이 마치 몇 시간이고 계속될 것 같은 예감에 김상현은 다리가 불편했다.

"우린 어차피 들어가는 방법도 모르잖아. 괜찮아? 이대로?"

김상현이 말했다.

"들어갈 필요는 없어. 오늘은 그러려고 온 게 아니야."

이광호가 말했다.

그는 누군가를 기다리는 것처럼 보였다. 리버스 조직원으로 보이는 초능력자들을 기다리는 것이라면 그것은 어리석은 짓 같았다. 그 사람들이 아직까지 비밀 속에 가려져 있는 것은 철저한 비밀 유지 방법 때문이었다. 최근의 성과도 가까스로 해낸 것이었고, 알게 된 정보도 미미했다. 이렇게 해서는 일망타진까지 시간이 아주 많이 소요될 것이 분명했다.

"그래, 너한테도 생각이 있겠지. 그래도 오늘 안에는 끝내줘야 한다? 다리가 아파서 오래 서 있지는 못해."

김상현이 말했다.

"걱정 마. 금방 올 거야."

이광호가 말했다.

"능력을 선불리 쓰지 못하는 게 이렇게 불편할지는 몰랐네. 네가 누굴 기다리는지 나는 도통 모르겠다. 두서없이 그냥 그 사람들을 기다리는 거라면 나야 할 말이 없지만."

김상현이 말했다.

"그런데 정말……."

이광호가 담배를 땅에 버리며 김상현을 향해 손을 뻗었다. 잠깐 조용해 보라는 몸짓을 읽어낸 김상현은 그가 주시하는 곳을 바라봤다. 누군가 주변을 둘러보며 걸어오고 있었다. 딱 보기에도 무거워 보이는 낡은 배낭을

짊어 멘 남자였다. 겉보기에 그냥 성질 더러운 아저씨처럼 보일 뿐인 일 반인. 초능력을 지닌 사람으로는 보이지 않았다. 다만 인상적인 것이 있다면, 무척 신중한 얼굴이었다는 것뿐이다.

"왔어."

이광호가 말했다,

그는 김상현을 슬며시 구석진 자리로 이끌었다. 벽 가까이에 붙어서 낯선 남성에게 길을 내주고 있었다. 남자는 곧 느린 걸음으로 옆을 지나쳤다. 그리고는 대뜸 멈춰 서서 벽면 한 곳을 응시하고 있었다.

"저 사람이야?"

김상현이 이광호에게 속삭여 물었다.

그의 행동과 말로 따져보면, 아마도 이광호가 기다리던 자가 이 수상한 남자인 것으로 생각되었다. 하지만 평범해 보이는 저 남성이, 리버스의 길목을 찾는 오늘의 목적을 달성시켜 주리라 기대하기가 어려웠다.

"잠깐 기다려봐."

이광호가 말했다.

"야, 사장이 되더니 은근히 하대하는 것 같은데 내 착각이지? 기다리라니까 기다려보긴 하겠는데 너무한 것 같아. 요즘."

"잠깐만."

"됐어. 날 좋아하긴 해?"

"헛소리."

이광호가 고개를 아래로 돌리며 남성을 흘깃 바라봤다.

그는 후줄근한 바지 주머니에서 수첩을 꺼내고 있었다. 그리고는 시종일관 진지한 자세로 뭔가를 적어내고 있었다. 일지라도 쓰는 것 같은 남자의 모습에, 심술이 나 중얼거리던 김상현도 관심을 가지기 시작했다.

"왠지 우리 편일 것 같은 느낌이 딱 오네."

김상현이 상기된 얼굴로 남자를 보며 말했다. 투박한 이목구비와 왠지 모를 거친 분위기가 마음에 들지는 않았지만, 같은 편이라면 그것 역시도 좋아해 줄 수 있었다.

남자가 길목에서 나가려 하고 있었다.

"흠."

김상현이 먼저 남자를 따라나섰다. 최대한 자연스러워 보이려 하는 그 몸짓이 오히려 티가 나는 것을 모르는지. 이광호는 주변을 살피며 그들을 따라 걸었다.

남자는 번화가를 빠져나가 민가 쪽으로 향하고 있었다.

어딘가 익숙한 곳으로 향하는 것 같은 느낌에 의아할 즈음이었다. 그가 멈춰선 곳은 SPC직원들이 거주하는 아파트 입구였다.

그 근처에 붙박인 듯 남자가 서 있었다.

"우리 동네잖아."

김상현이 무심코 내뱉었다. 그는 고개를 갸웃거리며 남자의 얼굴을 자세히 보았다. 그러고 보니 뭔가 낯이 익은 느낌이다.

"이상하게 어디서 본 것 같네. 좋은 느낌은 아니었던 것 같은데."

김상현이 동의를 구하듯 이광호를 바라봤다.

그런데 가만히 남자를 관찰하던 그가 움직였다. 이광호는 곧장 남자의 뒤편에 가서 섰다. 인기척을 느낀 사내가 돌아보는 것을 바라보며 김상현은 뜨악한 표정을 지었다.

"누구……."

남자의 시선이 이광호와 김상현을 번갈아 관찰했다. 수상한 사람들이라고 판단한 듯 잠깐 날을 세우던 남자가 잠자코 입술을 다물었다.

"나를 이곳에 들여보내줄 수 있습니까?"

남자가 물었다.

그는 모자 속에 감춰진 이광호의 눈을 꿰뚫어 보려는 느낌이었다. 그가 보폭을 좁히더니 공손한 모습으로 고개를 숙였다.

"부탁드립니다. 아까부터 저를 미행했던 걸 알고 있었습니다."

남자가 말했다.

이광호는 아파트 입구에서 내다보고 있는 경비원을 바라봤다. 일반인들에게는 경비원이 보이지 않을 터였다.

경비원이 눈짓했다.

이광호는 고개를 끄덕였다.

"꼭 만나봐야 할 분이 있습니다."

남자가 말했다.

고개를 들어 이광호를 다시 마주하던 남자는 뭔가 달라진 공기를 눈치채고 옆을 바라봤다. 조금 전까지와는 달라진 아파트 단지 내의 모습을 발견했을 것이다.

"들어가시죠."

이광호가 남자를 감싸 단지 내로 이끌며 말했다.

SPC직원들이 그들을 바라보며 속닥거렸다. 낯선 이의 출입을 궁금해하는 눈빛에 남자는 부담스러운 기색이었다.

그때 뒤따라 들어온 김상현이 모자를 벗었다.

"답답해 죽는 줄 알았다고. 앞이 안 보일 정도였어."

김상현이 말했다.

반사적으로 고개를 돌린 남자가 느리게 눈을 끔벅거렸다. 그는 이내 불현듯 이광호를 응시했다.

"처음 뵙겠습니다. 아니, 우린 구면이죠."

이광호가 모자를 벗으며 말했다.

"리월권씨, 여기까지 오시느라 고생하셨습니다."

27.

　정유여는 초조한 얼굴로 복도를 오갔다. 부산한 움직임이 그의 초조한 속마음을 내비치듯 불안해 보였다.

　그는 돌연 걸음을 멈췄다. 그러고는 치아 사이로 손톱 조각을 뱉어냈다. 아릿한 통증이 손톱 주변으로 몰렸다. 너무 깊숙이 물어뜯은 탓에 손톱 밑으로 피가 고여 나오고 있었다. 초조할 때마다 보이던 사춘기 시절의 습관. 성공한 뒤로는 말끔히 사라진 줄만 알았다. 하지만 최근 들어서 알게 되었다. 버릇은 잠시 사라진 것처럼 보였을 뿐이다.

　'들키면 안 돼. 안 되고말고. 하지만 지금은 모두 퇴근하고 없을 테니 괜찮겠지?'

　정유여는 잠시 생각했다.

　은밀한 일을 부탁해둔 사람이 아직 밖으로 나오지 않았다. 그에게 건물 내부에 존재하는 비밀스러운 곳을 조사해달라고 부탁했는데, 아직까지 소식이 없던 것이다. 측근에게 부탁해서 알게 된 그 공간은 회사 내에서도 몇몇만 출입하도록 허가되어 있었다. 구린 일을 할 수 있는 적당한 장소인 셈이다.

　'앞에서 고고한 척은 다 하더니.'

　아직 알게 된 것은 없지만 왠지 즐거운 예감이었다. 동물적인 직감은 아직까지 틀린 적이 없었다. 아마도 성공만 한다면 그의 구린 구석을 반드시 발견해낼 수 있을 것이다. 문제가 있다면 보안이다. 정말 중요한 장소라면 그 만큼 보안이 철저할 것이다. 최악의 상황에선 고용자가 초능력자에게 붙잡힐 수도 있었다. 중요한 장소이길 바라지만, 그렇다고 초능력자들에게 들키고 싶지는 않았다.

　'안 돼. 이러면 안 되지.'

　정유여는 SPC그룹 1층 로비에서 갈림길을 두고 고민했다. 전해 듣기로는 직원들이 모두 자리를 비운 것으로 알고 있었다. 그러나 상대는 시간 능력자인 만큼, 그 변수는 조종이 가능할 것이다.

"하필이면 그런 좆같은 능력을 갖고 있어서. 사람 귀찮게."

정유여는 턱을 비틀었다.

그는 조심스럽게 오른쪽 길목으로 들어섰다. 아직 어디에도 없는 구조의 특이한 기업. 직원들의 업무 장소는 오직 엘리베이터를 이용해야만 오갈 수 있었다. 그곳을 출입할 수 있는 이들은 오로지 SPC직원과 초능력자들뿐이다. 의뢰는 유선상으로만 전달이 되고, 필요하다면 외부에서 미팅이 이뤄진다. 직원이 아닌 일반인은 애초에 드나들 수조차 없다. 회사 내부의 보안요원들이 가만히 내버려 두지 않을 것이다.

'처음이라 긴장이 되는 건가.'

설마 직원들이 자리를 비운 와중에도 보안요원이 있을지도 모른다고 생각하니 헛웃음이 나왔다. 그런 사소한 상황조차 걱정해야 하는 자신의 처지가 아주 웃겼다. 세상 무서운 줄 모르고 살았는데, 이제는 식은땀까지 흘리며 사람을 무서워하고 있다니.

"걸리면 그냥 잘못 들어왔다고 하면 되겠지."

정유여는 조소를 지으며 내릴 준비를 했다. 그런데 2층에서 멈춰야 할 엘리베이터가 예정된 층수를 벗어나 올라가고 있었다. 그가 타기 전부터 멈출 곳이 정해져 있었다는 것을 보여 주는 것처럼 보였다. 이건 뭔가가 잘못됐다.

"어, 이거 왜 안 멈춰."

정유여는 당황한 나머지 애초 정했던 행선지와 관련 없는 버튼을 눌러 댔다. 하지만 가까운 층수를 모두 지나쳐가고 있었다. 왜 그런지 알 수는 없지만 한 가지는 확실히 알 수 있었다. 회사 내부에 누군가 더 있었다. 기계에 혼선을 줄 수 있는, 보통의 인간과는 차이를 지닌 자일 것이다. 적어도 이번에 고용한 일반인은 아닐 게 분명하다.

"이 씨발! 왜 안 멈춰!"

엘리베이터를 끌어올리는 것이 기술이 아닌 인간의 힘으로 느껴졌다. 순간 소름이 돋았다. 상당한 악의와 지능을 가지고 유인하는 것처럼 여겨졌던 것이다. 사전에 미리 알고 누군가 자신을 기다렸던 것일까, 아니면 이광호가 후에 일어난 일을 바로잡기 위해, 과거로 건너온 것일까. 후자가 사실이라면 어떻게 해야 할까. 돈을 주고 고용한 일반인은 아마도 죽임을 당한 것 같았다.

"너무 다르잖아. 이게 아니라고."

엘리베이터의 문이 부드럽게 열렸다. 정면에는 특별한 것이 보이지 않았다. 단지 음산한 어둠만이 가득할 뿐이다.

이광호가 사람을 죽일 것처럼은 느껴지지 않았다. 전혀 생각 외의 대응법이다. 어쩌면 다른 위험한 자를 뒤에 두고 있었을지도 몰랐다. 절대로 그 자를 마주치고 싶지 않았다.

"크흠."

그는 1층 버튼을 눌렀다. 그러나 아무런 움직임도 없었다. 1층부터 꼭대기 층까지의 버튼에 모두 붉은 빛이 뿜어져 나오고 있었다. 건물 밖으로 도망치려고 해도 계단을 이용해 직접 내려가야만 한다.

정유여는 떨리는 소매를 부여잡고 밖으로 나왔다. 그러고는 숨을 들이쉬며 살며시 주변을 둘러보았다. 처음 와 보는 곳, 모든 것이 낯설었다. 정유여는 초능력 계열의 직원이 아니기 때문에 이 곳은 알 수 없었다. 듣기로는 외관도 똑같고, 구조도 비슷하다고 했는데 이상한 기분이었다.

"아!"

정유여는 걸음을 멈췄다.

유달수가 관리하는 상업지를 기준으로 양측에 두 개의 회사가 붙어있는 구조였다. 거울을 비추듯 상반되어 있을 가능성이 높았다.

그는 왔던 걸음을 되돌아 걸었다. 그리고 코너를 돌아 안쪽으로 들어섰다. 하지만 잘못된 판단이었다. 애초에 빠져나간다는 전제가 잘못되었던 것이다.

정유여는 후각을 곤두세웠다. 갑자기 어디선가 코를 찌를 듯한 냄새가 흘러들어 왔다.

'피비린내.'

그것도 아주 짙었다. 이 정도로 냄새를 풍기려면 꽤 많은 양의 피가 흘러나와 오랫동안 공기와 닿아 있었을 것이다. 심부름센터 사람이 회사 내부로 진입한 것이 삼십 분 전이다. 올라가자마자 뭔가를 해보기도 전에 죽임을 당한 것이다.

"확실히 이건 그 사람 스타일이 아니야. 다른 사람이야."

정유여는 골똘히 생각했다.

그는 점점 진해지는 피비린내를 의식하며 앞으로 걸었다.

'초능력자면서 난폭한 성질의 사람을 이광호가 과연 옆에 뒀을까?'

그렇다면 그는 위선자이며 냉혈한이다. 하지만 사람의 진심을 얼추 알아낼 정도의 눈치는 있었다. 가까이서 지켜본 이광호는, 권력자로서 뒤가 구린 구석이 있을지는 몰라도 도덕률을 굉장히 중요시하는 사람이었다. 아무리 생각해도 그의 스타일이 아니다.

'다른 사람이야.'

정유여는 소리 내지 않게 조심하며 침을 삼켰다. 초능력자들로 이뤄진 테러집단. 그들이 떠올랐던 것이다.

'이건 행운일까, 불행일까.'

알 수 없었다. 다만, 정말 자신을 유인해낸 것이 리버스 측이라면 더욱 극단적인 결과가 발생할 것이다. 운이 좋으면 그들의 편에 붙어 이광호를 엿 먹일 수 있고, 운이 나쁘면 인질로 잡혀가서 고통을 당할지도 모른다.

그는 긴장한 기색을 숨기며 주변을 둘러봤다. 한참을 움직임 없이 기다리고 있는데 미성의 웃음소리가 들린 것 같았다.

해서, 초능력자가 어린애일 가능성을 추측했다. 그러나 나타난 것은 장신의 여자였다. 딱딱한 성격의, 농담도 통할 것처럼 보이지 않는 여자.

'아까 그건 착각?'

정유여는 그녀를 바라봤다.

"생각보다 많이 놀라지 않네?"

여자가 말했다.

리버스의 일원이라고 말하기엔 후드를 뒤집어쓴 특징이 없었다. 드러내고 접촉한 것이라면 저쪽에선 거리낄 게 없다는 판단이 전제되었을 것이다.

여자의 얼굴이 조금씩 선명하게 보였다.

지나치게 짙은 눈동자. 그런 눈을 이전에 한번 본 적이 있었다. 몇 년 전, 외지로 여행을 나갔을 때 보았던 난민 중에 있었다. 음산하지만 왠지 모르게 빠져드는 눈빛 때문에 그 자리를 떠나지도 못하고 멍하니 바라봤던 기억이 있다.

"걘, 죽어버렸어. 우리 쪽도 마음대로 움직일 수 있는 상황이 아니야. 그것도 못 견디고 죽을지는 몰랐는데 유감이네."

여자가 말했다.

"난, 리나. 네가 정유여 부장이지?"

그녀가 웃으며 말을 건넸다.

정유여 부장이 환해진 얼굴로 리나를 바라봤다.

"마, 맞아요. 정유여라고 합니다. 이 회사에 속해 있기는 하지만 완전히 같은 편은 아닙니다. 그러니 오해하지 마세요."

그는 어색하게 웃었다.

리나가 미소를 지워내며 코트의 커다란 주머니 속에 손을 넣었다. 일교차가 크기에 밤에는 아직 춥다. 밤이라고 얇은 코트를 입고 있는 사람들을 욕하곤 했던 그는, 모순적이게도 그것이 건강에 이롭다는 생각을 하고 있었다.

"이거, 네가 먹어 볼래?"

리나가 웃었다.

둥그런 형태의 이상한 물체였다. 그것을 물체라고 표현해야 할지는 모르겠지만, 어쩐지 기분이 이상했다. 먹어도 되는 것으로 보이지는 않았다. 음식이 아닌 것을 목 뒤로 삼킬 수는 없지만, 거부한다면 죽임을 당할 것 같았다.

여자의 발 뒤로 거무스름한 액체가 눈에 들어왔다. 흐릿하게 보이는 건물 내부에서, 검은 색으로 보일 수 있는 액체는, 색을 가진 것밖에 없을 것이다. 피, 다량의 피로 예상되었다.

"그걸 먹으면 어떻게 되는 건가요?"

정유여가 물었다.

"맛은 모르겠지만 성공한다면 뭔가 대단한 걸 갖게 될 거야. 네가 그토록 원했을 그것 말이야. 예를 들면, 초능력?"

리나가 말했다.

그녀의 음성이 마치 악마의 속삭임처럼 귓속을 파고들었다.

사람이 낼 수 있는 목소린지 순간 의문이 들었다. 하지만 바로 그런 이유로, 그는 마법에 걸린 듯이 그녀의 제안을 받아들였다.

"좋아요. 그걸 저한테 주세요."

그러자 리나가 환하게 미소 지었다. 아름다운 여성. 최악의 상황 속에 나타난 여자는 눈부시게 아름다웠다. 태어나 처음으로 인정한 매혹적인 여자. 솔직히 말해, 좀 전의 미소로 완전히 마음을 빼앗겨버렸다. 그녀가 갑자기 마음이 바뀌어 자신의 숨통을 끊을 수도 있는데도 그만 첫눈에 반해버린 것이다.

"원하는 것을 얻을 거라고요?"

정유여가 물었다.

"여러 개 있어. 하나씩 먹어봐."

리나가 말했다.

그녀는 그의 앞으로 다가왔다. 색이 다른 둥그런 물체들. 빛나는 것도 있고, 아닌 것도 있었다.

"이걸 삼킬 수도 있어요?"

정유여가 물체를 하나 받아들었다. 만져지는 촉감은 딱딱하기보다는 포근했다. 기체와 솜사탕의 중간 정도 느낌이다.

"어서. 먹어봐."

리나가 말했다.

정유여는 눈을 감은 채로 건네받은 것을 입안에 집어넣었다. 그리고 꿀꺽.

"어때, 무슨 맛이야?"

리나가 물었다. 자상한 그녀의 목소리를 들으며 그는 눈을 떴다.

"맛도 없고 아무 변화도 안 느껴집니다. 괜찮은 건가요?"

정유여가 얼떨떨하게 말했다. 피비린내를 맡으며 이상한 물질을 삼키고 있는데도 이상하게 긴장되지 않았다.

"그럼 하나씩 더 먹어봐."

리나가 말했다. 정유여는 그녀가 건네주는 물체를 두 손으로 모두 받았다. 세 개가 더 있었다.

"한꺼번에 삼키면 체해. 하나씩 먹어봐."

"네, 알겠어요."

정유여가 말했다. 이번엔 눈을 감지 않았다.

"괜찮아?"

마지막 하나 남았을 때 리나가 물었다.

솔직히 말해 괜찮지는 않았다. 몸에 아무런 변화가 없는데도 더 이상은 위험하다는 생각이 들었던 것이다. 그러나 마음에 드는 이성의 앞이라고, 죽을상은 하고 싶지 않았다. 어차피 자신에겐 선택권이 없기도 하고, 무엇보다 그녀가 원하고 있었다.

"이제 하나 남았어요. 이것마저 먹으면 전 어떻게 되나요?"

정유여가 물었다.

"나랑 같이 가게 되겠지. 살아있다면 말이야."

리나가 말했다.

그녀는 또다시 매혹적인 미소를 보였다.

"알겠어요."

정유여가 말했다.

망설일 이유가 없었다. 그는 마지막 남은 붉은 구체를 입에 넣었다. 그 뒤 삼키려는데 뭔가 이상했다. 여태까지 눈 녹듯 사라지던 물체가 입 안을 뚫고 내려가려 하고 있었다.

"어윽!"

정유여는 무릎을 꿇고 앉았다. 그는 목을 부여잡았다. 생살을 뚫고 피부 깊숙이 파고드는 고통이 점차 심해지고 있었다. 이내 꽉 다문 치아 사이로 피가 왈칵 쏟아져 나오기 시작했다. 기침을 할 때마다 나오는 것 같았다.

"이겨내 봐. 다시 눈을 뜨면 그때부턴 네가 원하는 세상이 보일 거야."

리나가 말했다. 정유여는 이내 정신을 잃었다.

28.

SPC그룹 내 초능력 계열사 건물 안쪽에는 귀빈을 맞이하기 위한 장소가 있었다. 외부의 눈길을 피해야 하는 의뢰의 경우, 의뢰인을 이동시켜 접선하는 곳이다. 문이 존재하지 않는 작은 방. 오로지 공간 이동 계통의 초능력자와 동행해야만 출입 가능했다. 그곳에서 리월권은 이광호와 마주 앉아 있었다.

"내가 당신을 도울 것이 있을지는 솔직히 잘 모르겠습니다."

리월권이 말했다.

필요하다고 생각되는 정보들을 모으던 중, 위험한 직감이 들어 곧바로 이광호를 찾았다. 일단은 만나서 일을 진행해야 한다고 생각해서 무작정 아파트로 찾아갔지만, 솔직한 심정으로 자신은 없었다. 오래 전 기억이고, 그 기억은 오류를 동반하고 있을지도 몰랐다. 다만 시간 능력자와 후에 얽힌 일이 있었기에 불투명하게나마 그 기억을 믿어보려고 했던 것이다. 그와 만남이 있기까지 수없이 꺼내두었던 의심이라는 녀석은 이광호를 보자 안개가 걷히듯 사라져버렸다. 아주 작은 불안함마저 없었다.

"어떠세요?"

이광호가 방 안을 둘러보며 말했다.

리월권은 그의 눈짓을 따라 방을 살폈다. 작은 창도 존재하지 않는, 공기가 통할지 의심되는 그런 방이다. 사람이 드나들 수 없을 정도의 환풍기만 천장에 매달려 있었다.

"우리가 대화를 나눌 장소로는 적당한 것 같습니다. 그런데……."

리월권이 이광호의 옆을 쳐다봤다.

"아, 괜찮아요. 이 사람들은 믿을 만한 분들입니다. 절대로 리월권씨를 해하거나 하지 않을 거예요."

이광호가 말했다.

"그렇군요."

리월권은 다엘을 빤히 바라봤다. 그의 눈빛에 다엘은 부담스러운 기색으로 귀 옆을 매만졌다.

"내 사람들을 한 명씩 모두 소개해주고 싶지만, 그럴 시간적 여유가 없다는 걸 이해해주세요. 그래서 오늘은 우리끼리만 왔어요. 기억하시죠?"

이광호가 물었다.

"예, 기억합니다. 저 두 분이서 저를 붙잡아 경찰에 넘겼는걸요. 어떻게 잊을 수가 있겠습니까? 하지만 오해는 말아주세요. 덕분에 제가 잘못된 생각을 고쳐먹을 수 있었습니다. 아무리 어려워도 법에 어긋나는 일은 하면 안 되는 건데. 급한 마음에 진짜 소중한 걸 놓치고 말았습니다."

리월권이 말했다.

"이상하게 찔리네."

다엘이 중얼거렸다.

이광호는 조용히 미소 지었다.

"알겠어요, 리월권씨."

이광호가 말했다.

"이제 저를 찾아온 이유를 말해줄래요?"

"예? 하지만 이미 알고 계실 거라고 생각했는데요."

리월권은 이광호의 대답을 기다렸다. 그러나 그는 먼저 말을 꺼낼 생각이 없는 것처럼 진득하게 마주 볼 뿐이었다.

결국, 리월권이 먼저 말을 꺼냈다.

하지만 두루뭉술한 말이었다.

"저는 보잘것없습니다."

자기 발로 찾아온 사람이 내뱉는 말로는 적당치 않았다. 용건이 있는 쪽에서 찾아온 것일 터인데, 갑자기 집 앞까지 찾아와서 꺼내든 용건이 자기비하라면 그만큼의 멍청한 행동도 없는 것이다. 그런데 그의 말에 이광호는 외려 만족한 표정이었다.

"저는 완벽하지 않아요."

이광호가 말했다.

김상현이 어리둥절한 눈빛으로 다엘을 바라봤다. 다엘 역시, 둘의 대화가 뜬구름 잡는 것처럼 느껴지는 얼굴이었다.

"까마득하게 오랫동안 쉬는 바람에 제대로 일을 해낼 수 있을지 모르겠습니다."

"리월권씨, 당신의 안전은 우리가 보장합니다. 괜찮을 거예요."

이광호가 말했다.

그를 한동안 관찰하던 리월권이 의자 옆에 내려두었던 배낭 가방을 열었다. 그러고는 소지품 중에서 뭔가를 찾는 듯 뒤적거렸다.

"도와줄까요?"

옆에서 지켜보던 김상현이 리월권을 향해 말했다.

"찾았습니다. 괜찮아요."

리월권이 말했다.

그가 꺼낸 것은 커다란 파일이었다. 사진과 포스트잇이 붙여진, 그간 조사한 정보들을 모두 정리해둔 파일.

이광호는 파일을 받아 다엘에게 건넸다.

다엘이 파일을 보는 사이, 리월권이 말을 꺼냈다.

"아내는 떠났지만, 그 전까지는 행복하게 살았습니다. 남한에 건너와서 우리 가족, 평범한 행복을 잠시나마 느껴볼 수가 있었어요. 정말 고맙습니다. 당신이 아니었으면 저는 아마 그 날, 그 자리에서 죽고 말았을 겁니다. 자식 놈을 품에 안아보는 일도 아마 없었을 거예요. 다시 그때처럼 행복해질 수는 없겠지만 은혜는 꼭 갚으려고 합니다. 경찰에 잡히던 날, 초능력자들과 만나게 된 건 우연한 일이 아니라 생각해 이렇게 찾아왔어요. 하지만 역시 잘해낼 자신은 없습니다."

"리월권씨의 가족은 제가 찾아드리겠습니다. 일이 끝나는 대로 다시 행복하게 살 수 있도록 최대한 지원해드릴게요. 그럼 그때까지 부탁드리겠습니다. 정보를 찾아와 주셔서 감사합니다. 더불어 앞으로 초능력자들의 체력 증진에도 도움을 주셨으면 합니다."

이광호가 말했다.

그는 정중하게 리월권을 향해 고개를 숙였다.

"잠깐만."

다엘이 말했다. 이광호는 고개를 들어 다엘을 바라봤다. 갑자기 불안해진 얼굴로 다엘은 머뭇거리고 있었다.

"그 파일은 리버스에 대해서 조사한 정보와 제 나름의 추측들을 정리한 것입니다. 최대한 사실에 근거해서 추론해 봤습니다."

리월권이 말했다. 이광호가 다시 파일을 받아들었다.

"내가 잘못 본 게 아니라면 이건 리버스 본거지로 들어가는 방법에 대해서야. 사엘, 리월권이라는 저 사람 믿을 만한 사람이 맞아? 그런데 이게 초능력으로 가능한 방법인가?"

다엘이 말했다.

이광호는 파일에 정리된 내용과 사진을 읽어 내려갔다.

리버스에 의한 테러가 발생했던 지역의 사진과, 장소에 대한 특징들이 쓰인 포스트잇을 바라봤다. 각 장소는 얼핏 보기에 눈에 띄는 장소로 되어 있지만, 구조적인 폐쇄성을 지니고 있었다. 앞으로는 뚫려 있으나, 뒤로는 막혀있는 구조. 즉, 대로변에 위치하였더라도 뒤로는 빽빽하게 막혀 있는 장소를 선택한 것이다.

"리버스의 근거지로 향하기 위해서는 아마도……."

다엘이 주저하며 말했다.

"일정한 크기의 구조물이 필요할 겁니다. 목격자의 말을 들어보면 테러가 발생하고 나서 사라지는 그들의 모습이 '사라졌다'고 하기보다는 어딘가로 흡수되는 것으로 보였다고 합니다. 그 말인 즉, 당신들 말처럼 근거지로 향했던 것이든, 몸을 피할 장소로 향한 것뿐이든, 어쨌든 이동하기 위해서는 손으로 만져지는 뭔가가 필요했다는 말이 됩니다. 그것도 어느 정도의 크기가 있는 것 같습니다."

리월권이 말했다.

"하지만 꼭 그런 건 아닐 거예요. 그때는 달랐으니까."

이광호가 말했다.

"그때라니요?"

리월권이 말했다.

"아니에요. 아무튼 알겠습니다. 오늘은 고생하셨고, 당분간은 우리 아파트에서 경비원들과 함께 지내도록 하세요. 경비원들의 숙소는 따로 있고, 의심을 받진 않을 겁니다. 최근에는 일반인 중에도 경비원을 채용하고 있거든요."

이광호가 말했다.

그는 곧 김상현을 바라봤다.

"알았어. 리오를 다시 불러올게."

김상현이 말했다.

그는 한순간 사라지더니 리오와 함께 돌아왔다. 리오가 리월권을 데리고 방에서 빠져나가기 직전, 리월권이 뒤를 돌아봤다.

"그런데 일이 끝나면 가족을 찾아주겠다고 말씀하신 거라면, 아직 제가 도울 일이 있다는 뜻입니까? 초능력자들의 체력 증진에 기여한다는 것 말고도요?"

"아주 중요한 일을 해줬으면 합니다."

이광호가 말했다.

"그때 다시 부르도록 할게요. 그 동안 몸 관리하면서 쉬고 계십시오. 그럼, 리오. 부탁해."

"분부대로 합죠."

리오가 말했다.

그는 리월권을 감싸 안고 사라졌다. 그들이 사라지기 무섭게, 다엘의 표정이 돌변했다. 용납할 수 없는 일을 목격한 사람처럼 얼굴이 붉게 달아오르고 있었다.

"가엘이 결국 일을 친 거야."

다엘이 말했다.

"어떻게 그럴 수가 있지? 내 생각이 맞지? 가엘 그 가증스러운 놈이 상자를 연 거야. 시간의 바다를 이리저리 연결해 뒀다고."

"진정해."

김상현이 다엘을 붙잡으며 말했다.

다엘은 진정할 생각이 없는 것 같았다.

"안 되겠어. 이봐, 사엘."

다엘이 이광호에게 다가갔다. 다정한 눈빛으로, 그를 마주보던 다엘은, 한껏 진지해진 표정으로 말했다.

"왜 신께서 가만히 두고만 보고 계시는지는 몰라. 하지만 기억해둬. 사엘. 우리는 사도로서 더는 가엘의 행동을 용납해서는 안 돼. 알겠지? 아직도 망설이고 있는 거라면 확실히 하는 게 좋을 거야. 그를 설득시킬 수 없는 상황에서, 과연 그를 죽일 수 있을지."

"하긴, 그건 맞아. 하지만 다엘, 광호도 이제 알게 됐을 거야. 그만해도 돼."

김상현이 말했다.

"아니야, 막내는 한참을 말해야 알아들을 거야. 너도 봐서 알고 있잖아. 미래의 일들을 말이야."

다엘이 말했다.

"김상현, 무슨 말이야? 미래의 일들이라니?"

이광호가 물었다.

김상현은 난처한 기색을 보였다.

"알 것 없어. 그냥 우리가 어쩌다가 미래의 일을 알게 됐는데 거기서 좀 안 좋은 걸 봐서 그랬던 거야. 신경 쓰지 않아도 돼."

김상현이 말했다.

"우린 이제 가 볼게. 리월권씨가 가져온 자료는 다 같이 모여서 다시 검토해보자."

"더 말해줘야 한다니까?"

다엘이 말했다.

전에 없이 흥분한 모습이었다. 그는 마엘 다음으로, 둘째가라면 서러울 정도로 사도로서의 자각이 컸다. 그렇기에, 다른 일에 있어선 포용력이 좋을 수 있어도, 이런 문제만큼은 용서하기 어려울 것이다.

이광호는 아무런 대꾸도 하지 못한 채 그들을 바라봤다.

"우리는 이만 가도록 할게. 쉬다가 나와."

김상현이 말했다.

그는 거의 끌고 가듯 다엘과 방에서 나갔다. 사람들이 모두 사라진 방에, 상념들이 하나둘 들어찼다.

"정말 그런 짓까지 한 거야?"

내내 생각하던 것을 입 밖으로 내뱉었다.

시간의 바다에서의 기억은 아직 떠오르지 않았다. 미안하지만 사도로서의 책임감으로 움직이고 있지 않았다. 당연하게도, 그가 고귀한 존재에서 얼마나 타락해버린 건지 실감이 나질 않았다. 단지, 지금 느끼고 있는 회의감과 실망은, 롤모델이던 아버지의 윤리원칙이 위선으로 무너져버린 데서 오는 것이었다. 신을 배반했니 뭐니, 그런 고상한 품위 따위는 따지고 있지 않았다.

"그런 거면 대체 뭐 때문에 우릴 버린 거지? 엄마랑 나를 버려두고 미래로 갔던 결과가 고작 이런 것이라니."

묻고 싶지만 대답해줄 사람은 없었다.

바로 그것이 더욱 화가 나는 점이었다. 답답해서 따져 묻고 싶지만, 물어도 그 당사자는 대답해주지 않을 것 같은 답답함. 왜 그토록 변해야 했는지. 사탄이란 놈이 그렇게 만들어버린 것인지. 알고 싶은 것이 많았다.

정말, 그토록 존경해 마지않던 당신을, 이번엔 미워하라고 강요하고 있는 건지.

"두고 봐. 궁금한 건 꼭 알아내고 말 테니까."

이광호는 파일에 붙여진 사진 한 장을 떼어냈다. 그러고는 사진 속 폐허를 바라보다 망설임 없이 주먹 사이로 사진을 구겨버렸다. 모두와 다시 살펴보아야 하는 사진이지만 그는 미처 신경 쓰지 못했다. 그러나 찢어버린 것은 아니니 신경 쓸 필요가 없어 보였다.

29.

위선자라는 말이 싫었다. 언제나 항상 바른 선택만을 하고 싶었고, 그것은 때때로 스스로가 만든 강박관념처럼 느껴지기도 했었다. 그런 느낌에 사로잡히는 밤이면, 그는 말없이 작은 전등 하나만 켠 채로 가만히 앉아서 시간을 보냈다. 아무런 생각도 하지 않고 흘러가는 시간 속에서는 머릿속을 좀 먹는 찜찜한 벌레가 조금씩 형태를 잃어가는 것만 같았다. 이제는 과거가 되어버린 기억이었다.

"안녕하신가."

이훈철이 말했다. 그는 문을 열어둔 채로 서 있는 남자의 목덜미를 세게 잡으며 내부로 진입했다. 그렇게 집 안쪽까지 질질 끌려가는 동안, 집주인은 어떠한 반항도 해보지 못했다. 그저 그런 노인의 힘이라고는 믿을 수 없는 악력 때문이었다. 압도적인 힘의 우위 때문에 시도조차 할 수 없었다.

"초면에 미안하군."

이훈철이 남자의 몸을 놓아줬다.

"내가 찾아온 이유는 알 테지."

당황한 듯 보였던 남자는 곧 평정을 되찾았다. 그는 비교적 침착하게 이훈철의 얼굴을 살폈다. 그러더니 흐트러진 옷매무새를 단정히 다듬었다.

"마치 예상하고 있었던 얼굴인데?"

이훈철이 말했다.

"하지만 나는 대화를 위해서 온 게 아니야."

"저 역시 순순히 죽어줄 생각은 없습니다. 당신이야 나를 죽이고 가면 그만이겠지만, 그렇게 한다면 후회할 겁니다. 장담하죠."

"그런가? 자네는 아버지를 닮지 않았군. 친모 쪽을 닮은 모양이야."

"그렇습니까? 칭찬으로 받겠습니다."

강지환 회장이 이훈철을 바라봤다.

"역시 전 회장님을 죽인 건 리버스가 맞나 보군요."

강지환이 말했다.

"살려두려고 했지만, 자꾸 눈에 보여서 안 되겠어. 이만 죽어줘야겠네. 하지만 내게 돌아서 준다면 한 번의 기회를 주도록 하지. 어떤가?"

이훈철이 말했다.

진득하게 마주 보는 그를 보며 강지환이 미간을 찌푸렸다. 지금의 상황도 충분히 두렵고 곤란하지만, 적어도 악화시키긴 싫은 얼굴이었다. 하기야, 리버스의 이미지가 좋지 못하다는 것은 알고 있었다. 이훈철은 그 점을 상기시켰다.

"아니요, 평생 사리사욕을 채우고 살았지만, 지옥에 가긴 싫습니다. 아, 아끼는 동생한테 대강의 전말을 전해 들었어요. 갑자기 그 좋은 집에서 나와 잠깐만 머리 좀 식히라고 할 때 예상은 했었지만, 조금 더 의심했어야 했던 건데."

강지환이 말했다. 그가 곤란한 낯빛으로 미소 지었다.

"그렇다면 유감이야. 허면 일단은……."

이훈철이 말했다.

순간 벽으로 피가 튀었다. 바닥을 흐르는 핏물이 점점 많아지며 숨어있던 자들이 하나둘씩 모습을 드러냈다. 보안 요원들, 피를 흘리는 이들은 SPC의 초능력자들이었다. 전투에도 능한 이들인데 손도 써보지 못하고 당해버린 모습에 강지환은 얼이 빠졌다. 더군다나 리버스 측 사람들은 아직도 기적을 감추고 있었다. 몇 명인지, 어디에 있는지조차도 알 수가 없었다. 다만 알 수 없는 존재가 더 있다고 느낌으로만 전해져 올 뿐이었다.

"이렇게 하면 대화하고 싶은 마음이 들겠지."

"설마, 이 정도일 줄은 몰랐네요."

강지환이 말했다.

그는 몹시 난처한 상황에 처한 사람처럼 보였다. 하지만 이와는 상반되게 행동에 위급함은 없었다. 주머니 속으로 손을 찔러 넣는 것이, 얼핏 죽음을 두려워하지 않는 것처럼도 볼 수 있었다.

"아직도 생각에 변화가 없나? 자네처럼 똑똑하고 사리 분별이 철저한 사람이 잘못된 선택을 할 거라고는 생각하지 않아."

이훈철이 재차 물었다.

그러자 강지환이 주머니 속에서 뭔가를 꺼냈다. 그러고는 못내 찝찝한 얼굴로 둥근 구체를 바라봤다. 빛이 나는 하얀 색의 구체. 물건을 확인한 이훈철이 팔짱을 끼며 말을 던졌다. 해볼테면 해보라는 도전적인 이훈철의 태도가 그는 마음에 들지 않았다.

"정말 싫지만."

강지환이 말했다.

"후회할 텐데?"

"전 직감이 발달한 사람입니다. 죽은 뒤에 괴로울 게 분명한 어리석은 선택은 하지 않아요. 당신과 엮여서 내 이미지를 실추시키고 싶지도 않군요."

강지환이 말했다.

그는 혹시라도 이훈철이 방해할세라 구체를 얼른 입안에 넣었다. 딱 보기에도 맛이 이상해 보이고 뒤탈이 있을지는 모르나, 그대로 죽을 거란 생각은 왠지 들지 않았다. 치료반도 따로 존재했고 유능한 초능력자들이 곁에 많았다. 문제는 이훈철이다. 그에게 반항도 하지 못한 채로 죽임을 당하기도, 굴욕을 맛보기도 싫었다.

"제발 쓸모 있는 능력이 걸려라."

복수라고 하기는 미묘하지만, 이훈철에게 한 방을 먹일 수 있을 것 같았다. 그런데 조금은 위기감을 느낄 것이란 예측이 보기 좋게 어긋나고 말았다.

"어리석군. 구태여 그럴 필요는 없었는데 말이야. 자네의 그 능력이 결국 자네를 조이는 족쇄가 될 걸세."

이훈철이 말했다.

그는 이제 볼 일을 다 본 사람처럼 발길을 돌렸다. 그가 나가고 한참 후에 강지환은 탁자 위에 쓰러졌다.

두렵지 않은 척, 당당하게 보이려고 노력했지만, 속으론 끙끙 앓고 있었던 것이다. 손과 입술의 떨림을 참느라고 긴장되어 있던 몸이 볼품없이 떨려왔다.

"하, 죽는 줄 알았어."

강지환은 일어날 생각조차 없이 머리에 손을 올렸다.

작은 두통과 발열을 빼면 특이 사항이 없었다. 괜한 불안함에 다른 사람의 뜻대로 움직여버린 것은 아닐까란 생각이 들었다.

"빼도 박도 못하게 생겼네."

통증이 느껴지지 않아서 그나마 다행이었다.

"그런데 이훈철은 도대체 무슨 생각으로."

강지환은 조금 전까지 나눴던 대화를 떠올렸다. 나쁜 사람, 착한 사람이라기보다는, 위험하고 불안해 보이는 사람이라는 느낌을 받았다.

"듣기와는 다른데? 내 착각일 뿐이겠지."

강지환은 손바닥을 쥐었다 펴며 탁자에서 일어났다. 호랑이도 제 말하면 온다더니, 때마침 전화기가 울리고 있었다.

강지환이 발신자를 확인하며 미소 지었다.

"우리 아우님, 선물이 너무 거창하다고."

그에게서 누군가가 몰래 방문할 것이라는 사실을 전해 들었지만, 정확히 누구라고 설명받지는 못했다. 만나면 호되게 혼을 내준 뒤에, 앞으로의 일들에 대해 상의해야 할 것 같았다.

"영악한 아우님 같으니라고."

강지환이 걸려오는 전화를 바라보며 중얼거렸다. 초능력자의 원천을 하나 주고 위험 속에 방치한 것은 한 가지 이유 때문일 것이다. 제 3자인 입장으로서 소극적일 수밖에 없는 리버스와 자신의 관계를 재정립하고 싶어서일 것이다.

"내가 아무리 몸을 사렸다고 해도 그렇지. 우리 아우님은, 머리도 좋아."

강지환이 휴대폰 잠금을 풀었다. 그리고 부재중 전화 목록에 들어갔다. 그는 팔을 올려 전화를 걸었다. 수화음이 여러 번 들려오고 마침내 상대가 전화를 받았다.

"우리 아우님, 귀신같이 전화를 거시네?"

강지환이 말했다.

그는 옷가지들을 챙겨 임시 거처를 빠져나왔다.

30.

지하실 구석.

정유여는 그 곳에 갇혀 있었다. 신체적인 이상은 없었지만, 정신이 온전치 않았다. 그는 두 귀를 막고 바들바들 떨면서 몸을 웅크린 채 누워 있었다.

리나가 건네준 구체들을 흡수하고 몸이 안정된 것처럼 보였다. 그러나 그녀의 안내를 받아 리버스의 본거지로 들어온 뒤부터 상태가 안 좋았다. 환청인지 환각인지 알 수 없는 것들을 겪게 되었고, 자신의 것으로는 느껴지지 않는 생각들이 뇌리 깊숙이 파고들기 시작했다.

그는 빛이 들지 않는 지하실로 옮겨졌다.

"갇혀 있고 싶지 않아. 나가고 싶어. 여기는 너무 춥고 배고프고."

또한, 지독하게 외로운 감정이 들었다.

정유여는 중얼거리며 얼굴을 팔 사이로 더욱 깊이 감추었다.

"나는 당신을 신뢰했기 때문에 저들을 신뢰할 수 없었던 거예요. 그러니 이제 그만 나를 봐주세요. 당신의 아이가 여기에 있습니다. 여기서 계속 당신을 기다리고 있었어요."

의지와는 상관없이 눈물이 흘렀다.

왜 울면서 본인도 알지 못하는 말들을 내뱉고 있는지 의문이었다. 그러나 그 의문보다 더욱 깊은 감정이 휘몰아쳐서 도저히 멈출 수가 없었다.

"왜 그들은 봐주면서!"

그들의 실수만 실수이고 나의 잘못됨은 용서받을 수가 없는가. 정유여는 또다시 깊은 감정에 사로잡혔다.

그의 몸이 불구덩이에 빠진 것처럼 푸른 불꽃에 휩싸였다.

"왜 저 비겁한 놈들의 말은 계속 들어주면서! 내 말은 아예 듣지도 않는 거냐고!"

정유여가 귀를 재차 틀어막았다.

속닥거리는 목소리가 양쪽 귓가에서 들려오고 있었다. 아주 기분 나쁘고, 불쾌해지는 속삭임이었다.

너무 소리를 지른 탓에 흐느낌이 점점 잦아들었다. 목도 조금씩 잠겨오고 있었다.

"나도 당신의 아이라고요."

정유여가 마지막 말처럼 되뇌었다. 그러고는 정신을 잃었다. 그가 정신을 잃고 움직임을 멈추자 굳게 닫혔던 문이 열렸다.

리나.

그녀는 새근거리는 정유여를 측은하게 내려다봤다.

"가엾은 분. 너도 그 분의 기분을 느껴보렴. 하지만 일찍 깨어나야 해. 우리는 사냥 준비를 시작할 거거든."

리나가 말했다. 더없이 자상한, 그러나 악의가 느껴지는 목소리였다.

31.

선거 날로부터 일주일 뒤 이른 저녁. 새로운 정부가 공식성명을 통해 국민 앞에 모습을 드러냈다.

거리의 많은 사람이 고층 건물의 대형 스크린을 응시했다. 길을 가던 이들이 걸음을 멈추고 구경을 하는가 하면, 일찍부터 축제 분위기를 만끽하려고 밖으로 나온 이들 덕분에 도시는 정체되어 있었다.

처음 도입된 선거 체제가 성공적으로 이뤄진 상황. 인공지능 도시 체제도 무탈하게 운영 중이었고, 그것이 깨끗한 정치에 대한 기대감과 맞물려서 거리는 그야말로 웃음꽃이 가득했다. 선하고 가난한 이들이, 더는 바보 같다는 이유로 비웃음거리가 되지 않는 사회. 상상 속에서만 존재하던 유토피아가 눈 앞에 펼쳐지려 하고 있었다.

역사적인 순간을 기념하려는 사람들 사이로 후드를 뒤집어쓴 남자가 수상하게 서 있었다. 고개를 쳐든 상태로 가만히 전광판 속 정치인들을 응시하던 그는, 스크린에서 시선을 거둬 불이 꺼진 오른 편 건물을 바라봤다. 건물 안 쪽에서 하얀 빛이 반짝였다.

남자는 하늘 높이 도약했다.

그의 행동을 목격한 아이가 팔을 들어 그를 가리켰다. 아이 주변에 있던 사람들이 하나둘씩 시선을 돌려 그를 바라봤다. 인간의 점프라고는 믿을 수 없을 정도로 높이 떠 있었기에, 사람들은 신기한 초능력자를 관찰하듯 그를 바라봤다. 그러다 누군가 그의 수상한 차림새를 지적할 때쯤이었다.

스크린으로 송신되던 신호가 다른 채널에 맞춰졌다.

불이 꺼진 사무실처럼 보이는 공간에서 팻말을 들고 있는 남자가 보였다. 빛이 바랜 검은 빛깔의 후드로 얼굴을 반쯤 가린 채, 무표정하게 서 있는 남자.

그가 들고 있던 팻말에 쓰인 글귀가 스크린에 비쳐졌다.

'모두 같은 뿌리에 있다.'

즐거운 분위기 속에 웃고 있던 이들이 당황한 얼굴로 웅성거렸다. 굳은 듯 서 있던 스크린 속 남자가 화면 가까이로 걸어오고 있었다. 아주 조금씩 가까워지던 남자가 화면을 보며 천천히 후드를 위로 올렸다.

"까아악!"

리버스의 일원으로서, 종종 얼굴을 드러내곤 했던 남자였다. 사람들이 혼비백산하여 도망가기 시작했다.

"불이라도 난 것 같네?"

"리버스야. 지금 당장 불이 나도 이상하지 않지."

박철민과 리오가 허공에 선 채로 밑을 내려다봤다. 연달아 터지는 건물들을 보고 있노라니 머리 뿌리부터 아파지는 느낌이었다.

"회장님껜?"

"우선 사장님께 알리는 게 우선이지. 리버스에 관해선 우리들의 관할이니까."

리오가 말했다.

둘은 마주보며 웃었다.

하늘색 만년필을 굴리며 이광호는 침묵하고 있었다. 그 때 리오가 문을 열고 들어왔다.

"사장님, 리버스가 우리에게 경고 메시지를 보냈습니다. 어떻게 할까요?"

"단체적인 움직임으로 생각됩니까?"

"그런 것 같습니다."

리오가 말했다.

이광호는 손목시계의 테두리를 매만지며 말했다.

"파견 나가 있는 인원이 모두 몇이었습니까?"

"글쎄요. 나갈 예정인 인원까지 보신다면……."

"회장님께 가봐야 하겠군요."

"유달수님이요?"

리오가 물었다.

그는 골프를 치러 갈 예정 중에 있다고 들었다. 지금 골프를 치러 막 떠났거나, 치는 중이거나, 아니면 일찍 끝내놓고 식사 중에 있을지도 모른다.

"그래."

이광호가 말했다.

"골프를 치고 있군."

"예?"

리오가 당황한 얼굴로 서류를 떨어뜨렸다. 놀라지 않으려 해도, 매번, 누가 어디서 뭘 하고 있는지 다 꿰는 듯한 그의 페이스에, 말려들지 않을 수가 없다.

이광호는 가볍게 웃더니 리오를 바라봤다.

"그럴 시간이야."

이광호가 말했다.

그는 문을 열고 사장실을 나가려다 멈춰 섰다. 그러고는 차츰 흐릿해지는 손목시계를 가만히 응시했다.

"이제 곧 전쟁이 발생할 거야. 우리도 준비를 해야 한다. 리오."

이광호가 말했다.

32.

전쟁 3시간 전.

나트교에서는 은밀히 준비 중이었다. 종교 구분 없이 신을 믿는 자들을 가능한 추려내 집단화하는 것이다. 그렇게 해야만 전쟁에 앞서 희생이 적을 것이 분명했다. 하지만 그것이 모든 문제를 아우를 수는 없을 것이다. 그저 안타까울 뿐이다.

인간적인 종교 단체들이 서로 싸우고자 일어섰다.

나트교는 거짓 없이 창조주, 상상하지 않고 필연과 믿음으로 뭉친, 이를테면 가장 순수하며, 동시에 가장 사이비에 가까운 종교처럼 보였다.

"시작이군."

이훈철이 말했다.

천사였던 그가 그의 단체 이름처럼 완전히 변해버린 것은, 그러니까 악마로 변한 것은 사탄교 내부의 모두가 아는 사실이었다.

"로만."

이훈철이 말했다.

"예, 아버지."

그의 입가에 미소가 지어졌다. 알 수 없는 그 모습을 보면서 이훈철은 입술을 다물었다. 악마로 변한 뒤여도 그 작은 소년의 웃음은 이상하리만치 두려운 데가 있었던 것이다.

"명심하고 있겠습니다. 최선을 다해 아담을 지킬 것을."

로만이 말했다.

"그리하면 우리의 꿈이 이루어질 것이다."

이훈철을 포함한 리버스의 일원 모두가 금빛 잔을 입에 갖다 댔다. 인간의 붉은 피가 가득 담긴 잔이었다.

한편, SPC에서는 이광호와 유달수를 포함한 초능력자들이 모여 있었다.

"우리가 당할지도 몰라."

김상현이 말했다.

"그래, 우리의 신께서는……."

마엘이 말했다.

"뭐, 어떻게든 되지 않겠어?"

오세나가 말했다.

"죽진 말자고. 가능한."

박철민이 말했다.

이광호는 새로 구입한 은색 손목시계를 매만지고 있었다.

"오빠는 돈도 많으면서……."

오세나가 그를 보며 말했다.

"왜 명품 안 사냐고 묻는 거야? 혹시 너도 명품 같은 거 좋아해?"

이광호가 물었다.

참으로 무신경한 질문이었다. 야박하기도 하지. 속으로 중얼거린 오세나는 심통이 난 얼굴로 입술을 열었다.

"왜? 사주게?"

"꼭 필요해?"

"아니, 꼭 필요하진 않아."

오세나가 말했다.

종교 전쟁 2시간 전.

모두가 예상한 전쟁의 서막이 지금 막 시작되려 하고 있었다.

33.

1시간을 앞둔 시각.

전쟁의 시작이 그쯤 남았다는 것은 시간능력자들 덕분에 모두가 알고 있었다. SPC와 나트교의 모두는 전쟁을 대비하여 준비하고 있었다.

이광호는 자칫 비장해보일 수 있는 표정으로 앉아 있었다.

"세나야."

그가 말했다.

그는 등을 돌린 채로 의자에 앉아 있었는데, 마치 등 뒤 그녀의 존재를 미리 알고 있던 듯이 말했다. 오세나는 과연 그답다고 생각했다. 동시에 두려웠다. 좋아하는 마음에 대한 거절을, 자신이 모르는 사이에 들었던 건지도 모른다고 생각하니 아득해졌던 것이다. 그러자 그가 무슨 말을 할지 예상할 수가 없었다.

"왜? 왜 그러는데?"

오세나가 물었다.

그러나 예상 밖의 말이 들려왔다.

"명품시계."

"응?"

"사줄까?"

급하지도, 그렇다고 로맨틱하지도 않은, 친한 부하 직원에게 쓸법한 말투였다. 그는 여전히 돌아보지 않고 앉아 있었다.

"응, 사줘."

그 터무니없음에 눈물이 왈칵 터졌다. 우습기도 하고, 황당하기도 했으며, 동시에 안심이 되었다.

이광호가 의자를 돌려 그녀를 바라봤다.

"응, 사줄게."

"전부 사줘. 시계, 백, 차…… 나를 명품으로 도배해 줘."

오세나가 말했다.

자신이 우는 모습을 보며 그가 무슨 생각을 할지, 그것은 중요치 않았다. 어차피 이광호라면 눈치채고 있을 거란 생각이 들었던 것이다. 차라리 그에게도 어떠한 생각이 있어서, 티를 내지 못하고 있는 것인지도 모르지 않은가.

설란은 이광호와 오세나가 껴안은 채로 서 있는 것을 바라보았다.

"나도 좋아해."

그녀가 혼잣말처럼 중얼거렸다.

"나도 아저씨 좋아한다고."

하지만 말할 수는 없었다. 그러려면 자신의 능력이 되돌아왔으며, 뭔가가 일어날 사실마저도 발설해야 했다.

기분이 언짢았다.

어쨌든, 시기상으론 오세나보다 자기가 먼저 이광호를 알았다. 이광호에게는 누가 우선인지 몰라도, 본인의 기준에서는 달랐다. 소유욕과도 비슷한 감정은 어느새 집착과 소유욕을 겸한 사랑으로 바뀌어 있었다.

34.

설란은 이광호의 침실 안으로 들어갔다.

그는 깊이 수면에 빠진 듯이 보였으나, 설란은 알고 있었다. 그가 곧 일어날 것이라는 사실을 말이다.

그녀의 예측대로 이광호는 잠에서 깨어났다.

"설란, 설란아. 여기는 무슨 일이야?"

이광호는 생각이 많은 듯이 얼굴을 손으로 쓸어내렸다. 매우 피곤한 듯한 그의 제스쳐에 그녀는 말을 꺼내기를 주저했다.

"아저씨, 전쟁이 일어나기 직전에도 잠을 자네요."

"아직 10분 전이야."

"10분 전에도 많은 일이 일어나요."

"그랬지. 10분 후에도 많은 일이 일어날 거고."

"대비해야 되잖아요."

"쪽지를 건네준 게 혹시 너야?"

"아니, 제가 아니에요."

"그렇다는 거군. 아무튼."

"오세나를 좋아해요?"

"너는 세나랑 동갑이었나?"

"한 살 차이에요. 세나 언니가 저보다 많아요."

"나이가 말이지?"

"맞아요."

이광호는 이불을 제치고 일어났다.

"한 열두 번은 더 본 것 같아."

"준비 됐어요?"

"그래. 변수는 계산해놨어."

이광호가 말했다.

자신의 질문에 대한 대답을 할 것 같아 보이진 않았다. 그는 앞으로도 대답할 의사가 없어 보였다. 그것이, 오세나에 대한 마음의 부재라고 느끼자 설란은 안심이 되었다. 자신에게도 마음이 없는 것은 사실로 느껴졌지만, 그럴 것이라면 무승부인 채가 나았다.

"준비해요. 아저씨, 저 능력이 되돌아왔어요."

그러자 이광호가 환하게 웃었다.

제 5장
사도

타 임 워 커 4 : 리 버 스

35.

전쟁 3시간 전.

이훈철과 유성우는 지구상의 테러집단들과 손을 잡고 있었다. 그들에게 신의 뜻이라며 이번 전쟁의 중요성에 대해서 설파하거나, 당신들의 목적을 돕겠다고 속삭였다. 그것에 대한 증명은 사탄의 힘을 일부 보여줌으로써 충분히 가능했다.

"로만."

"예, 아버지."

로만은 히죽 웃었다. 그의 깊숙한 곳에 있는 본능이 움트는 것을 이훈철은 가만히 바라보았다. 원래도 악마였을, 순수한 악의 결정체는 이훈철에게 고요와도 같은 안정을 주었다. 최근 이광호의 수작 때문에 혼란했던 그였다. 기억이 분산되고 합쳐지는 것을 안정시켰던 것이 로만이었다.

"네 덕분에 내가 제정신으로 있을 수 있게 되었구나."

"아버지를 위해서라면 뭐든 못하겠습니까."

로만이 샐쭉거리며 말했다.

왜 그가 자신을 아버지라고 부르는지는 알 수 없겠으나, 아마도 배신을 방지하기 위하여 사탄이 붙여둔 뭔가쯤 되겠다고 이훈철은 생각했다. 로만이 악마라는 것은 알고 있으나, 이훈철은 로만의 위치가 어디쯤이라는 것은 알지 못했다. 다만, 사탄이 직접 붙여둔 악마, 그 정도로 알고 있었다.

"그럼, 회담을 시작하지."

이훈철이 말했다.

자칭 테러집단의 수장이라는 자들이 비장한 자세로, 얼핏 보면 너무 긴장한 것처럼 보이는 얼굴로 앉아 있었다. 신의 뜻이라며 데려왔던 이들이 가장 긴장한 낯빛이었다. 이들 가운데 리나와 정유여도 함께 있었다. 정유여는 완전히 세뇌당한 사람처럼 홀린 듯이 리나의 곁에 머물러 있었다.

"인류는 너무 많이 번식해 있고, 타락해 있기 때문에 그 수를 조절해야 합니다. 엘리트들의 사회가 아닌, 우리 깨어있는 자들이 주도권을 잡아야 해요. 그랬기에 우리는 리버스의 뜻에 동조합니다."

"우리가 지원할 수 있는 무기류는 제한되어 있으나 리버스의 도움이라면 충분히 가능하죠. 믿을 만한 초능력자들이 많으니……. 하지만 리버스가 SPC를 상대할 수 있는 겁니까?"

"SPC의 초능력자들 수가 무시할 만한 게 못 됩니다. 리버스가 SPC에 압도된 사건 또한 따져보면 많지 않습니까."

그러자 각 테러집단의 수장들이 술렁거렸다. 두려운 기색을 비치면서도 할 말을 다하는 걸로 봐서는, 전쟁에 대한 확신이 없는 것처럼 느껴졌다.

"하지만 그들은 사람을 죽이는 것을 두려워합니다. 우리랑은 다른 점이죠."

이훈철이 말했다.

"우린 그 점을 이용하면 되겠군요."

"그렇다면 안심입니다."

"너무 염려 마시지요."

이훈철이 말했다.

그는 이제 막 발돋움하려는 자들의 목을 꺾고 싶진 않다고 생각했다. 악마가 되고부터 살육이 눈에 띄게 늘어난 그였지만, 아무리 그래도 지켜야 할 선은 지키고 있었다. 천사일 적의 기억은 이미 다 돌아온 뒤였다. 천사일 적, 시간의 바다에 들어간 뒤 있었던 작은 일들까지도 모두 다 기억이 났다.

"그러면 이제 3시간 뒤까지 준비를 하도록 하죠. 우리 리버스는 지하세계의 모든 악마들과 함께 합니다. 당신들은 전폭적인 지원을 받게 될 겁니다."

"악마들이 지상으로 나올 수 있는 겁니까?"

"제 몸을 통해서 나올 수 있게 될 겁니다."

이훈철이 말했다.

수장들의 낯빛이 눈에 띄게 파랬다.

"자세한 얘기는 드리지 않도록 하죠. 아무튼 제 몸을 통해서 사탄 역시도 나오게 될 겁니다."

이훈철이 말했다.

36.

나트교의 수장 신주아는 통합된 종교인들과 함께 나트교를 지키고 있었다. 초능력자들의 보호 아래에서 그들은 기도문을 읊었다. 서로의 기도문을 읊으면서도, 다른 종교인들에게 피해를 끼치지 않으려 노력하는 그 모습은 참으로 별난 장면이었다. 하지만 신주아는 예전이라면 경기를 일으킬 장면을 목격하면서도 경건하게 제단을 지키고 있었다.

창조주, 그를 향한 진심 어린 기도.

"당신의 진심이 무엇이든 간에 우린 따르겠나이다."

신주아가 작게 읊조렸다.

이광호는 실드 능력의 초능력자들에게 명령하여 도시를 지키도록 했다. 그러면서 SPC직원들에게 리버스의 일원에게만 공격을 하도록 일렀다. 그 자신은 잘못된 선택을 조정하는 그러한 일을 했다. 하지만 어쩐지 쉽지 않았다. 시간을 조정해도 계속 반복되는 구간이 있었기 때문이다.

그러던 순간이었다. 보호막이 사라지고 그 바람에 일반인들이 적 초능력자들에 의해 몸이 찢겨나갔다.

"젠장!"

이광호는 참담한 현실을 응시했다.

실드 능력의 초능력자들이 차례로 뚫리고 일반인들이 무차별적인 죽음을 맞이했다. 어떤 이유로 저렇게까지 잔인하게 사람들을 죽여낼 수 있을까. 그저 많이 죽이는 것만이 리버스의 숙제인 것일까. 이훈철이 테러집단과 손을 잡을 것이란 사실은 알았으나 리버스의 전력이 이만큼일 것은 간파하지 못했다. 모든 게 자신의 실수인 것만 같았다.

"형님. 철민 형님."

이광호가 말했다.

SPC의 인공지능 팀이 개발한 특수 이어폰을 끼며 그는 전쟁터를 바라보았다.

"란이랑 유화를 주시해주세요. 그 둘이 리버스 일원들을 잡을 수 있는 키가 되어 줄 수 있을 겁니다. 아시겠죠?"

"알아, 인마."

"그럼 부탁드립니다."

이광호가 말했다.

그리고 그는 손가락을 펼쳐 들었다. 그러자 시계태엽 같은 푸른 형체가 생겼다.

"우리 광호, 상상력 좋네. 어떤 재주를 편 거야?"

김상현이 말했다.

"상현아, 너도 조심하고. 다른 사람들을 도와. 틈틈이 연락하고."

이광호가 말했다.

"오케이, 썰. 그럼 우리도 제 능력을 잘 펼쳐 보자고."

김상현이 말했다.

그가 사라지고 이광호는 전방을 주시했다. 미래로 날아가 이훈철 박사를 살린 것이 과연 잘한 행동일까?

완전히 믿지는 못하지만 천사일 적의 기억은 돌아오지 않고 있었다. 하지만 창조주라는 것이 정말로 존재할 거라고는 생각이 들고 있었다. 초능력자의 존재 자체가 과학적으로 설명이 불가능하기 때문이다.

이광호는 두꺼운 코트 속에 숨겨둔 구슬 여러 개를 꺼내 보았다.

"신이시여, 당신이 정말로 존재한다면 내 기억을 빠른 시간 내로 찾아 줘야 할 거예요."

이광호가 말했다.

그래야 지하세계. 즉, 지옥에서의 기억이 떠오를 것이고, 어째서 이훈철이 저토록 변한 것인지 조금의 실마리라도 찾을 수 있었다. 모든 것은 기억 속에 살아 숨 쉬고 있다. 그 실마리를 찾지 않는 한, 아버지를 멈추게 하겠다는 다짐 또한 무의미해질 것이다.

"기억이 돌아오지 못한다면."

이광호는 다시 앞을 바라봤다.

이승에서의 지옥. 날개 없이 날아다니는 사람과 이상한 힘으로 사람들을 죽이는 사람들. 리버스는 진정 악마의 편일까.

그런데 그때였다.

지면 위로 검은 것이 꿈틀꿈틀 거리더니 상상 속으로만 존재하던 악마의 모습이 하나둘씩 올라오고 있었다.

신은 죽었다는 말이 연상되는 지상에서의 지옥도. 그는 트라우마처럼 악마의 속삭임을 떠올렸다.

멍해질 무렵 누군가 재빨리 소리쳤다.

"신은 죽었다!"

그는 악마에 의해 몸이 잠식당할 때까지 같은 말만 되풀이하고 있었다. 마귀, 악마, 그것들은 사람의 형체와는 거리가 있는 괴상한 형상을 띠고 있었다. 그것 역시 신의 저주일지도 모른다는 생각이 들었다.

이광호는 시간을 되돌리려 했다. 하지만 가능하지 않았다. 악마들의 숫자가 많기 때문일까. 천사로서 받았다는 타임워커의 힘이 무용지물이었다.

"상현아."

이광호는 불현듯 친구를 떠올렸다. 뒤이어 오세나를 떠올리고, 설란과 박철민을 떠올렸다. 타임 워커들도 차례차례 걱정되기 시작했다. 제일 걱정되는 건, 어쩐지 허술해 보이는 타임 워커 나엘이었다.

37.

나엘은 기억 속에 녹아드는 악마들의 모습을 떠올렸다. 천사일 적, 수도 없이 보아왔던 악마들의 형체는, 현생의 기억처럼 선명하게 박혀있었다. 그 때문에 누군가 뇌리에 수놓듯 소리치는 소리를 정확히 들었다.

"죽긴 뭘 죽어!"

나엘이 소리쳤다. 그는 주변부의 시간을 되돌렸다. 하지만 그 역시 어렵사리 해냈을 뿐이다. 전생을 기억하지 못하는 이광호로서는 악마를 그것도 여럿이나 상대하기가 벅찰 것이다. 나엘 자신에게는 가능했다. 악마를 상대할 때는 어떻게 해야 하는지 몸은 몰라도, 전생의 기억이 대신해주고 있기 때문이다.

"기절이나 해 있으라고, 형제여."

나엘은 시끄럽게 소리치려는 노숙자에게 다가가 뒷목을 세게 내리쳤다. 그러고는 가까이서 보고 있던 이광호를 향해 엄지를 치켜들었다.

신호를 보내기 무섭게 교신이 왔다.

"나엘, 조심해요."

"너야말로. 네가 제일 걱정이라고 내 진정한 형제여. 그런데 나한테 존 댓말 쓰는 거는 언제까지 계속할래? 예전에는 형님형님 하면서 잘 따랐는데 말이야."

나엘이 웃었다.

"지금 그게 중요한 게 아니잖아요. 앞을 보세요."

"안 그래도 보고 있어."

"보고 있다는 사람이!"

이광호가 소리 지르기 무섭게 나엘이 발로 빠르게 지면을 발로 걷어찼다. 나엘의 발목을 잡으려던 악마가 뒤로 물러나며 땅 위로 기어 올라왔다.

"마엘."

나엘이 말했다.

"그래, 잘 보고 있어."

"연락은 없으신 거지? 우리만으로도 가능할까?"

"작은 희생은 불가피할 수도 있어. 나엘. 우리는 우리로서의 최선을 다하자고."

마엘의 교신은 거기서 끊겼다.

지금쯤 그는 시간의 바다에 있을 것이었다. 만일의 대비를 위해 마엘이 시간의 바다에서 지하세계의 동태를 살피기로 했었다. 헌데 특별한 말이 없다. 그렇다는 것은, 거기서의 일을 비밀리에 붙이자고 마엘 스스로가 판단한 것일 테다. 지상이 이러한데, 지하세계와 가장 가까이 닿아 있는 그곳이 멀쩡할 리가 없었다.

"알았어."

나엘이 중얼거리듯 답했다.

그는 이광호를 떠올렸다. 전에 시간의 바다에서도 확인했었던 행위. 이광호는 여전히 이훈철과의 접촉을 위해 노력하고 있을까? 아직까지 미련을 버리지 못한 걸까. 악마들이 초능력자들과 성질을 달리 한다는 사실을 전혀 모르는 것 같았다.

저주받은 그들의 힘인 마력. 그에 상응하는 천사들의 신성력. 천사로서의 기억도 찾지 못한 이광호가 자기도 모르는 새에 신성력을 쓰는 것 또한 아이러니였다.

"아직 꼬맹이야. 우리 막내는…… 하지만 역시 신경 쓰여. 우리가 잘 보살펴줬어야 했는데."

나엘이 말했다.

그는 과거의 기억을 어렴풋이 떠올렸다. 그러고는 고개를 저었다.

"이럴 새가 없지."

나엘은 시간의 틈새를 열고 신성력을 형체화 시켰다. 천사의 힘을 쓰기로 결정한 것이다. 이광호의 앞에서는 한 번도 꺼내 본 적이 없던 무기. 그것은 한 자루의 검이었다. 이광호의 경우에는 시계 태엽의 모습이었다면, 그에게는 푸르고도 하얀 검의 형체였다.

"사엘, 너는 제법 특별한 천사였던 것을 기억해내라고."

나엘이 말했다.

그는 검을 치켜세웠다.

지면을 가로지르는 바람의 폭풍이, 사람 몸속으로 들어가지 못한 악마들을 갈기갈기 짓이겼다.

"그 바보는 외려 우리 걱정을 하고 있을 테지."

바엘, 김상현이 말했다.

그는 불로 이루어진 화살을 손으로 들고 있었다.

"아마도."

다엘이 말했다.

그의 것은 나엘과 비슷한 푸른색 계통의 무기였다. 푸른색의 커다란 창.

"그때 우리가 돕지 못했던 건, 그가 거물이라는 이유도 한몫했지만 말이야. 사엘에게 본보기를 보여줬어야 했어. 그렇지? 뭐, 오늘은 거물 구경을 하지 못하겠지만."

다엘이 말했다.

그는 모자를 눌러쓰며 창을 든 채 허공으로 떠올랐다. 희고 흰 날개가 하늘 위를 수놓고 있었다.

"날개를 그렇게 쉽게 꺼내나?"

"모지리야, 사람들한텐 보이지도 않아."

"초능력자로 보이려나?"

"그럼."

짧은 대화를 마치고 김상현이 개구지게 웃었다.

"그렇다면 나도, 공중전이야말로 내 특기지."

김상현이 말했다.

그가 쏜 화살이 지면을 향해 쏘아졌다. 그러자 사람들의 몸속으로 들어갔던 악마들이 비명을 지르며 흩어져 나왔다.

"휴, 이봐 마엘. 듣고 있어?"

김상현이 말했다.

이어플러그 밖으로 수신음이 여러 차례 들렸다.

"듣고 있어. 여기 로그로 보면 오늘은 그냥 물러날 걸로 보여."

"그래도 방심하면 안 되겠지. 문은 안전해?"

"아무리 사탄이래도 문을 스스로 열지는 못하는 모양이야."

뒤늦은 대답이었다.

뭔가 찜찜한 부분을 감추고 있는 눈치였다.

"그럼 다행인데. 막내가 충격이겠어."

김상현이 말했다.

그는 마엘의 속내를 추측하면서 화살촉을 형성해냈다. 그리고 마엘의 답신을 기다리는데 아무런 소리도 들려오지 않았다. 그의 성격상, 주도권을 가진 채라면 멋대로 수신 중에 교신을 끊을 리가 없었다. 더군다나 아직 교신이 끊기지 않았음을, 시간의 바다에서 주로 들리는 소리가 증명해 주고 있었다.

"마엘, 마엘?"

김상현이 말했다.

옆에서 악마들과 싸우고 있던 다엘이 그를 돌아봤다. 무슨 일이 있냐는, 아무 거리낌 없는 눈빛으로 말이다. 하지만 그 역시 김상현의 얼굴을 보고는 낯빛이 변했다.

"뭐가 문제가 생긴 거야? 마엘한테? 젠장! 이래서 거기론 보내는 게 아니었는데!"

다엘이 말했다.

그의 얼굴에 아슬아슬하게 걸쳐있던 모자가 아래로 추락했다.

"있어 봐. 아직 그런 거 아니니까. 우린 우리의 사명만 다하면 되는 거잖아. 불안해하지마. 우린 사도야."

김상현이 말했다.

사도로서의 사명. 죽음 뒤에는 신에게의 길만 있다는 것을 명심해야 한다. 그래야 길을 잃지 않을 수가 있었다. 죽음을 두려워하지도, 불의를 두려워해서도 안 되었다. 그리고 아무리 인간적인 감정에 이끌리더라도 흐트러져서는 안 된다.

"기도나 해주자고. 형제여."

김상현이 말하며 붉은 화살을 지면에 한 차례 더 내리꽂았다. 바엘과 다엘의 합동 공격으로 악마들의 공격은 점차 수그러들고 있었다. 올라오는 수도 적어졌고, 피해도 많지 않았다. 굳이 외국까지 움직일 필요는 없었다. 지면에만 강타하면 다엘의 공격은 전세계적으로 퍼져나갈 수 있었다.

"흠, 그런데 이상한데?"

다엘이 말했다.

처음의 기세가 우습게 느껴질 정도로, 아니 이상하다 싶을 정도로 피라미들만 올라오는 느낌이었다.

"나는 외국으로도 가볼게. 가엘이 과거로의 길을 다 막아버린 것 같지만 말이야."

김상현이 말했다.

"알았어."

"여길 부탁해. 마엘한테 교신해보고."

"다녀와. 마무리되면 보자. 그리고 가엘과 사엘이 만나지 못하도록 막는 역할은 나엘에게 맡기자고."

다엘이 말했다.

김상현은 곧장 시간의 틈새를 열어 사라졌다. 다엘은 나엘에게 주파수를 맞췄다. 그러고는 푸른 창을 허공에서 휘두르다 땅바닥으로 내리던졌다. 내리꽂힌 창의 주변으로 푸른 열기가 뜨겁게 악마들을 녹여놨다.

"상황은 어때?"

교신이 연결되자 나엘이 물었다.

"나엘."

"그래, 그 문제라면 내가 잘 보고 있어."

"들키면 안 돼."

"알았어. 마무리 하면 나트교로 가봐. 아마 거긴 안전할 테지만."

나엘의 말이었다.

"알았어. 그리고 마엘에게는 어지간하면 교신을 넣지 마. 이유는 말 안해도 알겠지?"

다엘이 말했다.

"……넣지 않을게. 그럼 나는 막내를 지켜야 해서."

나엘이 말했다.

그리고 교신은 거기서 끊겼다.

38.

마엘은 시간의 바다에서 죽은 채로 발견됐다.

타임워커들은 시간의 바다에서 마엘의 영결식을 간단하게 마쳤다. 그리고 그의 시신은, 모두의 동의하에 그곳에서 옮겨와 나트교의 교단 아래에 두기로 결정했다. 이번의 작은 전쟁에서 나트교의 피해는 조금도 없었다. 통합된 종교의 기도를 신이 들어줬는지는 모르겠지만 말이다.

오세나와 이광호는 국회의사당 입구에서 정치인들과 마주 보고 서 있었다. 팽팽한 대립이나, 약속된 만남이라기보다는, 지나치다가 우연히 만난 자세였다.

"현 시국에는 국회의 힘이 그 어느 때보다 필요합니다. 그걸 잘 아시겠죠? 알아서들 잘 하시리라 믿습니다. 괜히 리버스와 결탁하여 물 흐리는 짓은 하지 않았으면 하는군요."

이광호가 말했다.

그는 내로라하는 정치인들의 눈을 매섭게 바라보며 작게 손짓했다. 그가 동그랗게 말아 올린 엄지와 검지는 돈을 뜻했다.

"결국에 당신들이 원하는 건 모두 돈과 권력인 걸 알아."

이광호가 말했다.

당황한 정치인들이 머뭇거리며 대답하길 꺼려했다.

"말은 다 했습니다. 저는 언제 어디서든 당신들을 지켜보고 있어요. 당신들만 정의롭게 국민의 편에 서 있다면 당신들 돈줄도 끊기지 않을 겁니다. 만약 뒤로 손을 잡는 이가 생긴다면 저는 무슨 짓을 해서든 그 자를 처단할 겁니다. 무슨 짓을 써서든 그렇게 만들 것이니 리버스의 힘만 믿고 그들의 편에 서는 일은 없도록 하십시오."

이광호가 말했다.

그는 거기까지 말하고 재빨리 자리를 떴다. 오세나는 파마한 긴 머리카락을 찰랑거리며 그의 곁을 따랐다.

주차해놓았던 차를 타고 그들은 SPC가 운영하는 쇼핑센터로 향했다. 그들은 쇼핑센터의 명품 브랜드 관 앞에서 발길을 멈췄다.

"약속했던 대로야. 너는 내 소중한 사람이니까. 돈도 남아도니 이럴 때라도 써야지. 세나야, 마음껏 골라."

이광호가 말했다.

오세나는 들뜬 얼굴이었다. 하지만 썩 만족스럽지 않은지 기웃거리기만 할 뿐, 제대로 보지 않는 것 같았다.

"마음에 드는 게 없어?"

이광호가 말했다.

"우선은 시계부터 사자."

"시계부터 선물해주고 싶어? 이유가 뭔데?"

"그게 제일 우선적이잖아. 중요하기도 하고."

"그런가?"

"그래, 내가 능력이 그런 거라서일 수도 있지만, 시간을 제대로 확인하는 게 제일 중요한 것 같아서 그래. 세나 네가 똑부러져 보여도 아직은 어리니까. 시간 확인이라도 제대로 하고 다녀야 하지 않겠어?"

이광호가 말했다.

그는 오세나를 명품 시계관으로 이끌었다. 점원이 그를 알아보고 깍듯하게 인사했다. 그런데 갑자기 오세나가 피- 하고 고개를 홱 돌려버렸다. 그러고는 오직 이광호만 바라보며 눈을 반짝였다. 영문을 모르는 그를 보며 오세나는 속으로 이를 갈았다.

그는 몰랐겠지만, 오세나가 느끼기에 점원이 이광호를 대하는 태도가 분에 넘쳤다. 잘난 남자를 바라보는 여자의 구애가 너무도 셌던 것이다. 적어도 자기 정도로, 적당하게 어울릴 수 있는 위치라든가, 친밀도가 있어야 하는 것이 아닌가? 조금은 어린 생각을 하며 오세나가 속으로 여자를 질투하는 사이, 이광호는 시계를 눈으로 고르고 있었다.

"시계는 너무 크지 않은 걸로 사는 게 좋겠어."

"가격은 얼마 정도를 원하세요?"

점원이 말했다.

"금액 상관없이 방수력 뛰어나고 열에도 강했으면 좋겠는데요."

이광호가 답했다.

"열에도 강한 제품이요?"

점원이 물었다.

최근 몇 년 들어 여름 더위가 급증하기 시작하면서, 열에 강한 제품들도 속속들이 나왔다. 그런 유행이 번진 탓인지 기술력도 매우 늘어 있었다. 생활 방수는 물론이고 열에도 강한 제품이라면 가격대가 꽤나 있었다. 하지만 구태여 열에 강한 제품을 찾는 고객은 몇 없었다. 의아함을 느끼던 점원이 번뜩 오세나를 바라봤다.

"그러고 보니, 어디서 많이 본 얼굴이었네요."

점원이 오세나를 보며 눈을 치켜떴다.

"두 분이서 친하신가 봐요. 하긴, 같은 초능력자이시니까. 꼭 둘이서가 아니라도 같이 시간 보낼 일이 많았겠어요. 급은 조금 차이가 존재하겠지만요. 호호호."

"말도 못하게 친하죠. 거의 항상 같이 다녀요."

오세나가 말했다.

두 여자의 신경전이 펼쳐지고 있는 때, 시계점 점장이 와서 대신 계산을 했다. 이광호가 고른 것은 연핑크 톤의 고급스러운 시계였다. 살짝 반짝이는 시계는 보석세공이 되어 있어서 조심스럽게 다뤄야 할 것처럼 보였다.

"그리고 이것도 주세요."

이광호가 말했다.

그는 자신의 시계까지 샀다. 대충 눈에 보이는 것을 집은 것이지만 묘하게 커플 시계의 느낌이 나는 제품이었다.

오세나는 자꾸만 올라가려는 입꼬리를 막을 수가 없어졌다.

"이제 옷도 한 벌 사줘. 이따가는 구두. 그리고 가방도."

"브랜드는 상관없이?"

"아무거나."

"그게 제일 힘든 거야. 세나야."

이광호가 말했다.

그는 부드럽게 웃었다. 오세나는 그의 웃음에서 묘한 위화감을 느꼈다. 그러나 어쨌거나 기분이 좋다는 이유로 가볍게 무시했다.

"알았어. 그냥 하나하나 들어가 보자. 마음에 드는 건 바로 말할게."

오세나가 말했다.

39.

오세나의 마음을 모르고 있는 게 아니었다. 전부터 성욕이 강해진 이광호 역시 여자를 품에 안고 싶었다. 또한 이성에 대한 관심도도 높아져 있었다. 최근 부쩍 성숙해진 오세나가 그렇게 적극적으로 대시하는데 마음이 흔들린 적이 없었느냐고 묻는다면, 그건 또 아니라고 말할 수 있었다.

하지만 조심스러울 수밖에 없었다. 태어나 여태껏 여자친구를 만들어본 역사가 없는 그로서는, 주변의 경험들이 죄다 부정적이었다. 언젠간 이별을 했으며, 서로 굳이 나쁘게 끝나지 않더라도 두 번 다시 보지 않는 관계로 종료될 뿐이었다. 오세나는 그렇게 끝내기엔 아쉽고 좋은 여자였다.

게다가 마음에 걸리는 서신.

오세나와 설란을 모두 죽이거나, 설란을 자신의 여자로 품으라는 말이었다. 그것이 참이든 거짓이든 마음에 동요가 일었다.

솔직하게 말해서 오세나는 예쁘고 성격도 은근하게 여리고, 자신의 눈에 차고 넘치는 여자다. 시간을 거듭할수록 더욱 탐이 나는 여자. 비록 동생으로서 오래 봐왔다고는 해도 말이다.

"오늘 어땠냐?"

박철민이 물었다.

잠시 휴식 타임. 박철민과 저녁에 만나서 같이 담배 한 대를 피우고 있었다. 벌써 여드렛날이 지났다. 작은 전쟁 이후로 모든 종교가 대통합을 마쳐가고 있었다. 일반 시민들의 속사정이야 말이 아니겠지만.

"잘 다녀왔어요."

이광호가 말했다.

"그래, 좋아 보이더라. 세나."

박철민이 말했다.

"그래서 짜샤. 어떻게 할 거냐. 세나랑은? 사귀는 거야, 이미?"

"아직 아니에요. 생각할 시간도 필요하고."

"넌 세나가 불쌍하지도 않아? 그렇게 티를 내는데."

"불쌍하다고 사귀는 건 아니라고 생각해요."

"마음이 아예 없어?"

박철민이 물었다.

이광호는 그를 물끄러미 바라봤다.

자신이 조금 별난 걸까, 아니면 대다수의 남자가 다 그와 같은 걸까. 어쩌면 저렇게 쉽게 여자를 사귀고 말고 하는지 이해가 가지 않았다. 평생의 동반자 혹은, 그게 아니더라도 함께 추억을 가질 사람을 선택하는 일인데도 말이다.

"형님."

큰 맘 먹고 이광호가 말을 꺼냈다.

헌데 그러기 무섭게 박철민이 화를 내듯 질문을 퍼부었다.

"넌 부처야? 무슨 성욕도 없어?"

"아니, 형님. 저도 그런 건 있어요."

"넌 혼자서 해본 적도 없지?"

"혼자서 하다니요, 뭘요?"

"아니……."

박철민이 눈을 게슴츠레하게 떴다. 그러다가 골치가 아픈 듯이 머리를 저었다.

"됐다. 말을 말자."

박철민이 말했다.

그는 흥미를 잃은 듯이 담배를 재떨이에 비벼 껐다.

"그런데 형님은요?"

"내가 뭘 인마."

"유화랑은 어떻게 되고 있는데요? 문제 없어요?"

"비슷하지. 형님은 짝사랑 중이야. 유화도 알고는 있는 것 같은데……."

박철민이 한숨을 쉬었다.

"너무 애태우지는 마라. 너도 그렇지만 세나도 내가 아끼는 동생이다."

그는 테라스를 나가면서 이광호의 어깨를 두드렸다.

40.

이광호는 마엘의 시신을 떠올렸다.

피에 젖은 채로 시간의 바다 중앙에 쓰러져 죽어있던 마엘의 모습. 그 안에서 어떠한 일이 벌어졌는지에 대한 로그는 없었다. 로그가 사라진 것으로 봐선, 이훈철의 개입이 분명했다. 그는 타임 워커들을 적으로 간주하고 있는 것 같았다. 초능력자들을 변절시켜 자신의 편으로 만들고, 천사였던 타임워커들을 모두 죽이고 있는 것으로 봐선. 그렇다면 그 마지막에는 자신의 죽음도 그리고 있을 터였다.

천사였을 적의 기억이 단편적으로 떠올랐다. 마엘의 시신을 보는 순간 스쳐 지나간 기억이지만 시간의 바다에서의 기억이었다. 작은 아이들의 모습이었고 자신 또한 그러한 것 같았다. 누구인지 확신을 가질 순 없어도 천사일 적 마엘의 모습은 어린아이였다. 열두 살 정도의 나이대로 보이는 어린아이. 그는 하얀 날개를 지니고 있었다. 마치 천사인 것을 증명하려는 것처럼.

"마엘…… 우리가 얼마만큼 친했을까. 왜 나는 당신의 죽음에 눈물을 흘릴 수가 없는 걸까?"

이광호가 중얼거리듯 말했다.

아마도 마엘을 보고 있었을 것으로 생각되었다. 시각적인 측면으로 봤을 때. 마엘은 자신을 마주 보고 천진하게 미소짓고 있었다. 인간이 아닌 천사의 순수함을 지니고. 그렇다면 그는 지금쯤 천사일 적의 모습으로 돌아가 있을까.

"미안하지만 설란이에게는 마음이 없어. 세나를 죽이고 싶지도 않아. 설란이도 마찬가지고. 그 서신은 무슨 목적으로 보내진 걸까."

하지만 그 필체.

그 필체는 어디선가 봤던 느낌이었다. 보고 나서 바로 태워버려서 지금은 확인할 수 없게 되어버렸지만 말이다.

이광호가 상념에 잠겨있을 때였다.

객실의 문이 스르륵 열렸다.

"란아⋯⋯."

이광호가 그녀를 놀란 듯이 바라봤다.

실오라기라고 표현할 수 있을 정도의 야한 드레스를 입은 그녀였다. 설란은 유혹하는 몸짓으로 문을 닫고 걸어왔다. 그러고는 이광호의 가슴을 가볍게 눌렀다. 그 놈의 욕구라는 것이 꿈틀꿈틀 올라왔다. 몸이 진정이 되지 않으려는 것을 그는 억지로 막아냈다.

"이러면 안 돼. 가야지."

이광호가 말했다.

"아저씨는 너무 이성적이에요. 그냥 이 순간을 즐겨봐요."

설란이 말했다.

그녀는 불을 끄고 이광호를 침실로 떠밀었다.

"그냥, 이 순간. 나한테 와요. 세나 언니보다 잘해줄 자신 있어요. 그 언니 이제 성인이 되었다고 하지만 난 느낄 수 있어요. 아저씨는 세나 언니보다 나랑 있어야 더 안전해."

설란이 말했다.

만약 여기서 그녀를 안고, 서신의 말대로 그렇게 만들어버린다면, 오세나를 죽이지 않아도 별 상관이 없게 된다는 걸까.

이광호는 고민했다.

그가 고민하는 사이에 설란이 이광호의 바지 너클을 끌렀다.

"이거 봐. 세나 언니는 절대로 이런 짓 못하잖아요. 내 눈에 비친 아저씨는 투명해. 나는 아저씨를 있는 그대로, 굳이 아저씨가 설명하지 않아도, 느낄 수 있어요. 아저씨는 혼돈 그 자체야. 아저씨도 모르고 있는 그

비밀을 나는 알 수 있어요."

설란이 말했다.

이광호는 가슴 속 깊은 떨림을 느꼈다. 그것은 절대로 선하지 않은, 악하고도, 깊은 마음 속 욕구였다.

모든 걸 먹어치우고 싶은 이상한 끌림.

"너와 내가 만나면 어떻게 되는 건데?"

이광호가 말했다.

"모든 게 잘 될 거예요."

설란이 말했다.

그녀는 덧붙였다.

"내 능력, 되돌아왔어요. 보여줄 수 있어요."

"보여줘 봐."

이광호가 말했다.

요즘 들어 뒤숭숭한 마음 속 혼란. 그것을 읽어낼 수 있는 부담 없는 존재. 설란에게 미안했지만 오세나를 잃는 것보다 설란을 언젠가 안전하게 잃게 되는 것이 더욱 좋아 보였다.

"봐요."

설란이 말했다.

그녀의 외형이 몰라보게 성숙해졌다. 그것도 순식간에.

"누나라고 불러봐."

설란이 말했다.

"나이는 서른으로 설정해봤어. 내 외모로 나이만 바꿔봤는데 어때?"

그녀는 이광호의 셔츠를 가볍게 벗겨내고 그의 품에 안겼다. 순간, 늘상 이성적인 태도로만 사람을 대하던 그의 눈빛이 변했다.

"우리가 만나는 걸 전제로 하고 널 안을 거야. 걱정하지 마."

이광호가 말했다.

그는 천천히 설란의 드레스를 벗겼다. 새하얀 나신이 드러나고, 그녀가 완전히 알몸이 되었을 때, 속옷도 모두 침실 언저리에 걸쳐둔 채로 그들은 관계를 가졌다. 관계를 가진 후에 이광호는 담배 케이스에서 담배 하나를 꺼내 들었다.

"란아, 내가 바빠서 너를 잘 챙겨주지 못할지도 몰라."

"괜찮아요. 아저씨. 내일부턴 그 옆에 나도 있을 거야."

"네가 무슨 수로?"

"다, 수가 있어요."

설란이 수줍게 웃었다.

그 웃음에도 설레지 않는 이광호는 자신의 행동이 죄스럽게 느껴졌다. 그러면서도 그녀의 육체는 원하게 된 이 상황이 굉장히 아이러니했다. 아버지처럼 자신 또한 어둠에 물들어 가는 걸까.

"오늘은 여기서 자고 가."

이광호가 말했다.

아침이면 오세나가 찾아올 것이다. 그녀가 슬퍼하긴 하겠지만 그래도 이 편이 나았다. 속 시원하게 정리하게 하는 편이, 그녀를 직접 제 손으로 죽여야 하는 것보다는 나았다. 아무래도 그 서신이 장난으로 쓰인 건 아닐 것 같다는 예감 때문이었다.

"나도 그걸 원해요. 내일부턴 광호야라고 편하게 부를 거예요."

설란이 말했다.

그녀는 자신의 다리를 그의 다리 한 켠에 꼬아 넣었다. 그녀의 손이 이광호의 가슴 위를 부드럽게 간지럽혔다.

"내일은 걱정하지 말고 자요. 그래야 나도 다른 짓 안 하고 잠을 잘 거예요."

그녀의 목소리가 몽환적으로 그의 귓가를 쓸고 지나갔다.

41.

최필영 대통령이 이광호를 다시 찾아왔다.

그는 이광호를 앞에 두고 두서없이 이 말을 툭 던졌다.

"당신은 대단한 사람입니다."

거기에는 악의가 들어있지 않았다.

보통이라면 시비조로 들릴만한 말이었지만, 이광호는 그의 속뜻을 알아 차렸다. 국회를 움직인 것이 이광호임을 최필영 대통령 자신이 알고 있음 을, 그 스스로가 밝히고 나선 것이다. 이렇게 하면 인간관계 속에서 숙이 고 들어가는 것이나 마찬가지다. 한 나라의 대통령으로서 본다면, 이런 행동은 상식 밖이었다. 아니, 어려운 행동이었다. 체면을 세우거나 인사치 레를 하지 않겠다는 뜻이나 마찬가지였으니까 말이다.

"대통령님만큼의 재목이 나오지 않았으니까요."

이광호가 웃으며 말했다.

둘은 가볍게 포옹을 마쳤다. 그 뒤에 차를 타고 고 강두호 회장의 저택 을 찾았다. 오늘, SPC의 주력들만 불러 모은 파티에 최필영 대통령을 초 대하기로 한 것이다.

"제가 낄 자리가 맞는지 모르겠군요. 원래는 임기를 마치고 평범한 시 민으로 돌아가야 했을 사람인데 말입니다."

저택 앞에서 최필영 대통령이 말했다. 그는 진땀을 흘리는 모습이었다.

"당신은 우리나라를 대표하는 대통령이십니다. 아무리 오늘 자리에 각국 인사들까지 모인다고 해도, 당신의 참여 자격을 따지는 사람은 없을 겁니 다. 편하게 있으셔도 됩니다. 그리고 초능력자들도 같은 사람입니다. 부 담 가지지 않으셔도 됩니다. 잘난 사람과 못난 사람이 있다고 구분하지 않는 대통령님 아니십니까?"

이광호가 말했다.

그러자 최필영이 빙긋 웃었다. 그는 아직 긴장된 자세였지만, 자세를 꼿꼿이 하여 저택 문을 열었다. 제법 똑똑하다고 칭송받는 이들과 엘리트들은 모두 모인 것 같았다. 매스컴에서 쥐잡듯이 사진을 찍어대는 이들이 다 함께 있으니 최필영은 아찔한 기분이었다. 물론 스스로의 위치를 망각한 것은 아니었다. 그 역시도 통합국의 기반을 닦아낼 SPC를 배출한 대한민국의 대표라고 할 수 있었다.

"한 잔 드시겠습니까?"

미니 로봇이 다가와 와인이 담긴 잔을 내밀었다. 영롱하도록 투명한 와인이었다.

"그럼 한 잔 하지."

최필영이 말했다.

이광호는 습관적으로 누군가를 찾았다. 구석진 곳에서 대화를 나누고 있는 박철민과 유화, 그리고 오세나가 보였다. 그들은 외국의 발명가와 함께 있었다. 훤칠하게 생긴 남자였다. 그가 오세나에게 확실한 호감을 표하고 있다는 걸 멀리서도 확인할 수 있었다.

그러나 평소처럼 쉽게 다가갈 순 없었다. 며칠 전 설란과의 관계를 오세나가 목격한 뒤로 서먹해져버린 것이다. 그녀는 몹시도 실망하며 눈물을 흘렸다. 설란은 자기 정체를 밝히지 않았고 그저 이한나라고만 자신을 소개했다. 눈물을 흘리는 오세나를 향해. 그때 가슴 언저리가 시렸던 이후로 그 느낌은 며칠이나 지속되어 이광호의 마음을 아프게 했다.

그건 아직까지도 계속되고 있었다.

"안녕하세요."

누군가 다가와 인사를 붙였다.

금발의 풍성한 머리카락을 지닌 그녀는 외국의 엔지니어였다. 평범한 엔지니어지만 개발자로서의 욕심도 매우 크다고 알려진 여자. 이름은 제인이라고만 알려져 있었다.

"죄송합니다. 너무 크게 인사를 했네요. 주목을 시키려면 어쩔 수 없었어요. 이광호씨, 안녕하세요."

제인이 말했다. 능숙한 한국어 솜씨였다.

"네, 안녕하세요."

"잠시 드릴 이야기가 있어서 말인데요. 시간을 잠깐 내주실 수 있으실까요?"

제인이 말했다.

이광호는 떠들썩하게 웃고 있는 강지환 회장과 잠시 눈을 마주쳤다. 그러고는 2층으로 향하는 계단 가를 향해 손짓했다.

"할 이야기가 있으시다고요."

"예, 있어요."

"편하게 해보시죠. 오늘은 특별한 날이고 즐거운 날인 만큼 어떤 말이던 실례되지 않는 선에서는 가능하다고 봐도 괜찮을 것 같습니다."

이광호가 말했다.

"인공지능 시범도시를 외국에도 옮겨오고 싶습니다. 통합국이 되면 그건 자연스럽게 시행되도록 하는 게 어떨런지요?"

제인이 말했다.

이광호는 그녀를 자세히 바라봤다. 똑 부러지는 눈매에 깊은 눈동자를 가진 그녀는, 자신의 생각에 확고한 것 같았다.

"그렇게 하려면 조금 더 안전적인 인공 지능 시스템을 필요로 합니다."

이광호가 말했다.

"그 공백을 저희가 맞춰가면 어떨런지요?"

"당신과 제가요?"

"그렇죠."

제인이 말했다.

종교적인 통합을 먼저 이룬 것은 계획 밖의 일이었지만 결과적으로 잘 된 것이었다. 별 탈 없이 리버스와의 일차적인 전쟁을 막을 수 있었고, 피해도 가능한 최소화했다. 통합국으로서 발돋움을 하고, 사라시스템을 현재로 완벽하게 데려온다면, 이훈철의 정신적인 혼란마저도 불러올 수 있었다.

"그렇게 하죠. 하지만 우리끼리만으로는 안 됩니다."

이광호가 말했다.

"아니요, 저 혼자만의 생각이 아닙니다. 이미 이야기는 많이 나왔어요. 최근까지 한국의 대통령이었던 그 남자 역시도 알고 있었죠. 죽어버렸지만요."

제인이 말했다.

사라시스템의 계획을 알고 있었으면서도 묵인했다. 그것은 그냥 참고 넘어갈 만한 일은 아니었다. 하지만 이미 죽은 사람이었고, 그런 사람인 걸 알고 있었기 때문에 최필영을 대통령으로 앉힐 계획을 세웠던 것이다. 타임 워커로서의 능력을 이용해서 몇 번이나 확인하고 추측을 통해 한 단계씩 절차를 밟아왔다.

"알겠습니다. 그렇다면 그 계획은 언제부터 시행할 건가요."

"개발자인 이광호씨도 참여하셔야 하겠지만 제가 꾸린 팀원들도 받아주셨으면 합니다. 원한다면 이광호씨의 추천이 있어도 좋고요."

제인이 말했다.

"그리고……."

그녀가 계단 아래쪽으로 시선을 돌렸다. 그 아래에 누군가 서 있었다. 설란. 이한나라고 가명을 쓰고 있는 그녀였다.

"이 동생도 우리와 함께 했으면 해요."

제인이 말했다.

"란… 아니, 한나 누나."

이광호가 탄식하며 말했다.

그는 그녀를 마주봤다. 이유는 모르겠지만 그녀의 얼굴을 보고 있으면 성욕과 함께 어쩐지 미운 심정이 들었다. 설란의 의도가 어찌 됐든, 결과적으로는 그가 친한 이들과 멀어지게 만든 게 그녀였다.

"이 친구가 초능력자라고요. 며칠 전에 알게 되었는데 많은 도움이 될 것 같아요. 우리의 인공지능 개발 실험에 말이에요."

제인이 말했다.

그녀는 이광호의 심정이 어떤지도 모르고 싱긋 웃었다.

"내가 다 나쁜 놈인 거군. 한나 누나, 좋아. 같이 하자. 이번 실험."

이광호가 말했다.

"둘이 아는 사이였어요?"

"물론이죠."

설란이 웃으며 덧붙였다.

"우리 연애해요."

"오, 맙소사. 사실이에요? 이광호씨에게 여자가 있다는 사실은 거의 특종감이에요. 제가 기자였다면 당신의 가십을 바로 기사로 썼을 거예요."

"난 쓰레기라고 적혀있어야 할 거예요."

이광호가 중얼거렸다.

말이야 바른 말이다. 좋아하는 여자가 같은 장소에 있었다. 같은 공기를 마시며 그녀에게 수작을 걸고 있는 외국인도 있었다. 그리고 그녀를 가슴 아프게 한 죄로 말도 붙이지 못하고, 현재 연애 중인 여자와 이런 이야기나 하고 있었다. 마음에는 없지만, 성욕은 느낄 수 있는 적당한 여자. 그 여자를 첫 연애 상대로 꼽은 자신이 저주스럽지만, 그것도 다 이유는 있다.

'제길, 쓰레기들도 전부 쓰레기가 된 이유가 있는 거로군. 나는 천하의

개자식인 거야. 그 서신이 없었어도 이렇게 되었을까?'

이광호는 속으로 읊조렸다.

오세나의 눈물을 보기 전까지는 그녀에 대한 마음을 깨닫지 못했다. 뒤늦게 알게 된 마음이 더욱 생소하고 애달팠다. 전에는 그렇지 않았는데 깨닫게 된 직후에는, 오세나만 보면 심장이 두근거렸다. 온몸이 붕 뜨는 느낌인데다, 자꾸만 안고 싶고, 이야기하고 싶고, 가까이하고 싶어졌다. 그래서 일부러 다가가지 않았다. 간접적인 실연으로 가슴이 아플 텐데도 계속 다가와 준 그녀인데도.

"프로젝트는 곧바로 시작하죠. 리버스에게 시간을 주면 안 된다고 생각합니다. 애초에 통합국이 나오는 이유가 리버스의 테러로부터 안전하자는 거니까요."

이광호가 말했다.

42.

다른 여자와 사랑을 나눌 거라는 생각은 하지 못했다. 그는 유독 사랑에 관련해서는 아무런 기미도 보이지 않았으며, 관심 또한 적어 보였다. 그나마 요즘 들어 보이는 관심이 본인에 대한 호감이라고 생각했었는데 상실감이 컸다. 아직 그와 사랑을 나눈 적도 없고, 짝사랑에 그친 것이라 다행이라고 생각하고 있었다.

하지만 풋내기의 사랑이라고 해도 가슴 아픈 것이 없을 리는 없었다. 오세나는 소유욕도 매우 강하고, 불의 성질처럼 성격도 모난 여자였다. 그녀는 지니고 싶은 것을 남에게 빼앗길 바에야 아무도 갖지 못한 상태를 원했다. 그런데 여태껏 본 적도 없는 여자가 나타나 그와 깊은 사랑을 나누다니. 이것은 있을 수 없는 일이었다.

"정말 친한 여동생 정도로 생각하고 있었던 건가?"

오세나가 훌쩍이며 말했다. 그녀는 눈물을 뚝뚝 흘렸다.

"그건 아닐 거야. 그게 나도 어떻게 된 건지 모르겠다. 참."

박철민이 말했다.

"둘이 알몸으로 껴안고 있었다고. 사귀는 사이라고 말했고 분명."

오세나가 울면서 말했다.

"정말로? 광호가 직접 이야기했어?"

박철민이 놀란 얼굴로 물었다.

그는 같은 반응을 보이는 유화를 잠깐 바라봤다. 유화의 옆에는 조금 전까지 같이 대화를 나누던 영국의 개발자가 서 있었다. 영국 개발자 해리는 고개를 가로저었다.

"오빠가 직접 말한 건 아니야. 그래도 그 여자가 말하는 데에 아무런 말도 하지 않았다고. 그렇단 건 사실이라는 말이잖아."

오세나가 말했다. 유화는 그녀에게 다가가 눈물을 닦아주었다. 그러자 서러운 것인지 더욱 어깨를 떨며 울었다.

"성인 될 때까지 기다렸는데 이게 뭐야아!"

오세나가 소리쳤다.

옥상 테라스라서 다행이었다. 저택 안이었으면 모두가 주목할 만큼 큰 목소리여서, 박철민은 고개를 떨궈버렸다.

"내가 볼 때 광호는 널 좋아하고 있었어. 분명. 무슨 이유가 있었겠지. 안 그렇겠냐? 광호가 지금 위치도 그렇고……."

"위치가 뭐가 어떤데?"

"그 높이까지 올라갔고 정치까지 손 대고 있으니까. 별별 일이 다 생길 수도 있다는 거지. 광호한테 직접 들은 얘기도 아니라며."

박철민이 난감한 투로 말했다.

"광호는 어떻게 했는데? 그 뒤로?"

"옷 입을 거라면서 나가보라고 했어."

"누구더러. 너더러?"

"응, 아무것도 안 입고 있다고."

"여자는 어떻게 했는데?"

"그냥 일어나서 옷 입던데? 내가 보는 앞에서 속옷부터 하나씩. 그 여자 되게 섹시하게 생겼더라고. 근데 이상하게 짜증나는 여자는 아니었어. 그게 더 분해."

박철민이 오세나의 어깨를 붙잡았다.

"잘 들어. 그런 게 있어. 정치나 높은 일을 하다 보면 마음에 없는 여자와도 정략결혼도 해야 하고, 연인 사이처럼 행동해야 할 때가 있는 거야."

"그게 뭐야!"

"알고 있으라고, 멍청아. 백프로 광호는 너한테 마음 있으니까. 나중에 가서 광호한테 직접 물어봐. 걔 지금 너 눈도 못 마주치는 거 알아?"

박철민이 말했다.

그는 해리를 보며 눈짓을 보냈다. 그러고는 마음에 들지 않는 것인지 유화와 오세나의 손을 맞잡게 했다.

"둘이 가서 밑에서 놀고 있어. 난 개발자 양반이랑 할 이야기가 있으니까."

박철민이 말했다.

훌쩍거림이 잦아든 오세나를 유화가 부축해서 내려갔다. 둘이 사라지고 나자 해리가 슬금슬금 가까이 다가왔다.

"뭘 봐. 꺼져. 담배나 한 대 피고 있게."

43.

　사라시스템은 완벽한 도덕능력을 지닌 인격을 도입해야 하는 정교한 작업이다. 자칫 개발자가 잘못된 정보수집을 하도록 맡기면, 잘못된 방향으로 인격이 재형성될 소지가 있기에 인공 지능의 개발에선 이것이 관건이라고 볼 수가 있었다. 이훈철이 그토록 인격의 선생을 찾기 위해 발 벗고 나선 이유도 이것이었을 것이다. 그가 변절된 지금, 그의 진짜 의도가 무엇이었는지는 알 수 없게 되었지만 말이다.

　어쨌든, 제인은 꽤나 믿음직한 팀원을 데리고 왔다. 이광호는 먼 미래의 사라 시스템이 지녔던 허술한 점을 보완해서 사라 시스템을 그들과 재구축했다. 여기에 설란, 이한나가 인격을 부여했다. 초능력을 이용해서 완벽한 인공 지능을 만들어낸 것이다.

　"드디어 완성을 시켰네요."

　제인이 말했다.

　"도입까지는 얼마나 걸릴까요?"

　이한나가 말했다.

　"금방 될 겁니다. 우선 통합국 공표가 우선이에요."

　이광호가 말했다.

　사라 시스템의 완벽한 개발 완성을 공표한 뒤.

　최필영 대통령이 카메라 앞에 서서 말했다. 대국민 공표.

　"통합국으로서 비록 전세계인들과 함께 하지는 못하게 되었지만, 지금 이 만큼의 성과 역시 대단한 것이라고 봅니다. 우리는 이제 종교적으로도, 국가적으로도 전쟁이 발생하지 않는 위대한 국가로의 첫 발을 디딜 것입니다."

"인공 지능 시스템의 권한은 한국이 지니는 것이 맞는가요?"

기자가 흥분한 얼굴로 물었다.

"인공 지능 시스템의 권한은 한국의 SPC기업이 관리합니다. UN국과도 함께 한다고 알고 있습니다."

"그렇다면 우리나라가 온전히 관리하는 것은 아닌 것 아닙니까?"

"아닙니다. 대한그룹의 강지환 회장이 그 권한을 위임하게 될 겁니다."

최필영 대통령이 말했다.

대한그룹의 강지환 회장. 이광호가 그에게 권한을 위임한 것은, 혹시나 모를 미래와의 연결을 돈독히 하기 위함이었다. 강지환이 뿌린 씨앗이 미래의 강한별을 낳는 것을 확인했으니, 그에게 권한을 위임하는 것이 가장 적당해 보였다. 조금 다른 미래가 기다리고 있겠지만 말이다.

"그럼, 이상입니다."

최필영 대통령이 말했다.

그는 단상 위에서 내려왔다.

통합국의 발표가 'UN'을 통해 이루어졌다.

이번 프로젝트에 참여하는 모든 국가 중, UN에 가입하지 않았던 국가들이 속속들이 거기에 가입했고, 통합국은 무사히 매듭이 지어졌다.

강지환 회장이 이광호와 설란을 불러들였다.

"이한나라고요."

강지환 회장이 음흉하게 웃으며 말했다.

그는 서류 더미를 내밀었다.

"여기에 싸인하시죠. 원래는 이광호군에게만 사인을 받고 사원으로 들어오면 되는 거지만, 내가 워낙 궁금해야 말이죠. 추상적인 뭔가를 확실하게 만들어내는 건 만화 속 연금술사들만 가능할 거라고 알고 있었는데 말이에요."

강지환이 말했다.

설란의 입꼬리가 작게 휘었다.

"그래요, 알겠어요."

설란이 말했다.

그녀는 한 장씩 정성 들여 사인을 시작했다.

이훈철의 변화를 가장 먼저 알아챈 것이 유성우였다. 그는 잠깐 움직이다가도 멈칫하며 머리가 아픈 듯 뒤틀거렸다. 물었던 것을 또 묻다가 질끈 입술을 깨무는 등, 마치 치매 초기 환자처럼 행동하고 있던 것이다. 하지만 대수로운 문제는 아니었다. 사탄과 접촉하고 나서는 씻은 듯이 나았으니까.

어느 날 밤에 유성우는 이훈철이 격노하며 우는 것을 목격했다.

"괜찮으신지 궁금하네요."

유성우가 말했다.

로만은 키득키득 웃고 있었다.

"대장이 저리 심각한데도 웃음이 나옵니까?"

유성우가 말했다.

그의 불만은 로만에게 대수롭지 않은 일처럼 보였다. 그는 여전히 웃고 있었고, 유성우의 걱정에 공감할 필요성을 못 느끼는 사람처럼 큐브만 만지작거리고 있었다. 로만이 악마인 것을 모르는 유성우는 인간성을 운운하며 그를 속으로 욕했다.

"사람, 참……."

아무리 사탄교인으로서, 악마 같은 사람들을 모아났다고 해도 이건 아니었다. 인품조차도 찾아볼 수가 없는 것인가. 유성우는 로만이 마음에 안 들었다. 그래도 어쩔 수 없이 함께 하는 것이었는데, 이제는 지쳐가고 있었다.

"그래도 성과는 내고 있으니 다행이죠."

유성우가 말했다.

말이 없는 로만과 단둘이서만 있게 된 이유조차도 그는 짜증이 났다. 유성우 자신은 아무런 능력이 없으니 나갈 일이 없었고, 로만은 너무 출중한 능력 덕분에 휴가를 받아낸 것이다. 전혀 다른 처지로서 함께 있으니, 그가 웃을 때마다 유성우는 마치 비웃음을 당하는 것처럼 느껴졌다.

"타임 워커들을 이제 2명이나 죽였어요. 남은 건 그를 뺀 3명뿐인데, 그 세 명 중에 누가 먼저 죽게 될지 궁금하네요."

유성우가 말했다.

큐브 맞춰지는 소리만이 대답처럼 들려왔다.

44.

리버스의 테러가 한창인 도시 안.

설란은 이광호와 함께 그 안에 있었다. 바쁜 용무를 모두 마치고 온 이광호지만, 타임 워커의 능력을 이용해 언제라도 움직일 수 있도록 상황파악을 마치고 있었다. 움직이지 않고 있는 듯이 보이지만 무척이나 골머리를 앓고 있는 그를, 설란은 이해하고 있었다.

"아저씨, 내가 저놈들과 어떻게 싸우는지 봐요."

설란이 말했다.

다른 사람들 앞에서는 편하게 '광호야'라고 부르는 그녀지만 단둘이 있을 때 호칭은 그대로였다. 설란 역시 그 호칭을 편하게 여기는 것처럼 느껴져서 이광호는 웃음이 났다. 이광호에게는 불과 1~2년 전의 기억이지만, 설란의 일생에서는 아주 오래된 기억일 터였다.

"얍!"

설란이 우스꽝스럽게 두 손을 펼치자 작은 거인들이 튀어나왔다. 그들은 리버스의 테러를 막아내며 폭발과 함께 사라졌다.

"그런데 음파 공격은 어떻게 처리하려고?"

이광호가 말했다.

오늘 그는 움직이지 않을 생각이었다. 그저 설란의 되살아난 능력만 체크하고, 그녀를 적재적소에 배치하기 위해 시험 삼아 동행한 것이다.

"공격도 할 수 있겠어?"

이광호가 말했다.

"너무 많아. 상대하기가 버거워."

설란이 말했다.

이광호가 어렴풋이 웃었다.

"그러면서 나랑 같이 다닐 수 있으려고? 보디가드는 덕분에 필요 없겠어."

"수가 너무 많고 체계적이야."

"저기서 명령을 내리는 놈이 따로 있을 거야. 하지만 확인이 어려워. 아버지의 방해가 있는 것 같아."

"난 아저씨랑 다니고 싶을 뿐이야. 리버스의 처치 따위는 상관없어."

설란이 말했다.

그녀는 순박한 눈으로 그를 바라봤다. 다른 뜻은 전혀 없는 것 같은 그런 모습에, 이광호는 웃음이 났다. 이상한 관계가 되어버리고 말았지만 설란에게는 여동생 같은 마음이 있었다. 보통이라면 여동생처럼 느끼는 여자와 관계를 갖지 않겠지만.

"결국 또 상상력 키우기네. 나랑 같이 다닌다면 더더욱 리버스와 맞서야 해. 어느 순간, 나는 리버스 처치에 앞장설 테니까."

이광호가 말했다.

"알았어, 아저씨. 나 노력할게."

"만화를 많이 봐. 그럼 도움이 될 거야."

"만화라면 액션 만화를 말하는 거지?"

"그래, 전투씬이 많고 방대할수록 좋아. 판타지 액션으로 봐야 돼. 설란이 너 같은 경우에는."

이광호가 말했다.

"아저씨가 하나 추천 좀 해줘."

설란이 말했다.

"나도 잘 안 봐서 모르는데 달수 형님한테 물어보면 될 거야."

"그 아저씨가 만화를 많이 봐?"

"아마도."

"엣취-!"

유달수가 길게 기침했다. 그는 잠시 뒤 사례가 걸린 듯이 켁켁거리기 시작했다. 그 모습을 강지환 회장이 걱정스럽게 바라봤다.

"이 친구야, 돈 벌어들일 생각에 체했나?"

강지환 회장이 말했다.

"사라시스템의 약자가 미래에서 따온 거라고 들었어. 광호 동생에게 대충 이야기를 들었는데 그 사라시스템 위험한 게 아닌가?"

"하지만 회장님도 봤잖아."

유달수가 콜록거리며 냅킨으로 입술을 쓸었다.

"뭐를? 아, 이한나 씨?"

"그 능력. 그건 분명 설란이야."

"잠깐, 설란이라면?"

"내 눈은 피할 수 없지."

유달수가 말했다.

그는 기침이 완전히 멎은 것처럼 보였다.

"이 사람아, 그 능력이 그렇게 흔한 게 아니에요."

유달수가 말했다.

그가 더 설명하려는 것을 강지환 회장이 막아섰다.

"그건 그렇다치고, 어쨌든 우리 직원인 건 맞으니까. 신용도는 확실하다는 거지? 문제 될 게 없다는 말이고?"

"설란이가 한번 만들어내고 번복하지 않는 한은 아마도요? 그리고 광호가 알아서 다 체크하고 결정한 문제일 거라고."

유달수가 말했다.

"그럼 안심해도 되겠지 뭐."

강지환 회장이 말했다.

그는 며칠째 수염을 기른답시고 코 밑이 거무스름했다. 유달수는 그게 그다지 중후해 보이지 않는다고 지적하고 싶은 마음을 참았다.

"아무튼 회장님 덕에 제가 이사까지 다 해보네요."

"일은 어때? 할만 해?"

"할만한 수준이 아니라 완전히 천직이에요. 쇼핑센터 관리하면서 심심할 땐 하늘을 날아다니고 세상 구경하고."

유달수가 말했다.

그의 취미는 음악 듣기 특기가 비행이었지만, 이제는 바뀌었다. 특기가 돈 세기이고 취미는 비행으로 바뀐 것이다.

"하늘을 날아다니는 건 어떤 기분인가?"

뜬금없이 강지환 회장이 말했다.

덕분에 유달수는 다시 한번 사례가 들릴 뻔했다.

"자유롭고, 좋죠. 좋다 마다요."

"공작새로밖에 변하지 못하는 건가?"

강지환이 물었다.

그는 몹시 궁금해하고 있었다. 어찌나 궁금했으면 스테이크 소스를 콧수염에 묻히고, 닦지도 않은 채 질문을 했을까.

유달수는 인상을 찌푸렸다.

"그건 아니에요. 뭐로든 변할 수는 있지만 하늘을 나는 것과 뭔가로 변하는 게 제 능력이라서요. 초능력이 두 가지에요. 강지환 이사님아."

유달수가 말했다.

초능력이 두 가지라니 의외였다. 강지환은 호기심이 더욱 증폭되어 안달할 수 없게 되었다. 그렇다면, 그 말이 사실이라면 액션 로봇으로 변해서 하늘을 나는 것도 가능할 터였다. 싸움을 못하게 생긴 유달수에게 별다른 공격 능력은 없을 것처럼 보이지만 말이다.

"허, 참. 신기하네. 나도 초능력이 하나 있었으면 한따까리 했을 텐데 말야. 지금쯤이라면 초능력이 하나라도 생겼어야 하는데 말이지. 뭐, 계속 기다려 봐야 알겠지만."

강지환이 말했다.

그러고는 못내 아쉽다는 듯이 덧붙였다.

"자네, 액션 영화 많이 보나? 아니면 만화라도?"

또 다시 튀어나온 뜬금없는 질문에 유달수는 당연한 태도로 대답했다.

"액션 안 좋아하는 남자가 어디 있겠어요."

45.

인생이 파노라마처럼 스쳐 지나간다. 사람들이 흔히 말하는 주마등, 그것을 수차례 목격하게 된다. 악마의 인이 하루에 한 번씩 새겨질 때면, 아찔한 열감과 함께 주마등을 목격했다. 그때마다 참고 인내하며 가슴에

새기는 하나의 단어가 있었다.

'살리자.'

무슨 일이 있어도 그 방향으로는 흘러가게 하지 말자.

하지만 파노라마 안에서는 특별히 바뀌지 않았다. 경험하지 않아도 될, 그러한 일을 자신의 아들인 이광호에게 만큼은 하게 하지 말자. 그것이었다.

악마가 되었다고 해도 마음 한편에는 인간적인 구석, 천사일 적의 기억이 존재하고 있었다. 사실 그 기억은 신이 선물한, 그리고 저주와도 같은, 차라리 잊고자 하는 것을 잊지 못하도록 만드는 추억이었다. 자신의 막내동생이었던, 또한 아들인 이광호를 어떻게 남과 같이 대할 수 있단 말인가. 아내인 정아 역시도 아직도 잊지 못한 그였다.

하지만 마음 속으로도 그것은 용납되지 않았다.

'사탄과의 계약.'

그것은 어마어마한 리스크를 지니고 있었다. 작은 생각마저도 사탄에게 전달되고, 그에게 남아있게 된다. 행동이나 작은 생각마저도 쉽게 하지 못한다. 그렇기에 지니고 있던 가족사진을 버리고, 아무런 애착도 지니지 않으려고 노력했다. 그런데 최근 들어 SPC측에서, 정확히 말하면 아들인 이광호가 벌인 행동 덕분에 그것이 깨어지려 하고 있었다. 현실과 기억의 경계가 허물어지기를 반복되는 것이다.

해서 몇 번이나 눈물을 흘렸다. 아들을 마음껏 볼 수 없음에 눈물을 흘리고, 자신의 처지와 천사일 적의 기억, 아내와의 행복했던 시절, 그런 것들에 대한 후회 속에서 눈물을 흘렸다. 그중에 한 번은 유성우에게 들킨 것 같았다.

"후회하는 건가?"

사탄의 속삭임이 나지막이 들려왔다.

"아니오."

이훈철이 말했다.

아들에게도, 자신에게도, 그 편이 좋았다. 사탄을 신의 권좌에 앉혀서 그 밑의 지배하에 들어가면 둘 모두 행복할 수 있었다. 모두가 그리는 미래 속에서 그 편이 가장 좋았다. 함께 웃을 수 있으면서, 또한 공존하여 뜻을 함께할 수 있었다. 단 한 가지 바램은, 그가 자신이 원하는 의도 아래에서 잘 따라와 주기를 바라는 것뿐.

"제 바람은 오직 당신의 뜻과 함께하고 있습니다. 나의 왕이시여."

이훈철이 말했다.

어둠 속에서 사탄이 조용히 미소지었다.

제 6장
의도한 것과 의도된 것

타 임 워 커 4 : 리 버 스

46.

"그가 너에게 또 한 번의 기회를 준다면 어떻게 할래?"

어렴풋이 목소리가 들렸다.

이광호는 어둠 속에서 눈을 떴다. 어떤 소년이 자신을 내려다보고 있었다. 체구가 크지 않은 소년이었다. 하지만 뜬금없는 질문이었고, 상황파악이 안 된 그는 뭐라고 답해야 할지 몰랐다. 대답은 하지 못했다.

"모르겠어?"

소년이 싱긋 웃었다. 그는 이광호를 일으켰다.

"아주 잘해야 할 거야."

이광호는 흠칫 놀랐다. 소년이 자신을 일으켰을 때, 당연히 자신이 더클 것이란 생각이 비켜나간 것이다.

"왜? 이상해?"

소년이 계속 말했다.

"내가 누군지 아주 궁금할 거야. 그래도 나는 네 질문에 지금은 대답해줄 수가 없어. 미안해."

"예?"

이광호는 또 한 차례 놀랐다. 질문하려고 했던 내용을 소년 쪽에서 선수 쳐 버렸기 때문이었다.

어딘가 신비스러운 분위기의 소년. 그는 한없이 유하고 선해 보였다.

"우리가 그렇게 만들어 줄 수 있어. 사엘……."

짧은 꿈이 끝나고 이광호는 침대에서 눈을 떴다.

그리고 조금 길어진 머리카락을 손으로 쓸어내렸다.

사탄이 다스리는 지하세계는 그야말로 혼돈의 세계였다.

그가 딸처럼 여기는 그의 아내 릴리스와 함께 그는 지옥을 관리했다. 악한 령들이 가득 차 있는 그곳은 감옥이라기보단, 죽고 죽이는, 끊임없는 살생의 세계였다. 악마들간의 세력 다툼이 존재했지만, 악마들간의 살생은 흔하지 않았다. 동료로서 생각하는 그들의 생활상, 악하지만 극악은 아닌 인간의 영혼이 포식의 대상이 되었다.

악마들은 인간을 좋아하지 않는다. 그들은 신이 가장 사랑해 마지않는다는 인간들을 살육하고, 가축으로서 삼고, 때로는 길들이며 방탕한 생활을 이어가고 있었다. 그리고 그것은 현재도 그러했다.

"사탄이시여."

바알이 말했다. 그는 사탄의 충신으로서, 사탄이 신의 권좌에 오르는 순간, 지옥을 다스리게 되어 있었다.

"이제 곧 우리들의 염원이 이루어질 것입니다."

바알이 말했다.

그의 말처럼 지옥의 문은 흔들리고 있었다. 그 말은, 지상으로 나갈 수 있는 악마들의 수가 늘어났다는 뜻이 되었다. 바알 역시도 이 오랜 감옥과도 같은 곳에서 나갈 수 있게 되는 것이다.

"내가 곧 너에게 임무를 하나 주겠다. 바알, 잘 해낼 수 있겠는가."

사탄이 말했다.

그의 충신은 두 눈을 번뜩였다. 사탄은 그의 마음속을 들여다봤다. 깊은 고뇌와 혼란이 느껴졌다. 그는 악마로서의 살육 충동을 여지껏 잘 억눌러주면서 충실히 임무를 수행해왔다. 사탄은 마음속 깊이 바알을 신뢰하면서 동시에 동정하고 있었다.

"할 수 있습니다. 그렇기에 당신을 따라 천상을 뛰쳐나온 것입니다."

바알이 말했다.

"타임 워커들의 관리는 내 아내에게 맡기겠다. 그녀에게 주의할 점을 알려주도록."

사탄이 말했다.

신의 품으로 돌아간 줄로만 알고 있던 타임 워커 둘의 영혼은 천상이 아닌, 지하에 묶여 있었다.

47.

6월 23일 am7:53

8시가 되기 직전의 SPC 기업 대 회의실.

강지환 대한그룹 회장도 함께 한 자리였다. SPC의 간부 개편 때문에 만들어졌다고 해도 과언이 아닌 이 자리는, 새로 부임한 외국인 간부들까지 함께 했다. 그들 모두가 외국계 회사에서 내로라하는 과학자들이었다. 그리고 이번 간부 개편에는 기존 SPC의 일원이었지만 외국인으로서 해외에서 암암리에 일하던 이들도 있었다.

유달수는 옅은 금색의 녹음기를 매만지고 있었다.

"리버스……."

그의 중얼거림을 이광호가 들었다. 물론 티를 낸다거나 하지는 않았다. 그가 어떤 생각을 하고 있다고 하더라도, 건드리면 안 되는 선이 있는 것이다.

"강지환 회장님께, 유달수 이사님께 인사드립니다. 그리고 인공 지능 계열사, 초능력 계열사 두 사장님께도 인사드립니다."

마지막 인원까지 모두 들어오고 자리가 정돈되었다.

매스컴에서는 며칠째, 통합국으로의 새 정부를 발표하고 있었다. 외국의 수장은 실시간 투표로, 현 대통령들 중에 영국의 대통령이 맡게 되었다. 순서의 의미였다. 각국의 대표가 모두 차례대로 통합국의 수장 노릇을 하게 된다는 약속이 있었다. 3년 단임제.

"그럼 회의를 시작하겠습니다."

유달수 이사가 말했다.

회의가 끝나고 설란과 함께 이광호는 휴게실을 찾았다. 다들 일을 하러 가고, 강지환 회장은 본 회사의 바쁜 일 때문에 외부로 나갔다.

"한나 씨."

이광호가 말했다.

공식적인 이름 때문에 설란을 그렇게 부르는 그였다. 친한 이들은 연인 으로서 인식하고 있지만 공과 사는 구분해야 했다. 어느 정도 시간이 지 나고 보니 여동생처럼은 느껴지지 않아서, 연인이라는 타이틀도 그다지 나쁘게 느껴지진 않았으니. 공과 사의 구분이라는 말이 딱 맞춘 듯이 적 당했다.

"연구 개발을 돕는 일은 재미있어요?"

이광호가 말했다.

그는 그렇게 말하면서 어색하게 웃었다.

"재미있어요. 저는 개발 같은 거 잘 모르겠지만 말이에요. 상상해서 덧 입히는 것뿐이니까."

설란이 말했다. 그녀는 기분이 매우 좋아 보였다. 쑥스러운 것인지 얼 굴을 살짝 피하면서도 힐끗거리는 모습이었다.

"만화는 잘 보고 있어요?"

이광호가 물었다.

"잘 모르겠네요. 도움이 된다고 해서 보고 있기는 한데."

설란이 말했다.

실제로 몇 번씩이나 만화를 봤던 그녀다. 만화책은 물론이고, 만화영화 까지 보고 있는데 확실히 도움이 되었던 것 같았다. 상상력을 발휘해서 형상화하는 데에도 도움이 되었고 말이다. 이제는 실존하지 않을 것으로 보이는 상상 그대로의 것들까지 구체화 시킬 수 있게 되었다.

"한나 씨도 곧 트레이닝을 위해서 연구소에 등록해야 할 거예요."

이광호가 말했다.

"언제나 비서처럼 옆에 있을 수만은 없다는 뜻이죠."

그러자 설란이 웃었다.

"알아요? 당신은 제 첫 남자예요. SPC의 이광호 사장님."

설란이 말했다.

"당신에게 도움이 되는 일이라면 전 무엇이든 할 거예요."

"그렇다면 우선 트레이닝을 해줘요."

이광호가 말했다.

설란은 그의 눈을 깊이 들여다봤다. 그러자 이광호는 의아하게 그녀를 바라봤다.

"왜요?"

이광호가 말했다.

"아니에요."

설란은 웃었다.

업무 스트레스만이 문제가 아니었다. 부자간의 일반적이지 않은 다툼이 문제가 아니었다. 물론 혼합된 모습을 띠고 있지만, 그는 다른 문제점도 지니고 있었다. 본인은 자각하지 못하고 있는 무언가가 그 속에서 움트고 있었다. 설란은 그의 마음속 작은 변화들을 눈치챌 수 있었다. 그것은 생동하고 있었다.

"사엘……."

그가 오늘 꾸었던 꿈까지 선명하게 알 수 있었다. 이것 역시 초능력인지, 아니면 망상에 불과한지는 모르겠지만 말이다. 하지만 다른 이들에게는 적용되지 않으니 초능력은 아닐 것이 분명했다.

"나는 걱정이에요. 아저씨가."

설란이 중얼거렸다.

그녀는 연구소 안으로 발을 내디뎠다.

48.

SPC 산하, 지방의 어느 연구소.

정유여는 밑을 내려다보고 있었다.

'아담을 지켜내라.'

그가 입버릇처럼 마음속으로 그 말을 곱씹었다. 예전의 그를 더는 찾아보기 어려웠다. 이제 더는 인간들의 세상에 관심이 없었다. 이것들의 부조리함을 알고, 아버지의 부당함을 알고, 어머니의 미련함을 알았다. 모조리 부수고, 세상을 바꾸자는 그들과 뜻을 함께 하기로 작정했다. 그들의 계획 중 어느 한 부분이 마음에 들지는 않지만 말이다.

"이제 끝이야. 예전으로는 돌아갈 수 없어. 모든 걸 알게 되었으니."

그의 뒤로 로만이 함께 있었다.

로만이 씩 웃자 정유여가 두 손을 펼쳐 하늘 위를 보게 했다. 동그란 형태의 기체 구슬들이 그 위에 생겨났다. 그가 일전에 흡수한 적이 있던 그것들이다. 그 중 하나가 빛을 발하면서 연구소의 지붕 위로 날아갔다. 그리고 폭발음과 함께 연구소의 지붕이 순식간에 날아갔다. 요란한 비상경보음이 울렸다.

"오케이. 이제부터는 사전에 계획되었던 대로 행동해주세요. 우리의 컨트롤 타워는 이훈철님이라는 걸 명심하세요. 각기 플랜 A부터 C까지를 기억하시면 됩니다."

유성우가 말했다.

정유여의 옆에 있던 리나가 비릿하게 웃으며 연구소를 향해 불길을 쏘아냈다. 그러나 연구소에서도 곧장 대응이 있었다. 푸른 빛의 막이 생기며 리나의 불길을 막아냈다. 뚫린 연구소의 지붕이 빠른 속도로 메워지고 있었다. 원래대로라면 연구소 내에 쓸만한 인재들은 없어야 맞았다. 그렇다는 건, 이번에도 시간 능력자들의 개입이 있었다는 뜻이다.

유성우는 눈으로 누군가를 찾아냈다.

나엘, 그는 제 몸에 두 배만한 빛의 검을 손에 휘어잡고 있었다.

"플랜 B를 시작한다."

유성우가 말했다.

이광호는 설란과 사라시스템 인공 지능 센터에 있었다. 거기에는 인공 지능 센터에서 빠르게 생산해낸 군사 로봇을 통제하는 모든 기능이 집합돼 있었다. 스스로 작동하되, 원하면 수동으로 할 수 있는 시스템. 수동적인 운전 권한은 이광호와 강지환 회장, 그리고 몇 안 되는 인사들에게만 허락이 되어 있다. 국제적으로 테러리즘의 경향이 전혀 없는, 몇 차례의 심리 검사를 통과한 이들만 할 수 있었다. 이광호는 개발자로서 당연히 허락되어 있었으며, 아이러니하게도 설란에게는 허락되지 않았다.

"어떻게 할까요?"

누군가 물었다.

"기체 구슬을 등록해 바로 보낼 수 있게 준비를 해두도록."

이광호가 말했다.

누군가는 무전으로 각 지부의 인공지능 센터에 연결했다.

"기체 구슬 투입."

"알겠습니다."

"오더 받습니다."

이광호는 대 사라시스템 인공지능 센터의 컨트롤 망을 바라봤다. 빠르게 회전하는 인공지능 사라의 모형이 빙글빙글 돌아가고 있었다. 그녀의 군사 시스템은 아직 미완의 상태지만, 설란의 도움으로 그때그때 생동할 수 있었다.

"이한나 씨, 부탁드립니다."

이광호가 말했다.

설란이 가볍게 웃었다.

"내게 맡겨. 이런 건 내 분야에요."

설란이 말했다.

컨트롤 망에 각 지부의 공장들이 연결됐다. 공장에 정렬되어 있던 군사 로봇에 기체구슬이 하나씩 투입되었다. 설란이 초능력을 보태어 사라시스템을 구체화 시키자 죽은 듯 멈춰 있던 사라시스템의 그녀가 눈을 떴다. 로봇들이 일제히 달려나갔다. 달려나간 로봇들은 공장 밖에 대기하고 있던 헬기에 탑승하기 시작했다.

"첫번째는 테러를 막아야 합니다. 우리 쪽 초능력자들을 지키면서 일반 시민들의 피해까지 최소화 시켜야 해요."

이광호가 말했다.

"저들은 산란적인 행동으로 가능한 우리를 떨어뜨리려 할 겁니다. 사라시스템의 나머지는 제가 맡겠습니다. 한나 씨, 계속 유지 잘해주세요."

그는 그렇게 말하고서는 수동 장치 앞에 앉았다.

오늘은 다른 타임 워커들에게 컨트롤 타워를 맡기고, 설란을 보조할 셈이었다. 타임 워커들의 전력을 보고 고심한 결정이었다.

"잘해줘야 해. 다들."

이광호는 수동 장치를 작동시키며 말했다.

"신께선 인간을 지키라 하셨지만, 사도로서 도저히 봐줄 수가 없군. 사탄을 숭배하는 너희들을 막아야겠어."

나엘이 말했다.

정유여는 이를 부득 갈았다.

"난 너같은 놈들이 제일 싫어. 그 반반한 얼굴로, 아무런 노력도 없이 호의호식하며 살았겠지. 그러니 나 같은 건 이해할 생각도 없는 거야."

정유여가 말했다.

"그렇다 해도 나라면 사탄을 숭배하진 않겠어. 주절주절 그만하고 반성할 생각이라면 이리로 와. 너는 영혼을 팔지 않았으니 봐줄 수 있어. 아직은."

나엘이 말했다.

정유여는 들을 생각이 없어 보였다. 그는 그저 씩씩거리며 다시 기체 구슬을 하늘 위로 띄어 올렸다. 이번엔 붉은 색 구슬이었다.

"휴으, 저 인간을 꼭 죽여야 하나. 뭐, 하는 수 없지."

나엘이 말했다.

그는 날개를 만들어 허공 위로 점프했다. 검이 공중의 바람을 가르며 정유여에게 닿았다. 정유여는 붉은 구슬로 몸을 방어했다.

"으윽!"

정유여가 입밖으로 솟구치는 피를 손으로 틀어막았다. 그의 가슴은 나선으로 베어져 있었다. 피가 묻어나온 자신의 옷을 확인하고는 정유여가 뒤로 물러섰다. 주저하면서도 잔뜩 독기를 묻힌 그의 얼굴은, 물러나려는 의지가 보이지 않았다. 하지만 힘의 차이는 확실히 인지하고 있는 듯했다.

그때였다.

"그만!"

로만이 소리쳤다.

그는 답지 않게 정유여를 다독이며 덧붙였다.

"나엘은 대천사 출신이야."

"대천사라고?"

"그래, 그러니 네가 어떻게 못하는 게 당연한 거지. 몸이 인간이래도 영혼은 대천사이며 시간 조정자로서 일하고 있다. 신의 심부름꾼이지."

로만이 말했다.

정유여를 리나가 감싸안았다.

"가엾어라. 여기는 로만에게 맡기고 우리는 저기 찌끄래기들이나 상대하러 가요."

리나가 말했다.

그녀가 언급한 찌끄래기들이라 함은, 땅에 붙어서 싸울 준비는커녕, 천사와 테러집단의 싸움을 구경하고 있는 멍청한 초능력자들을 칭하는 것일 테다. 정유여는 차라리 그곳으로 가서 싸움에 보탬이 되는 편이 낫다고 판단했다.

"면목 없다."

정유여가 말했다.

"가서 싸우도록."

로만이 말했다.

그들이 땅아래로 내려가고 둘은 가만히 서로를 응시했다.

"악마로군."

나엘이 말했다.

그는 전에 없이 싸늘한 눈빛으로 로만을 바라봤다.

"그것도 아마 순혈…… 사악함은 이루 말할 수 없겠지. 그리고 이 분위기. 뭔지 알겠어. 네가 그때의 그 악마로군. 사탄의 하나뿐인 아들이여."

나엘이 중얼거렸다.

"그래, 봐줄 필요는 없어. 대천사 나엘씨. 나 따위에게 너의 본명은 절대 가르쳐주지 않겠지?"

로만이 흥미로운 눈으로 미소를 지었다.

싸움을 좋아하고 즐기는 순혈의 악마. 들어본 적도, 싸워본 적도 많았다. 물론 기억 속에서의 일이었다. 인간의 옷을 입고 태어나고 나서는 본 적도 들을 일도 없던 순혈의 악마. 악마 소동 때에 나타났던 미혹의 악마가 바로 이 눈앞의 남자라고 확신이 들었다. 이 남자와 같은 순혈 악마는 비단 사탄의 아들에 국한되지 않는다. 타락 천사들 중에서도 순혈 악마로 변모한 이들이 많았던 것이다.

"최선을 다해야 할 거야."

로만이 말했다.

나엘은 순간적으로 로만의 눈속에서 불길을 읽어냈다. 그것이 조금씩 타오르고 있다고 느낄 때쯤, 갑자기 로만이 검은 날개를 펼치며 날아왔다.

"이 정도는 돼야 싸움이지!"

로만이 말했다.

엄청난 힘이었다. 로만은 나엘의 것과 비슷한 무기를 소환해 지니고 있었다. 하지만 이건 초능력이 아니다. 그는 악마로서 지상에 나와 있는 것 같았다. 나엘은 직감했다. 그 직감과 맞물려 지상에서 비명이 들렸다. 땅으로 내려간 리나와 정유여가 신경쓰였지만, 한눈을 팔 수는 없었다. 밀리면 무조건 죽음이란 생각이 들었다.

"어떤 수를 써서 지상으로 나왔는가! 악마여!"

나엘이 말했다.

로만이 씨익 웃었다.

"내가 말해야 할 필요성을 못 느끼겠군. 아무튼 싸움에나 집중하자고."

칼침이 맞물린 상태에서 로만이 마기를 흘려보냈다. 그리고 다시 힘주어 내리쳐버렸다.

"크윽!"

로만의 칼끝이 나엘의 입술에 생채기를 냈다. 더 깊이 들어가지 않은 게 다행이었다. 나엘은 뒤로 물러서서 로만을 노려봤다.

"쉽게는 못 물러선다 이거지. 가엘의 숨겨둔 카드가 더 있었단 말이군."

나엘이 말했다.

그는 SPC의 전력을 떠올렸다. 나엘이 한국 내부를 지키기로 했고, 다엘은 아시아 위주로 돌아보기로 했다. 바엘, 김상현은 유럽을 맡기로 했다. 각 구역의 초능력자들 컨트롤은 타임 워커들이 맡는다. 타임 워커들은 상시로 시간을 조정하며 플랜을 바꿔 지시를 내린다. 이광호는 이번 타임 워커로서의 행렬에서 빠져, 사라 시스템만 운용하기로 했다. 역시나 막내가 가장 걱정이었다.

"내가 너만 잘 데리고 있으면 된다는 거네."

대천사로서의 자존심이 있었다. 아무리 인간의 몸으로 환생했어도 싸움에서의 센스는 누구에게도 뒤처지지 않을 자신이 있었다. 이번 싸움을 승리로 이끌려면 눈앞의 순혈악마를 자신이 처치하거나, 막아내야 했다. 하지만 인간의 몸으로 순혈 앞에서 자신만만함까지 갖출 수는 없었다.

"너 같은 놈이 한 명만 나와 있다면 우리에게도 승산이 있겠지. 신은 우리를 버리지 않았음을 기억하고 대천사의 명예를 걸겠어."

나엘이 말했다.

적어도, 이광호를 두고 혼자 죽는 사태는 없겠다고 그는 다짐했다. 이상하게 기억은 잘 나지 않지만 이광호는 천사일 적부터 아픈 손가락이었다. 기억을 떠올리지도 못했을 이광호는 여전히 불안정한 상태일 터다. 그를 두고 그냥 죽을 수는 없었다. 천사일 적의 사엘은 호기심이 많아 얼핏 용감해 보였지만 울보였다.

"광호를 두고 죽지는 않을 거야. 라엘과 마엘처럼은 되지 않아."

로만이 빙긋 웃었다.

그는 집채만한 대검을 빙글빙글 돌리며 날갯짓했다.

박철민과 유화는 SPC 산하 유럽지부에 있었다.

"오더 내려주세요."

유화가 말했다.

이쪽에는 악마가 나타나지 않고 있었다. 그러한 이유로 김상현은 오더
만 그때그때 내리고 있었다. 중구난방식의 싸움이 지속되었다. 애초에 플
랜을 여러 개씩 외우고서는 싸움에 임할 수가 없었다. 더는 시간의 바다
가 안전하지 않았던 것이다. 그곳이 만약 안전했더라면 조금 더 손쉽게
승기를 잡을 수 있었을 것이다.

"유화, 최대로 넓게 기억을 읽어주세요. 제가 미래를 맡아서 적들의 위
치를 같이 추적해야 합니다. 위치만 제대로 읽어주세요. 리버스의 행동
파악은 제가 할게요. 그리고 나머지 인원들 모두 듣습니다."

김상현의 말이 이어플러그 속에서 들려왔다.

"모두 무전을 중단하지 마세요. 그리고 유화의 말에 집중해주세요. 우리
편에게 특이 사항이 있거나 중차대한 일이 발생할 경우, 제가 따로 오더
내리겠습니다."

"알겠습니다."

박철민이 말했다.

그는 건너편 건물의 유화를 바라보았다. 그녀는 눈을 감고 손바닥을 내
려 건물을 둘러싼 기억을 읽어냈다.

유화가 읽어낸 기억 속 적들의 위치는 본국의 인공지능 센터로 송신되
었다. 이광호는 수동 장치를 이용해 군사 로봇들을 그 지점으로 보냈다.

"이대로면 승산이 있을 것 같은데요? 내 상상력을 보여줄게. 광호 사장
님, 아니, 여기서는 팀장님이라고 부르랬나."

설란이 말했다. 그녀가 말을 마치자 전 세계 적들의 위치가 눈금으로 표시되기 시작했다.

"아직이에요."

설란이 말했다.

눈금으로 표시된 적들 중 몇 명의 상황이 스크린에 떠올랐다. 긴 후드로 얼굴을 가리고 있는 리버스의 일원들. 그들의 주변으로 스파크가 튀듯 전기가 일었다. 눈으로 식별할 수 있을 정도의 자색 전자로 된 강력한 스파크였다. 감전된 듯이 보이던 적들은 맥없이 바닥으로 쓰러졌다.

"오케이."

"이한나 씨, 유지에만 집중해줘요."

"왜요?"

설란이 의아하게 물었다.

이유는 굳이 말해주지 않아도 알 수 있었다. 힐러라도 있는 것처럼 그들이 또다시 일어나고 있는 것이다. 게다가 인공지능 사라시스템의 지능은 현저히 떨어져 있었다. 추리력과 기타 등등의 능력을, 설란의 상상력으로 무한대에 가깝게 끌어올려 싸우는 와중에는 비효율적인 행동이었다.

"아뿔싸. 미안. 집중할게요."

설란이 긴장된 자세로 말했다.

"너무 걱정 마요."

이광호가 말했다.

말은 그렇게 했지만 사실상 과부화 상태였다. 초인이 아닌 이상 감당할 수 없을 것이다. 솔직히 그는 지금의 스트레스를 거절할 수만 있다면 그렇게 하고 싶었다. 하지만 그러지 못하고 있는 이유는 순전히 책임감 때문이었는지도 모른다. 모든 게 틀어진 것이 언제부터였는지 생각할 여력조차 남지 않았다. 그래도 매듭은 지어야 했다. 최대한의 노력이라도 해야 마음속 깊은 양심이라는 놈이 숨을 쉴 수 있지 않을까.

이광호는 처음의 계획을 되돌려 이어플러그를 착용했다. 그는 숨을 짧게 내쉬며 무전 채널을 공용으로 맞췄다.

"리버스의 일원들은 포획이 어렵습니다. 가능한 사살하도록 하세요."

그는 덧붙였다.

"중심적인 인물들이 어딘가에 숨어있을 겁니다. 찾아내어 그들을 먼저 사살하세요."

그 말은 이훈철에게도 적용되는 말일 테다. 그러나 그는 그 말을 내뱉었다. 부자간의 정을 생각할 건덕지가 조금도 없어졌다. 더는 피할 구석이 없다. 다른 선택도 할 수가 없을 것 같았다. 사탄은 신과 인간에게서 척을 진 존재이다. 그와 손을 잡았다는 아버지를 이제는 용서할 수가 없었다. 또한 돌이키기에도 너무 늦어버렸다.

"타임 워커들은 들으세요. 이훈철은 제가 맡습니다. 다른 사람들도 마찬가지입니다. 혹시나 이훈철의 행보가 포착된다면 바로 무전을 날리세요. 곧바로 말하면 제가 가능한 바로잡도록 노력하겠습니다. 절 믿으세요."

이광호가 말했다.

"사엘, 하지만 가엘은 그렇게 만만하지가 않아……."

다엘이 중얼거렸다.

그는 리버스의 공격으로부터 아시아 지역을 지키고 있었다. 1분여를 달리해가며 쏟아지는 공격을 막아내기 위해 그는 노력하고 있었다. 리버스의 공격은 이광호의 예상대로 산발적으로 진행되고 있었다. 이훈철의 행방은 아직 묘연했기 때문에 이광호에게 귀띔해줄 말은 떠오르지 않았다. 만약 알게 된다고 해도 그에게 가엘을 맡길 생각은 없었다. 머뭇거리는 사이에 당할 수도 있었고, 아무튼 왠지 모르게 석연찮은 구석이 있었다.

"너희들은 꽤나 특별한 사이라고, 죽고 죽이기에는."

다엘은 이어플러그를 귀에서 빼내어 땅으로 내던졌다.

새하얀 날개가 허공을 수놓고 있었다. 피난을 가는 둥 마는 둥하며 바라보는 사람들을 한번 내려다본 후에, 그는 앞을 바라봤다.

이훈철이 어디에 있을지는 쉽게 예상할 수 있었다. 타임 워커들은 천사일 적의 각기 다른 기억을 지니고 있었다.

라엘, 마엘, 그리고 그 다음 번 차례는……

"가엘."

다엘이 웃으며 말했다.

"날 죽이러 왔구나."

49.

이훈철의 모습이 컨트롤 망에 잡혔다. 이광호는 벌떡 일어나서 수동 장치를 벗어났다. 그리고 그는 기계를 끄고 자신의 무기를 형상화 시켰다. 시계태엽 모양의 무기에서 초침을 빼내어 이훈철의 얼굴을 향해 던져넣었다. 스크린 사이로 시간의 갈림길이 비좁게 열렸다. 신기해서 만져보는 사람들을 제치고 그는 그 안으로 뛰어 들어갔다.

"가엘!"

다엘의 목소리다.

이광호는 위편을 바라봤다. 날개를 꺼내지 못하는 이광호는 아래편에서 위쪽을 바라볼 뿐이었다.

"대천사로서의 긍지는 어디로 가버린 거야? 조금이라도 기대하고 있던 우리들을 모두 저버린 그 모습이라니."

다엘의 날개가 조금 찢겨져 있었다. 이훈철로 인한 부상임을 알고 시간을 되돌리려 했으나 가능하지 않았다.

이광호는 최대한 높고 그들로부터 가까운 건물을 찾았다. 건물 위까지 올라가는 데는 많은 시간이 소요됐다. 다친 사람들을 운반하는 구호용 로봇과 대놓고 구경하는 사람들로 발 디딜 틈이 없었기 때문이었다.

건물 위로 올라오자 다엘의 말이 이해가 되었다. 멀리서 볼 땐 몰랐으나 가까워지자 알 수 있었다. 칠흑 같은 검은 날개가 이훈철의 어깨에 길게 뻗어 있었다.

"왔구나."

이훈철은 마치 예상이라도 한 듯이 밑을 내려다봤다. 그와 눈이 마주치자 이광호는 심장이 얼어붙는 느낌이었다.

"아버지."

이광호가 말했다.

그는 싸움을 대비하여 형상화 시킨 무기를 뒤로 감추었다. 그렇게 언제 닥칠지 모르는 가엘의 공격에 대비하고 있는데, 이상하게도 그는 관심이 없어 보였다.

"그만둬. 광호야."

다엘이 말했다.

"이건 우리들의 싸움이야. 아마도 이 싸움이 끝나면 가엘은 돌아갈 거야. 우릴 말리지 말아줘. 네가 끼어드는 건 용납하지 않아."

"하지만 형님!"

이광호가 소리쳤다.

다엘은 결연한 얼굴이었다. 그는 푸른 창을 꺼내어 들고 준비태세를 갖췄다. 다급하지 않게, 조금은 상대의 간을 보고 있다 싶을 만한 자세였다.

이훈철은 양손에 두 자루의 검을 쥐고 있었다. 검은색의, 날카로운 검이었다.

"그래, 이건 우리들의 싸움이다. 사엘."

이훈철이 말했다.

"빠져 있어."

둘은 싸우기 시작했다. 피를 토하고, 날개가 찢기고, 서로 상처를 입어도 도중에 그만두지 않았다. 초반에는 다엘의 기세가 더욱 거셌으나, 점점 가면 갈수록 그는 이훈철의 페이스에 말려들고 있었다. 이대로 가면 다엘이 지는 것이 되었다.

"아버지, 아니, 아빠……."

그만둬주세요, 그 소리 없는 속삭임은 제트기 소리에 밀려 파묻혀버리고 말았다.

이광호는 눈을 떴다. 언제쯤 기절했었는지 모른다. 잠에서 깨어난 그에게 지옥에서 들릴 법한 비명만이 메아리치고 있었다. 울부짖는 사람들, 신은 죽었다고 계속해서 소리치는 사람들, 종말이 왔다며 준비하라고 하는 이들.

군사로봇과 구호로봇의 움직임에 사람들이 이송되고, 체포되고 있었다.

"왜 이런 일들이 일어나는 거예요."

이광호가 흐느끼며 중얼거렸다.

그는 버려진 건물에서 내려왔다. 다친 사람들 속에서 다엘의 시신이 눈에 띄었다. 리버스는 물러서고 없는 것 같았다.

가엘은 왜 자신마저 죽이고 가지 않았던 걸까. 처리하기 쉬웠을 것이다. 기절한 초능력자를 죽이는 일 따위는 말이다. 혹시라도 부자간에 부정이라도 남아있는 걸까. 그렇다고 해도 이제는 질려버렸다.

"…광호! 광호 오빠!"

무전이 들려왔다.

그는 다엘의 시신을 조심스럽게 안았다.

"에이씨! 오빠!!!"

오세나의 목소리였다.

"그래, 세나야."

이광호가 말했다.

"어디야, 지금? 리버스는 갔어. 센터에서 스크린 부수고 나갔다며! 어디에 있어? 몸은 괜찮은 거야?"

"몸이 괜찮으니까, 무전을 받겠지. 멍청아."

옆에서 박철민이 핀잔을 주는 것 같았다.

"아시아지부. 본국 말고."

"아시아지부? 우리는 한국에 돌아왔어. 어서 이리로 와. 중국에 있다는 거네?"

"그래."

이광호가 말했다.

"걱정되니까. 빨리 와."

오세나가 말했다.

통신은 거기서 끊겼다.

이광호는 무기를 형상화시켜 다엘의 시간을 되돌리려 했다. 역시나 말을 듣질 않았다. 그는 마른 눈물을 흘렸다.

"죄송해요. 형님."

이광호가 말했다.

계속, 누구누구씨라고 불러오다가 뒤늦게서야 형님이라고 부르는 거였다. 마지막까지 존댓말을 쓰고 있지만, 나중에는 편하게 그를 기억할 수 있을까. 모를 일이다.

"가엘은 제가 막아볼게요. 막진 못하더라도 우리의 마지막은 같을 거예요. 내가 천사가 맞다면 우리는 신의 품으로 돌아갈 수 있겠죠. 아니, 내가 반드시 그를 막을 거예요. 어떤 방법을 쓰더라도."

이광호는 다엘을 소중히 안고, 시공간의 틈새를 찢었다.

"왔어?"

오세나가 걱정스럽게 바라봤다.

설란과 박철민, 유달수까지 모두 모여 있었다. 김상현과 나엘이 우울한 표정으로 앉아 있었다. 이광호는 타임 워커들의 마음을 이해할 수 있을 것 같았다. 천사로서, 그리고 시간을 조정하는 이들로서 타임 워커 한 명을 막아내지 못했다.

"나엘씨, 아니, 나엘 형님."

이광호가 말했다.

그는 다엘의 시신을 말없이 내려놓았다. 김상현이 다엘의 시신을 받아들었다. 그는 다엘을 한참이나 바라보다가 고개를 돌렸다.

"응?"

나엘이 번뜩 잘못 들은 듯이 대답했다.

"가엘에 대해서 나누고 싶은 말이 있어요."

이광호가 말했다.

"단 둘이서요."

이광호와 나엘이 마주보고 앉았다. 그가 나엘을 데려간 곳은 예상 외로, 회사 안이었다. 밀폐된 연구실. 기체구슬을 모아다가 연구하고 있는 공간이기도 했다. 왜 그런 자리에서 대화를 나누자고 했는지, 나엘은 알 수 없었다.

"가엘은 우리보다 우수한 천사였나요?"

이광호가 물었다.

"그랬지. 확실히. 대천사라는 직책이 괜히 있는 게 아니니까. 그는 대천사들을 이끄는 리더였어."

나엘이 말했다.

"초능력자들이 탄생한 배경에 대해서 확실히 아나요? 우리가 천사라면 신과 대화했던 적도 있었나요?"

"확실히 있었지. 초능력자들이 탄생한 배경은 사탄과 관련이 되어 있다고 알고 있어."

"초능력자들의 힘은 사탄에 종속되는 게 아니죠?"

"말하자면 신과 관련되어 있지. 조금씩 나누어 준 거라고 알고 있으니까."

나엘이 말했다.

그는 오래된 추억을 상기시켰다. 신과 이야기를 나누던 시절, 그때는 신의 분부를 직접 하달받았다. 간혹 신께서 불러 모두 모이는 날이면 성대한 파티가 벌어졌다. 행복하고, 아무 문제 없던 시절의 이야기다. 악마와 천사 간의 전쟁은 간혹 벌어지곤 했지만 말이다.

"신과 사탄은 상극인가요?"

이광호가 물었다.

"그렇게까지 상극이진 않았다고 알고 있어. 어쨌든 간에 최초의 천사였고 그만큼 힘이 막강하니까. 하지만 지하세계에 감금되고부터는 말이 달라졌지. 신과 동떨어진 채 오래 방치되는 존재는 결국엔 타락할 수밖에 없어. 힘의 성질도 달라지고."

나엘이 대답했다.

그러다 문득 의문이 들었다.

"그런데 이건 왜?"

나엘이 물었다.

"아니에요, 형님. 고마워요. 대답해줘서."

이광호가 대답했다.

그는 싱긋 웃으며 나엘을 일으켜 세웠다.

"오늘따라 정답게 구네. 쑥스럽게."

나엘이 말했다.

평소보다 밝게 느껴지는 말투였다. 다엘의 죽음을 목격하고, 막지 못했던 자신을 배려한 행동임을 이광호는 알 수 있었다. 그래서 더욱 판단이 섰다. 지금 마음 먹은 것을, 기필코 해내야 할 것 같았다.

"이제 가보세요. 전 여기서 더 있다가 갈게요."

이광호가 말했다.

이제 남은 건 눈치채지 못하고 나엘이 바로 나가주는 것이다. 다행스럽게도 그는 한번 지그시 바라보기만 했을 뿐 곧장 나가주었다.

"너무 혼자 생각 많이 하지 말고."

이광호는 연구실의 문을 닫았다.

50.

이광호는 캡마개를 열어 기체 구슬을 하나 빼내었다. 가능할지는 모른다. 그러나 컨트롤 망을 분석해봤을 때, 정유여가 기체 구슬을 몸에 이식했을 걸로 나왔다. 초능력을 자신의 것으로 모두 만들 수 있다면, 어느 정도 가엘과 맞설 수 있는 능력이 생길지도 모른다. 하지만 구슬 전부를 아우르는 말은 아니었다. 어떠한 종류의 구슬들은 서로 상극의 성질을 지니고 있어, 체력만 깎일 뿐 초능력의 발현이 진행되지 않는다.

그는 빼낸 기체 구슬 하나를 꿀꺽 삼켰다. 아무런 반응도 없었다.

"뭐야, 괜찮네. 난 또 긴장해 가지고."

말은 그렇게 했지만 긴장되는 것이 사실이었다.

이광호는 기체구슬들을 모두 빼내어 하나씩 삼켰다. 알약을 먹는 기분이 아니라, 말 그대로 기체였기 때문에 이물감은 느껴지지 않았다.

"괜찮은데? 썩?"

이광호는 깊이 숨을 내쉬었다. 그런데 그때 가슴 끝뿌리부터 뭔가가 솟구쳤다. 지독한 피비린내가 입가에 느껴졌다. 쉽게 생각하진 않았지만, 생각보다 더욱 부작용이 컸다. 통증은 물론이거니와, 맥박 소리가 마치 금방이라도 죽을 사람처럼 방망이질 해대고 있었다.

"그래도 죽어줄 수는 없지."

이광호는 검은색과 붉은색 구슬을 마저 빼내어 주머니에 넣었다.

"이것만 소화시키고 나중에 먹어주도록 하지."

이광호가 말했다.

패기롭게 말했지만 갈수록 몸 상태가 좋지 않았다. 급격한 변화였다.

"크헉!"

그가 뭔가를 토해냈다.

커다란 혈전이 입밖으로 튀어나왔다. 어떻게 형성된 건지 알 수가 없었다. 다만, 알 수 있는 것은 몸속에서 확실히 뭔가가 일어나고 있다는 것이었다. 신의 능력을 조금씩 나누어 초능력자를 만들었다는 그 말에서 확신을 얻어 행동한 것이다. 너무 섣부른 결정이었을까 싶었다.

"그래도 안 돼. 아버지를 상대하려면, 지금 상태로는 안 돼. 내가 여기서 죽는 한이 있더라도."

이광호가 말했다.

몸이 중심을 못 잡고 기울어졌다. 그는 쓰러지면서 실험대 위를 손으로 쓸었다. 유리관과 비커들이 바닥에 떨어졌다. 누군가 달려오는 소리가 들렸다. 아마도 소란스러운 소리를 듣고 누군가 오는 모양이었다. 그런데, 달리는 것이 확실할 텐데, 이상하게 소리가 느리게 들려왔다.

상관없었다. 일은 벌어진 상태였고 모두가 이해할 것이다. 누가 어떻게 오든, 뭐가 이상하든, 신경 쓰지 않아도 될 것이다.

이번에는 정신이 아득해지려고 하고 있었다. 그런데 그때였다.

"안녕, 형아."

소름끼치는 목소리. 이광호는 눈이 감긴 채로 그 목소리를 들었다.

"벌써 나를 잊었어? 우리는 결국 하나였잖아. 고마워. 이런 선택을 해줘서. 우리는 다시 하나가 될 거야."

이광호는 그대로 의식이 멀어지는 것을 느꼈다.

오세나는 병실 침대에서 이광호의 손을 붙잡고 있었다. 조금 전까지 머물던 설란은 잠시 바람을 쐬고 싶다며 나갔고, 강지환 회장은 잠깐 들렀다가 업무 처리를 위해 이동했다. 나엘은 죄인처럼 간이 침대에 앉아서 이광호를 건너다보고 있었다.

"그 많은 걸 다 흡수했다는 뜻이죠?"

오세나가 적막 속에서 말을 꺼냈다.

"그런 것 같아. 미안하다. 내가 말렸어야 했어."

나엘이 말했다.

"아니에요. 오빠가 그렇게 하라고 한 것도 아닌데."

"그래도 눈치를 챘어야 했어. 명색이 시간 능력자라는 사람이."

"다엘 오빠랑 친했잖아요. 오빠도 주변까지 돌볼 여유가 없었겠죠."

오세나가 말했다.

"왜 그랬을까요?"

박철민이 물었다.

나엘은 무겁게 입을 열었다.

"가엘은 대천사장 출신이야. 지금도 그의 영혼은 대천사가 맞지만, 타락했다면 그만큼의 상성적인 힘을 가지게 됐겠지. 그를 막으려면 우리에게 그 이상의 힘이 있어야 해. 아마도 광호는 다엘의 죽음 앞에서 무기력했을 거야. 가엘의 힘이 그만큼 두렵게 느껴졌던 거겠지. 광호가 그러기 전에 나한테 몇 가지 질문을 했었어. 그걸 듣고 이렇게 한 건가 봐."

"어떤 걸 물었는데요?"

박철민이 물었다.

"초능력자들의 힘의 원천."

나엘이 대답했다.

"상대할 힘을 나름대로 키웠다는 거군요. 그 결과가 이 상태인 거고."

박철민이 말했다.

이광호는 의식불명이었다. 다행스럽게도 맥박, 호흡 모두 정상이었다. 안정권에 들기까지 시간이 꽤 걸렸다. 몇 차례의 위기를 넘기고서야 편히 잠든 모습이었던 것이다. 언제 깨어날지는 모른다고 의사가 답했다.

"아무튼 광호가 잘 이겨내길 바라는 수밖에. 그 많은 걸 흡수하고도 멀쩡한 걸 보면 우리에게 광호가 히든 카드가 될 수 있을 것 같아."

나엘이 말했다.

"그리고 나에게도 수련이 필요할 것 같아. 광호와 같은 선택은 아직 안전하지 못하니 많은 연구가 필요할 테고."

병실 문이 열렸다.

"알겠어요. 그렇게 유회장님께 전할게요."

나엘은 반쯤 열린 문 쪽을 바라봤다. 설란이 문 뒤에 서 있다는 것을 마치 아는 사람처럼 말이다.

제 7장
경고

타임 워커 4 : 리버스

51.

다시 일어난 세계는 어딘가 달랐다. 지루해 보이기도, 허무해 보이기도, 어딘가 느껴지는 체감도 달랐다. 시각 자체가 변한 것 같기도 하고, 다른 사람이 되어서 달라진 육감으로 덩그러니 세상에 던져진 것 같기도 했다.

이광호는 눈앞의 여자를 바라봤다. 설란, 그녀가 간호를 하던 듯이 보였다. 그녀에 대한 기억은 남아있었다. 누군가의 기억을 잃어버린 것은 아니었다. 특별히 기억 상실증에 걸린 것도 아니었다. 그런데 그들 각개의 인상이나 개인적인 생각들이 매우 달라져 있었다.

기억 속의 설란은 무척이나 섹시하지만 그렇게까지 매력적인 여자는 아니었다.

"부족해……."

이광호가 중얼거렸다.

어떤 결핍을 느꼈다. 그는 주먹을 그러쥐었다 풀어보았다. 촉감, 통감, 오감, 육감, 하지만 허기를 달랠 감각이 쉽게 떠오르지 않았다.

"뭔가, 부족해."

가슴 속 깊이 느껴지는 이상한 허기에 골몰하고 있을 때쯤이었다. 누군가의 목소리가 들렸다.

편안한 목소리.

"너희들은 이제부터 여기서 지낼 거야. 공부를 한다고 생각해줘. 가끔씩 나와볼 수 있게끔 문을 조금 열어둘게."

이광호는 목소리에 귀를 기울였다.

하지만 그 소리는 바람에 쓸려 사라졌다. 가슴 속이 허기로 다시 채워졌다. 이상한 악의가 생겨났다. 꼬마애의 이유 없는 불만 같기도 했다.

"왠지 다 짜증나는걸."

이광호는 맥박 측정기를 떼어냈다. 그리고 누워있는 설란을 지나쳐 병실 밖으로 나왔다. 지나다니는 사람들이 보였다. 머물던 병실은 1인실로 보였다. 전부 다 환자들이고, 멀쩡한 사람은 없는 것 같다는 불만이 생겨났다. 어딘가 낯선 세계로 들어와 버린 것 같은 느낌이 들었다. 꿈속이라고 치부하기에는 오감이 너무도 생생했다. 뭐가 달라진 것인지 알 수가 없었다.

"여기서 뭐해? 저기로 가봐."

누군가 말하는 소리가 들렸다. 주변을 둘러보지만 말을 건 상대는 어디에도 없는 것 같았다.

"여기서 머물고 있을 순 없으니."

바로 옆을 간호 로봇이 지나쳐갔다. 이광호는 그 로봇을 이상한 눈빛으로 멀거니 바라보다가 눈길을 돌렸다.

"안녕하세요. 부탁할 용무가 있으시면 말씀해주세요."

로봇들이 하고 다니는 말이었다.

이광호는 모든 것이 지루하다는 생각에 병원을 나섰다. 아는 얼굴이 보였다. 김상현, 하지만 시선이 부딪친 것은 아니었다. 그는 무작정 걷다가 시간의 틈새를 열었다. 그리고 그는 시간 여행을 감행했다.

처음에는 과거의 시간을 파헤쳤다. 전에는 안 되었던 것들이 지금은 되었다. 다엘과 이훈철이 싸우고 있을 때, 정확히는 자신이 기절했던 당시로 돌아갔다. 다엘의 가슴팍에 양손 검이 박혔다가 빠져나오는 것을 보았다.

"……."

이광호는 말없이 그걸 계속해서 바라봤다. 마음이 아파야 하는데 그렇지가 않았다. 오히려 환희로 얼룩지는 감정을 억누르며 이광호는 그 시간대를 빠져나왔다.

이광호는 미래로 흘러갔다.

아버지를 구하러 갔던 장소였다. 그 곳은 달라져 있었다. 처음 초능력을 썼던 그곳은 재개발 진행 중인 것 같았다. 빌라와 주택 건물은 아예 없었고, 고층 건물로 도심이 꽉 차 있었다. 발전된 도시, 공중을 달리는 자동차들이 보였다.

이광호는 연구실에서 의식을 잃기 전 들었던 목소리를 떠올렸다.

다시 목소리가 들렸다.

"네 본성을 받아들여. 사엘…… 다 먹어치우는 거야."

만약, 구슬을 먹어치운 부작용이라고 한다면, 이것은 사탄의 속삭임일 것이다. 그렇지 않다면 신의 목소리가 이렇게 악할 수는 없었다. 선한 목소리는 신의 것이고, 악한 목소리는 사탄의 것이라면, 나엘이 알고 있는 정보가 틀렸다는 소리가 되었다. 어떻게 된 영문인지 모를 일이다.

"닥쳐. 내게 명령하지 마."

이광호가 중얼거렸다.

목소리가 웃었다.

"너와 난 이미 하나야."

목소리가 말했다.

구슬을 흡수하는 과정에서 발생한 거라고 해도 불행한 선택은 아니었을 것이다. 선한 목소리도 분명히 존재했기 때문이다. 이제 남은 것은, 리버스를 쫓을 만한 힘을 키우는 것이다. 흡수한 초능력들을 개발해 나가야 했다.

"리버스의 계획이 뭐든 간에, 그냥 당하지는 않을 거야."

이광호가 말했다.

그는 무기를 형상화 시켰다. 그리고 활처럼 초침을 당겨 쏘았다. 폭풍이 일어나며 주변 사물이 높이 떠올랐다. 그걸 바라보다가 이광호가 시간을 되돌렸다. 한 차례의 피해가 한 순간 사라졌다.

7월 초. 여름의 무더위가 기승을 부리고 있었다.

"갑자기 사라져서 놀랐잖아."

나엘이 말했다.

그는 이광호의 어깨를 찬찬히 두드렸다.

"그렇게 오랫동안이나 말도 없이 사라지다니 말이야. 나만 알고 있었지 뭐야. 네가 언제쯤 돌아올지 말이야. 다른 사람들한테 말하면 당장 끌고 오라고 할 테니까. 광호 네가 남몰래 연습할 기간은 내가 잘 만들어줬다. 고마워하라고. 혼자 있을 시간이 필요했지?"

나엘이 말했다.

"고마워요, 형님."

이광호가 말했다.

그는 나엘을 가만히 응시했다. 나엘은 한쪽 눈썹을 움찔했다.

"너 없는 사이에 내가 일 좀 많이 도왔어. 회장님께도 알리러 가봐야 겠다. 강지환 회장님 말이야. 그럼 여기서 잘 쉬고 있으라고."

나엘이 말했다.

그는 시간의 틈새 속으로 사라졌다. 나엘이 사라지자마자 이광호는 머리를 둥글게 감싸 안았다.

"휴으……."

사실 말 못할 고민이 생겼다.

사람을 보면 이상한 기분이 들기 시작했던 것이다. 생전 본 적도 없는 이미지들이 떠오르는가 하면, 비명이 들려서 깜짝 놀라거나, 골똘히 생각에 파고들기도 했다. 이것을 환각과 환청이라고 단정해서 병원을 찾아보기도 했으나, 검사결과는 정상이었다. 뇌는 전혀 이상 없이 작동하고 있었다.

그리고 단순한 병은 아니라는 사실을 확인시키는 점이 또 있었다. 몸속에서 들리는 목소리, 그것은 일전에 들어본 적이 있던 악마의 목소리, 그것과 닮아 있었다. 선한 목소리의 정체는 아마도 천사이거나, 신적인 존재일 것이라 추측하고 있었다. 그렇다면 그 이미지는 뭐란 말인가. 그건 아직 풀리지 않은 숙제였다.

"이건 내가 꼭……."

마치 악마가 된 것 같았다. 천사였다고 들었는데 최근의 동향이 말해줬다. 사람을 보면 자꾸 피가 떠오르고, 잔혹한 이미지가 생각났다. 반사적으로 그들의 괴로워하는 모습들도 떠올랐다. 지옥의 모습을 생생히 목격하는 것처럼 말이다. 바로 돌아올 수 없었던 이유가 여기에 있었다. 시간의 틈을 두고 쉬고 나면, 조금 증상이 나아질까 싶어서 바로 돌아오지 않았던 것이다.

"하아. 이제 어떡하지."

이광호는 SPC의 휴게실에 홀로 앉아 있었다. 업무 시간에 맞춰서 몰래 왔던 이유로 직원들은 보이지 않았다.

"나엘을 먹어치우라니. 이건 또 무슨 개똥 같은 소리야."

이광호가 말했다.

사실이 그랬다. 들려오는 목소리는 자신의 감정과 동화되어, 조금 전에는 진짜로 실행에 옮길 뻔했다. 설상가상으로 그것을 나엘이 눈치챈 것 같았다.

"그래도."

성과는 있었다.

구슬을 여러 개 먹어치우고서는 능력개발에만 힘을 썼다. 그 결과, 총 13개의 초능력을 자유자재로 다룰 수 있었고, 어설프게 지닌 것도 합치면 21개가 되었다. 이제 가엘을 앞에 두고 망부석이 되는 일은 없을 거였다.

강지환 회장은 최필영 대통령과 한국의 동향에 대해서 이야기를 나누고 있었다. 나엘이 도중에 들어와서 미래도시에 대한 말을 함께 듣게 되었다. 대화가 무르익으며, 강지환 회장은 다시 강조해서 말했다.

"미래 도시 계획은 사라시스템과 함께 합니다. 이광호 사장이 돌아왔으니 사라시스템에 대한 개발도 다시 속히 진행되겠고요. 대통령께서는 외교에 좀더 치중해주십시오. 우리 나라가 주도권을 잡아서 진행해야 합니다. 그래야 입지가 다져질 테고, 사라시스템을 외국에 빼앗기지 않을 수 있어요. 물론, 초능력자들이 건재한 이상, 그들이 우리나라를 배제하는 일은 없겠지만요."

"알겠습니다."

최필영 대통령이 말했다.

"그럼 다음에 뵙도록 하죠."

"예."

대통령이 일어났다.

그는 보좌관들과 함께 대한그룹 회장실을 나갔다.

"나엘, 앉아보십시오. 들려줄 말이 있습니다."

강지환 회장이 말했다.

"예."

나엘이 말했다.

"설란에 관한 겁니다."

강지환 회장이 말했다.

이광호는 설란을 떠올렸다. 그리고 그 위에 오세나를 겹쳐보았다. 오세나에 대한 강한 이끌림이 더욱 깊어져 있었다. 그녀에게는 다른 사람들처럼 잡아먹고 싶다는 생각이 들지 않았다. 이제는 확신할 수 있었다. 좋아하고 있는 것이다. 어느 점을 좋아하고 있는 거냐고 묻는다면 그건 알 수 없었다.

"이한나."

그는 일전에 받아본 서신을 기억해냈다. 삐뚤빼뚤했던 이상하게 낯익은 글씨체. 일부러 휘갈겨 놓은 것 같기도 했고, 아이의 필기체처럼도 보였다.

'오세나와 설란을 모두 죽이거나, 설란을 내 여자로 만들어두라고 했지.'

하지만 설란에게는 이제 욕정도 들지 않았다.

그녀에게는 미안한 말이지만 말이다. 설란은 다시 생각해도 여동생 같은 느낌이 강했다.

"그 서신이 애초에 장난이었던 건 아닐까."

하지만 걸리는 점이 있었다.

서신은 계속해서 보내져 왔고, 문제의 시기마다 도움이 돼주었다. 이번엔 자신에게 직접 온 서신이란 점을 빼면 수상한 점이 없었다.

"누굴까. 그걸 보낸 사람은."

이광호는 골몰했다.

여자를 좋아하면 어떻게 해야 하는지 아리송했다. 더군다나 시기 상, 고백하기도 어줍잖았다. 살아갈 날도 얼마 될지 모르는데 고백을 해버릴까 싶지만, 하고 나면 또 어떻게 되는 건지도 모르겠다. 해서 사실은 회사로 오지 않고 도망가고 싶었다.

"해본 적이 있어야 말이지……."

"뭘 해봐?"

갑자기 들린 목소리에 이광호는 부리나케 그곳을 바라봤다. 덜컥하고 심장이 내려앉아 버렸다.

"아무것도 아니야."

"정말 아니야?"

오세나였다.

그 뒤에는 박철민이 있었다. 요즘 운동을 한 건지, 아니면 여름이라 옷을 벗어서 그런 건지, 체격이 아주 좋았다. 그에게 느껴지는 살육 욕구를 가까스로 억제하며, 이광호는 오세나에게 고개를 돌렸다. 진퇴양난이라고, 박철민을 보면 살의가 샘솟고, 오세나를 보면 부끄러워서 숨고 싶어졌다.

"무슨 일 있었어? 이상해진 것 같은데."

오세나가 말했다.

그녀는 정말로 걱정하고 있는 것 같았다. 이광호가 갑자기 사라진 뒤로 열흘이 넘게 두문불출이었으니 말은 다한 셈이다. 그가 좀처럼 자리를 비우는 일이 없던 이유였다.

"아니야. 미안해. 잠깐 머리를 식히고 와야 했어."

이광호가 말했다.

"그런 짓은 이제 하지 마. 혼자 떠안으려는 버릇은 언제쯤 고칠 거야?"

오세나가 말했다.

오랜만의 대화처럼 느껴져서 이광호는 짠해졌다. 그간의 마음고생을 그녀가 알아주는 것 같았다.

"이제 안 그럴게. 세나야."

"다시는 그러지 마. 얼마나 걱정이 많았다고. 오빠가 어디서 무슨 생각을 하고, 또 혼자 무슨 궁리를 하고 있을지 알게 뭐야."

"미안하다니까?"

"흠……"

둘의 대화를 관망하던 박철민이 입맛을 다셨다. 달라진 이광호의 분위기를 그는 눈치채고 있었다. 이광호는 분명 살기를 띄우면서 자신을 바라봤는데, 오세나에게는 정반대로 대하고 있으니, 알다가도 모를 일이다. 구슬의 부작용이 심각하게 걱정되었다.

"손 줘봐."

오세나가 부랴부랴 말했다.

그에 이광호는 고분고분 손을 건넸다. 뭐하나 싶었는데 오세나는 그의 맥박을 짚어보고, 손을 지압해보고 요리조리 그를 관찰했다.

"이상은 없는 것 같은데."

이광호는 멍하니 오세나를 바라봤다.

"응?"

오세나가 그를 보다가 얼굴을 확 붉혔다.

"뭐야, 왜 그렇게 쳐다본대."

오세나가 말했다.

어색해진 분위기 속에 자연스레 욕이 나오는 박철민이었다. 오랜 짝사랑을 하고 있던 그였다. 물론 오세나와 이광호가 잘 되었으면 싶던 그였지만, 눈앞에서 확인하고 나니 왠지 열불이 났다. 그는 아직 이한나라는 여자와도 연애 중이 아니었던가?

"자리 비켜줘야겠네."

박철민이 슬그머니 일어났다.

그런 그를 이광호가 붙잡았다. 좀 전까지 살기를 비추던 이광호와 손이 닿자 박철민은 은근히 뒷골이 싸했다.

"잠깐만요. 함께 가요. 세나야, 잠깐 유달수 이사님한테 다녀올게."

이광호가 말했다.

52.

유달수는 이광호와의 대화를 떠올렸다.

"진짜 경영에서 손을 떼라고 해야 하나."

유달수가 중얼거렸다.

이광호의 상태는 누가 봐도 좋지 않았다. 심적인 부담감이라든가, 변화라는 것들이 너무 많이도 보였다. 뭔가를 숨기고 있는 것 같기도 했다.

"영감님, 이럴 땐 그쪽 생각이 많이 나요."

차라리 속 시원히 뭐가 문제인 건지, 고민이 있으면 털어놓는 성격이면 좋으련만. 그게 아니었다. 이광호는 너무 생각이 많았다. 그러면서도 제 초능력에 걸맞게 혼자서 벌이는 일들이 상상을 초월할 정도이니, 사실상 난처할 때가 가끔 있었다. 애초에 이광호는 경영이나 정치에 발을 디디지 않는 것이 좋았을지도 모른다.

'유달수 이사님, 제 뒤를 맡아줄 새 인사를 찾아주십시오. 부탁드립니다.'

이광호가 마지막으로 간청했던 말이다.

하지만 그를 대신할 사람은 많지가 않았다. 초능력자 중에서도 우월해야 하고, 모두가 고개를 끄덕일 수 있는 자여야 했다. 마땅히 떠오르는 자가 없어서, 일단은 알겠다고 하고 그 건은 보류했다.

"걱정이 많다. 광호야."

유달수는 이사실의 풍경을 감상했다. 아직까지도 낯설게 느껴지는 자신만의 공간. 자유로움을 추구하는 그에게는 맡지 않는 곳이었다. 자신이라고 해서 경영진의 자리에서 내려오고 싶을 때가 없던 것은 아니었다.

'그래도 멘탈이 나갈 정도는 아니었는데…….'

이광호에게서 느껴지던 어렴풋한 살기가 떠올랐다. 그 동안 어떤 일이 있었던 건지 궁금한 게 한두 가지가 아니지만, 그래도 묻지는 않았다. 묻지 않았던 것이 잘한 일처럼 느껴졌다. 물어봤더라면 뭔가가 틀어졌을지도 모르는 일이니까.

심각한 자세로 고심하던 유달수가 불현듯 뒷걸음질 쳤다.

"그럼 광호는 설란이하고 사귀는 게 되나?"

어디로 튈지 모르는 광호와 급 노안이 왔지만 미성년자인 설란이와 …….

"아냐아냐, 그게 무슨 상관이야. 당장 내일 모레 죽을지도 모르는데. 우리 모두."

유달수가 심각하게 말을 마쳤다.

그는 하얀 공작새로 변신했다. 자신이 봐왔던 중에 가장 아름답던 새. 그래서 하늘을 나는 능력과 변신 능력을 합해 공작새로 변해 다녔던 것이다.

"우선, 강지환에게 가보자. 새 인사를 뽑을 리스트라도 추려야지."

하얀 공작새는 열린 창문 밖으로 비상했다.

53.

더는 가식을 떨기 싫었다. 거짓말도 하고 싶지 않았다. 솔직하게 자신의 마음을 표현하고 싶었다. 좋아하는 이에게는 좋아한다고, 설란이에게는 이성으로서 좋아하지 않는다고 말할 셈이었다. 이광호는 마음 정리를 모두 마치고 설란을 기다리고 있었다.

악마 바알은 심술궂은 날에 지상에 나타났다.

"이광호 팀장님, 센터를 맡아주시겠습니까!"

긴급 무전이 왔다.

이광호는 인공지능 센터로 이동했다. 그리고 컨트롤 망에 잡힌 무언가를 바라봤다.

"아니, 아니야. 이건."

이광호는 고개를 내저었다.

최근 들어 환각, 환청에 시달리던 이광호가 가끔씩 환상을 통해 보던 괴물이 거기에 있었다. 인간의 형체와는 완전히 거리가 먼, 그것은 악마였다. 직감적으로 알 수 있었다. 지상에 강림한 악마 그 자체는, 아마도 바알.

'거기에 있구나. 이리로 오렴.'

누군가의 목소리가 들렸다.

자신을 부르는 악마들의 목소리. 잠시 SPC와 동떨어져 있을 때 들었던 목소리들이 시끄럽게 귓가를 파고들었다.

"오늘은 온전히 이한나 씨에게 맡기겠습니다."

이광호가 말했다.

"그렇지만!"

"저는 저기로 가서 저 악마를 막아야 합니다."

이광호가 말했다.

인공 지능 팀원들은 입을 다물었다. 로만과 이훈철과 비교해 크기도 형체도 달랐기 때문에 그들은 위압감을 느낀 것 같았다.

이광호는 즉시 바알이 있는 위치로 러프했다.

"광호 오빠……."

오세나는 먼 거리의 바알을 바라보며 중얼거렸다. 이제야 그가 자신의 마음을 알아준 것 같았다. 그럴 수 있을 것 같았다. 그런데 또다시 뭔가가 나타나 갈라놓으려고 했다.

이제는 지쳐버렸다.

"광호 오빠를 데려가서……."

차라리 숨어서 지낼까.

그녀의 입술이 위로 휘어졌다.

54.

이광호는 바알과 마주했다.

차례로 김상현과 나엘이 나타났다. 그들은 신성력을 형상화 시킨 무기를 들고 있었다. 그리고 날개를 꺼내 하늘 위로 떠올랐다.

"악마 바알! 사탄과 함께 갇히지 않았는가? 여기가 어디라고."

김상현이 말했다.

거대한 풍채에 놀라기도 전에, 그가 한 말이었다. 이광호는 압도되는 느낌에 무기를 형상화시킬 생각도 해보지 못했다. 그런 그를 직감적으로 알아챈 건지, 바알은 옆으로 돌아 이광호가 디디고 선 땅을 바라봤다.

"우리 악마들은 인간들의 두려움을 먹고 살지. 하지만 너는 본 적이 있군. 그렇다는 건, 이훈철 그가 충분히 잘해주고 있다는 거겠지."

바알이 말했다.

"신이 창조했다는 첫 번째 인간. 바로 그게 너겠군. 그렇다는 건, 이번에 내가 할 일은 그분께서 말해주신 그것이 맞아."

기계적인 말투.

그러더니 그는 주먹을 내던졌다.

이광호는 질끈 눈을 감았다. 바알의 두 눈이 이광호 자신에게 닿아 있었기 때문에, 그는 자신에게 주먹질을 할 줄 알았다. 그러나 악마 바알은 김상현을 향해 주먹을 던졌을 뿐이었다. 아무런 마기도 형성하지 않고서, 단 맨 손으로 김상현과 싸우고 있었던 것이다.

타임 워킹 능력은 이번에도 무용지물이었다. 가까이 이훈철이 있을 것이다.

"제길!"

이광호는 시계태엽을 형상화시켰다. 만약, 이훈철 그가 타임 워킹 실력에 덧붙여, 그것을 방해하는 힘을 지니고 있는 것이라면, 그것을 파괴할 힘은 어디에 있는가. 이광호는 기억을 더듬어 봤다. 시간 자체를 거꾸로 돌리고, 사물의 시간만을 한정해 돌렸던 건 바로 이광호 자신이었다. 타임 워커들마다 능력이 상이하게 덧붙는다면, 그를 막을 수 있는 이는 자신밖에 없었다.

"해보는 거야."

이광호는 시계태엽 속에서 초침을 빼내어 들었다. 그리고 그것을 활처럼 시위를 당겨 허공에 쏘았다. 한 가지 소원을 빌면서 말이다.

'이 시공간 속의 시간에 무한대 표시를 새겨넣는 것.'

끝없는 도돌이표. 그것을 깨부술 수 있는 사람은 자신 뿐이 되길.

어두운 장막이 바알과 김상현을 포함한 주변으로 퍼져나갔다. 그리고 둥그런 구를 형성했다. 만약, 이훈철이 테두리 안에 존재하고 있다면 푸른 장막은 퍼져나가지 않고 깨어졌을지도 모르는 일이다. 일은 성공적이었다. 아마 이훈철은 테두리 밖에 존재한 모양이다.

"내가 도와줄게. 상현아. 너까지 죽게끔 만들진 않아."

이광호가 말했다.

55.

이훈철은 테두리 바깥에서 안쪽을 들여다봤다. 안쪽은 전류가 통하고 있었다. 안으로 들어가려다가 주춤해서 물러서는 리버스 일원들을 이훈철이 막아섰다.

"우리 쪽 사람들도 많이 죽었다는 걸 명심해라. 피해가 상당하니 우리는 악마 바알에게 뒤를 맡기고 돌아간다."

이훈철이 말했다.

사실상 그랬다. 사탄의 오른팔인 악마 바알이 당도한 이상, 리버스가 할 일은 없었다. 그들은 자신들의 임시 보금자리로 워프했다. 부상자들을 리나가 데려가고, 정유여는 로만과 함께 차가운 대리석 의자에 앉았다.

"그가 어떻게 나올까요?"

정유여가 말했다.

그의 질문은 이훈철을 향하고 있었다. 유성우는 상황에 어울리지 않는 무례한 질문을 던진 정유여를 혼내주고 싶었다. 하지만 참았다. 이훈철의 입술이 달싹거리며, 그가 막 대답하려는 것을 발견했기 때문이다.

"어떻게 나오든 그는 우리가 지켜야 할 사람이다. 우리로부터 귀속된 사람이고, 함께 하게 될 것이다. 그를 위해 불필요한 살상도 하였고, 애 써 강두호 회장도 죽이게 된 것이니, 우리의 노고를 그도 언젠가 이해하게 될 것이다."

이훈철이 말했다.

말하고 있는 모든 것이 궤변이었다. 이훈철 그도 그 사실을 알고 있었다. 사탄을 악신으로 만들어 지하를 지상으로 끌어 올리려면 필요한 조각이 아담이었을 뿐이다. 아담은 신이 가장 사랑했던 대지의 자식이었다. 신을 절망시키기 위해서 희생양을 찾았더니 그것이 아담의 환생인인 이광호였을 뿐이다. 7명의 천사 중 하나의 조각을 품에 안은 아담의 환생인.

"그럼 다행이지만요."

정유여가 말했다.

부상병을 치료하기 위해 갔던 리나가 되돌아왔다. 리나는 이훈철과 정유여를 멀찍이 보다가, 드디어 로만에게 시선을 고정시켰다. 그녀가 씨익 웃었다.

"로만."

리나가 말했다.

"쓰잘데기 없는 소리할 거면 도로 들어가."

로만이 말했다.

"에이, 그게 아니잖아."

리나가 말했다.

정유여는 둘을 질투 어린 눈빛으로 바라봤다. 그러자 리나의 입가에 걸쳐있던 미소가 더욱 짙어졌다.

'불필요한 놀이를 하고 있군.'

로만은 귀찮은 표정을 지었다.

"앉아서 기다리기나 해. 나는 더 할 말 없어."

로만이 말했다.

자꾸 엉겨붙는 리나가 제 딴에는 영 귀찮았다. 리나는 남자들이라면 아무랑이나 엉겨 붙고, 살을 맞대길 좋아했다. 야한 농담이나 농도 짙은 스킨십도 그녀에게는 대수롭지 않은 일 같았다. 그런 점은 마치 릴리스와 비슷하게 느껴져서 기분이 썩 좋지 않았다. 인간이면서 악마, 그것도 릴리스와 비슷하게 겹쳐지는 그녀에게 호감을 느낄 생각은 없었다. 어머니 릴리스는 정조가 없는 게 유일한 단점인 여자였다.

생각이 여기까지 미치자 더 머물러 있기가 싫었다.

"나는 들어가 봐야겠어."

로만이 말했다.

그는 부상자들이 몰려 들어간 폐허 안으로 자리를 옮겼다.

"까칠하다니까. 로만 씨는."

리나가 말했다.

그녀가 혀를 길게 빼내어 입맛을 다셨다.

56.

이광호가 푸른 장막을 형성하자 바알은 인간화하였다. 퀭한 눈에 빨려 드는 분위기의 남자였다. 사탄의 오른팔이라는 그는, 생각보다 풍채가 작은, 키만 멀대같이 큰 남자로 변하였다. 그러나 위력은 무시하지 못할 것처럼 느껴졌다. 평범한 사람이라고 생각이 들 수 없을 만큼 기가 세고 오묘한 감이 돌았다.

"제법이군, 아담."

바알은 땅 위로 내려왔다.

그러자 김상현도 날개를 접고 이광호에게 다가왔다.

"사엘을 이상한 말로 부르지 마."

김상현이 말했다.

그는 결연한 자세로 불로 된 화살대를 위로 올렸다. 시위를 맞추고 금세라도 바알을 쏠 것처럼 위협했다.

"전에는 순혈악마에, 이번에는 사탄의 시종 바알이라! 정말로 불순한 계획을 세우고 있는 거로구나!"

김상현이 말했다.

그는 쉽사리 선공을 쏟아붓지 못했다. 악마 바알이라면 싸움이 붙자마자 결과가 참혹하게 그려졌던 것이다.

그런데 그가 머뭇거리고 있을 때였다.

"네 이름은 잘 몰라."

이광호가 말했다.

"처음 보니까."

그는 시계태엽을 없애고, 구슬을 형상화 시켰다. 그리고 푸른색 구슬을 선택했다. 집어삼킨 구슬 중에 하나였다.

"하지만, 최선을 다해서 내가 사는 땅을 지키겠어. 믿기지는 않지만 나는 아담인지 뭔지 모르고, 난 천사였다니까?"

이광호가 말했다.

그는 기체를 터트려 대량의 물을 소환했다. 그리고 바알의 숨통을 집어 먹을 듯이 그의 몸 전체를 물로 감쌌다.

넋 놓고 있던 바알이 큭큭거리며 웃었다.

"확실히 이쪽이 더욱 재미있군. 아무것도 기억하지 못하는 천사 나으리. 그리고 아담의 후생이여."

바알이 말했다.

그의 몸을 감싸던 물은 순식간에 사라졌다. 그러나 이광호는 상심한 눈빛이 아니었다.

"쉽진 않을 거라고 생각했어. 하지만 나도 이대로 죽어줄 수는 없다고. 아직도 하고 싶은 게 많이 남았고. 연애도 못 해봤단 말이야."

이광호가 말했다.

"호오, 연애라. 너의 짝을 찾기가 어려웠을 텐데. 어떻게 해서?"

바알이 말했다.

이광호는 그가 과하게 아는 체를 한다고 생각했다. 바알이라는 말을, 은연 중에 들어봐서 그런 악마가 있다는 사실은 알고는 있었지만, 자세히는 몰랐다. 얼굴도 처음 보는 것이었으니까 말이다. 몰래 지켜본 게 아니라면 바알 역시 마찬가지일 텐데, 이건 실례 중에 실례였다. 아는 척을 하며 상대를 자신의 추측 하에 놓으면 안 되는 것이다.

"그 어려운 걸 해낼 것 같으니까. 방해하지 마."

이광호가 말했다.

그는 바알에 대한 정보를 기억해냈다. 악마 바알에 대한 어떠한 말들이 떠돌든, 그것들이 사실이라는 보장이 없었다. 이름만은 사실일 터였지만 말이다.

'악마들은 인간들의 두려움을 먹고 살지. 분명히 이렇게 말했나.'

이광호는 결론을 냈다.

그렇다면 인간들의 환희를 싫어하는 건가. 아니, 그럴 리는 없었다. 결국에는 바알과 상극인 초능력을 하나하나 확인해봐야 한다는 말이 되었다.

이광호는 초록색 빛이 도는 구슬을 선택했다.

안정화 구슬이라고 이름 붙였다. 주로 식물에게 작용을 하는 것 같았다. 인간의 생체에도 미치는지는 알 수가 없었고, 제대로 확인해보지 못한 능력이었다. 식물을 순식간에, 원하는 형태로 자라나게 할 수가 있었다.

"광호야, 같이 공격해보자. 뭘 하려는진 모르겠지만 같이 해줄게."

김상현이 말했다.

그러자 이광호가 고개를 끄덕였다. 그는 주변의 나뭇가지를 자라나게 했다. 나뭇가지가 뻗어서 바알의 몸치까지 미치는 걸 보고 김상현이 중얼거렸다. 신이시여 죄송합니다. 그러더니 그는 불로 된 화살을 나뭇가지에 던져 넣었다.

"이제, 안녕."

김상현이 말했다.

하지만 불길은 서서히 그쳤다. 바알은 조금 거무스름하게 묻은 재를 털어내며, 껍질을 벗듯 피부를 원래대로 돌려놓고 있었다.

"젠장, 나도 천사의 몸으로 올 수만 있었다면!"

김상현이 억울한 듯 소리쳤다.

바알이 멀리서부터 다가왔다.

아무렇지 않은 멀쩡한 모습에 이광호는 넋을 놓았다. 괜히 사람들이 악마를 두려워하는 것이 아니었다.

'강한별, 설란, 이런 아이들의 초능력 구슬이 더 필요해.'

이광호는 마음 깊이 그 사실을 체감했다.

아직 역부족이다. 그가 그렇게 생각을 정리하는 틈에, 바알은 아무런 위협 없이 이광호의 앞에 섰다.

"아담."

바알이 말했다.

김상현이 이광호의 앞을 막아서려 하자, 바알이 손을 뻗었다. 검은 마기와 함께 김상현의 몸이 뒤로 미끄러져 나갔다.

이제는 죽는구나 생각이 들었다. 이광호는 눈을 뜬 채로 바알의 모습을 바라봤다. 그렇게 발버둥을 쳤는데도 안 되는 거면, 이제는 받아들일 생각이었다. 만에 하나, 신이 정말로 죽었거나, 그에게 어떠한 변고가 생겼음을 직감하면서.

그런데 바알이 의외의 말을 내뱉었다.

"만나서 반가웠습니다."

그 말을 남기고 그는 사라졌다.

바알이 사라진 자리를 보고 김상현이 질끈 입술을 깨물었다.

57.

'그 말은 무엇이었을까.'

분명히 나를 아담이라고 칭했어. 이광호는 속으로 생각했다.

바알이 돌아가고 나서, 종교계는 더욱 하나가 되어갔다. 한동안은 악마들이 지상으로 나타나지 않았다. 리버스도 활동하지 않았다. 외신은 당시의 영상을 소리 없이 이미지만 내보내며, 그저 그들이 홀연히 자취를 감추었다고 보도했다. 몇 명의 사이비 교단들은 악마들의 등장을 자기가 보낸 일종의 경고라고 떠들었다. 나트교와 통합을 이룬 종교계의 눈에는 눈엣가시였지만, 그래도 그들을 가만히 내버려 두었다. 그들이 공포감에 잠식돼 곧 스스로 자멸할 것이란 사실을 알았기 때문이다.

리버스가 자취를 감춤과 함께 SPC의 업무도 확대되었다. 이번 일로 인해서 초능력자들의 존재를 달리 보는 이들의 의뢰가 물밀 듯이 쏟아져나왔던 이유였다.

그리고 변화는 또 있었다.

"광호 오빠, 무슨 생각해?"

이광호는 품에 안긴 오세나를 응시했다. 길고 풍성한 머릿결, 그 사이로 보이는 두 눈빛이 너무도 사랑스러웠다.

"내가 좀 더 유능했으면 너를 잘 지켰을 거라는 생각."

이광호가 말했다.

바알이 돌아가자마자 오세나를 마주한 이광호가 먼저 고백을 했다. 그로 인해 설란이 홀연히 자취를 감추게 되었지만, 둘은 교제를 하게 되었다.

"그런 소리 하지 말라니까?"

오세나가 말했다.

입술을 쭉 내밀면서 그녀가 덧붙였다.

"오빠는 생각보다 소심쟁이였어. 지금 여기 같이 있으면 된 거잖아. 안 그래?"

"그렇지."

"생각하지 마. 그리고 또 그런 일이 벌어지면, 우리는 우리끼리의 행복만 보자. 악마들을 우리가 다 상대할 순 없어. 우리 몸 하나는 지킬 수 있겠지만 모두를 지키진 못해. 또 그런 일이 생기면 다 버리고 도망가자."

오세나가 말했다.

조금은 걱정스러운 눈빛. 마치 그가 무슨 대답을 할지 알 것 같은 얼굴이었다.

"그건 안 돼."

"뭐야."

이광호는 오세나를 조금 더 품 깊숙이 끌어안았다. 그녀의 부드러운 몸이 그의 단단한 육체에 갇혀 버둥거렸다.

"그렇지만, 그때가 되면 우리 떨어지지 않고 같이 있자."

이광호가 말했다.

"알았어. 특별히 봐줄게. 오빠 성격은 알고 있었으니까."

오세나가 말했다.

이광호는 부드럽게 미소지었다.

"그런데, 오빠."

오세나가 이불을 끌어다가 이광호의 몸을 감싸며 말했다.

그는 그녀의 머리카락을 손으로 쓸었다.

"응, 말해봐."

"사장직에서 내려올 생각인 거야?"

"아마도. 난 그러고 싶어."

"그래, 내려와. 그리고 나랑 데이트도 좀 하고 다니고 그러자."

오세나가 말했다.

그녀는 만족스러운 얼굴로 웃었다. 그러더니 기분이 좋아진 아이처럼 얼굴에 장난기가 가득 담겼다.

"오빠 간지러움 잘 타?"

오세나가 물었다.

"모르겠는데. 뭐하려고?"

이광호가 되물었다.

오세나가 이불 속에 들어가자 이광호가 웃음을 터뜨렸다. 이불 속에 들어간 그녀가 간지럼을 태우기 시작한 것이다. 몰랐는데 간지러움을 잘 타는 체질인 모양이다. 정신없이 웃던 그가 그녀의 허리를 잡아 고정시켰다. 둘의 시선이 이불 속에서 마주쳤다.

"이한나를 좋아한 적이 없어. 마음 아프게 해서 미안했어."

이광호가 말했다.

"알아. 그러니까. 사장직에서 빨리 내려왔으면 좋겠어."

"왜?"

"거기 있으니까, 싫은 사람이랑도 친하게 지내야 하는 분위기인 것 같아서. 그래서 싫어. 요새 여자들이 얼마나 여우 같은데……."

오세나가 작은 입술을 오물거리며 말했다.

붉고 촉촉한 입술, 어떻게 저렇게 움직이는지 신기했다. 그녀의 존재가 너무도 감개무량하고 가슴이 벅차올랐다. 잠시 잠깐 그런 생각에 마음을 빼앗긴 이광호는, 참지 못하고 오세나에게 키스했다.

58.

후퇴한 리버스는 사탄의 명을 기다리고 있었다. 그가 말하기 이전에는 아무런 학살도 진행하지 말라는 말 때문이었다. 다들 사탄을 마음 속 깊이 신뢰하고 있었던 이유로 모두들 군말 없이 때를 기다리고 있었다. 그러다 시일이 지나고 참지 못한 이들이 생겨났다. 리버스 일원 중 몇몇이 이훈철에게 은근히 물었으나, 그는 별다른 대답을 주지 않고, 그저 '기다려라'고만 말해주었다. 기존의 계획대로 벌써 타임 워커들을 셋이나 잡은 그들은 전전긍긍할 필요가 없었던 이유로, 수긍하면서 각자의 생활을 즐겼다. 후드 속 얼굴을 들키지 않은 이들은 제멋대로 밖을 나다녔고, 그렇지 않은 이들은 리버스가 마련해준 공간 안에서만 생활했다.

한편, 이훈철은 사탄과 비밀리에 내통하고 있었다. 인간들을 믿기 어렵다는 그의 말이 일전에도 있었다. 리버스의 직접적인 소통을 자신을 통해서만 하는 이유가 그 점 때문이리라, 이훈철은 그렇게 생각하고 있었다.

"사탄이시여."

이훈철이 말했다.

"바알이 말하기를 네가 맡은 바 임무를 잘해주었다는 것 같구나. 일부러 자기 기억을 지우고 미래로 가서 박사 역할까지 했었던 것도 눈물겹고. 아주 고맙구나. 혹시나 일이 잘못되면 죽어서 왕께 끌려가 처벌을 면치 못했을지도 모를 텐데 말야."

사탄이 말했다.

그는 거울 밖으로 손을 뻗었다. 처음과는 달라진 사탄의 이미지에 이훈철이 몸을 흠칫 떨었다.

"두려워하지 말라. 이 변화는 전에도 예고한 바가 있지 않느냐."

사탄이 말했다.

이훈철은 둥그런 전신거울 앞에서 한쪽 무릎을 꿇었다. 이제 점점 악마나, 악마들의 왕, 즉 마왕이라는 느낌보다는 악신에 가까워지는 느낌이었다. 악하지만 확실히 신에 범접해가는 느낌, 그것은 굉장한 위압감을 주었다.

"너는 이제 타락천사의 오명을 지우고 악마로서 살아갈 수 있게 될 것이다. 그리고 너의 애초 부탁대로 타임 워커들 중에 우리에게 협력하려는 자들은 너와 같이 해주겠다. 그러면 되겠느냐."

"예, 명을 받들겠나이다."

이훈철이 고개를 숙이며 말했다.

그는 부들거리는 주먹을 꽉 움켜쥐었다.

59.

빽빽한 숲속이었다. 그곳은 바람 한 점 들지 않았고, 노을이 나무 위로 조금씩 보이는 경치가 인상적인 곳이었다. 산짐승이나, 하다못해 인기척조차도 없는 아주 조용한 장소였다. 이광호는 그곳에서 눈을 뜨자마자 꿈이라는 사실을 알아챘다. 꿈이지만 어딘가 슬픈 느낌이 강하게 들고 있었다. 마치, 이 장소가 어디인지 알고 있는 것처럼 말이다. 하지만 기억은 자세히 나지 않아 굉장히 답답했다.

그는 일어나서 나뭇가지를 헤집으며 앞으로 향했다. 시간이 아주 많이 흐르고 나서야 벌판에 당도할 수 있었다.

허허벌판 속에서 언덕들이 멀찍이 보였다.

"내 첫 번째 아이야. 사랑을 가득 담아 너를 만들었단다."

누군가의 목소리가 들렸다.

환청 속의 두 번째 목소리였다. 매우 선하고, 여리지만, 확실한 음성이 담긴 목소리. 뭐라고 말하고 싶었지만, 목구멍이 뭐에 막힌 듯 말소리가 나오질 않았다. 이광호는 주먹을 들어 목을 틀어잡았다.

"그런데 어째서 나를 배신했느냐."

목소리가 말했다.

"너는 이곳에서 죽을 때까지 살게 되리라. 환생을 거듭하며, 악마 같은 이들과 함께 살게 되리라."

목소리는 크게 상심한 것 같았다.

"너의 상실감이 극에 다다른다면 내가 그때 너를 건져 올리리라. 그때 마지막으로 기회를 줄 터이니, 너는 꼭 그 기회를 잡아야 할 것이니라."

목소리가 말했다.

이광호도 덩달아 슬퍼졌다. 그는 눈물을 흘리기 시작했다. 가슴이 불에 덴 듯이 슬프고 무척이나 아팠다.

"오, 하지만 상심은 하지 말거라. 너는 이 모든 것을 바로잡을 기회를 얻을 수 있을 것이니라."

목소리가 말했다.

목이 막혀오는 기분이 들었다. 물속에 잠겨가고 있는 것처럼 숨을 쉬기가 어려워졌다. 이광호는 죽음을 경험하면서 잠에서 깨어났다.

온 몸의 땀을 다 토해낸 듯이 옷이 홍건했다.

연구실 안.

이광호는 연구실 안으로 들어갔다. 바알 소동이 있은 뒤로, 다시 넣어둔 붉은색과 검은색 기체구슬. 그는 호스관의 마개를 뽑아 집게로 기체구슬 두 개를 꺼냈다.

"어떻게 될지는 모르겠지만."

이광호가 중얼거렸다.

그는 꿈을 떠올렸다. 최초의 인류, 그 꿈이 타임 워커들이 말하는 기억의 한쪽 페이지에 가까운 단서라면, 그 모든 건 사실일 가능성이 높았다. 모든 단서들이 한 방향을 가리킨다면 뭔가라도 해야 했다. 천사로서의 자각도, 아직은 사도로서의 책임감도 느낄 수 없지만, 그것이 죽은 이들과 희생된 모든 사람들에 대한 사과라도 될 수 있을 테니까.

"아버지……."

이광호는 이훈철을 떠올렸다.

그는 천사일 적의 기억이 있을까? 지하 세계로 떨어졌을 때 도대체 어떤 일이 있었던 걸까. 기억하고 싶은 것들이 많았다.

이광호는 기체 구슬 두 개를 양손에 집었다. 뭐든지 잡아먹는 붉은 구체와, 그에 잡아먹히는 검은 구체. 그는 고심 끝에 붉은 구체를 입 안으로 넣었다. 그 뒤에 검은 것을 차례로 삼켰다.

"죽을지도 모르지만."

이광호가 말했다.

동시에 입술 밖으로 피가 터져나왔다. 온 몸의 실핏줄이 터지는 느낌이 들었다. 심장은 불에 담궈진 듯이 뜨겁게 타오르는 느낌이었다.

"이번에도 고생을 시킬 수는 없지."

이광호가 한쪽 눈썹을 찡그리며 말했다.

그는 시간의 틈새를 열어 자신의 객실로 향했다.

이광호의 객실에 슬그머니 찾아온 자가 있었다. 그는 다름아닌 로다스만. 일전에 이광호에게 그렇게 밝힌 적이 있는 리버스의 일원 '로만'이었다.

"쯧!"

로다스만이 말했다.

"이런 몰골로 자고 있는 꼬락서니라니."

이광호는 피를 한 뭉텅이 토해둔 채로 잠에 빠져 있었다. 식은땀이 나고 있고, 숨을 쉬는 걸 알리듯 가슴이 오르락 내리락 하지만 않았다면, 변사체라고 봐도 무방했다. 그 정도로 위급해 보였건만, 본인은 아무의 방해도 받지 않으려는 채 자고 있었다.

로다스만의 조그마한 입술이 비척이며 열렸다.

"이래서야, 옛 친구라고 할 수 있겠어?"

옛 친구, 그는 아련한 기억을 떠올렸다.

"로만, 이건 네가 준 이름이잖아. 일어나 광호. 아니, 뭐라고 불러야 해. 일단은 사엘이라고 부를게. 내 친구 이름은 사엘이니까."

로다스만이 말했다.

그는 이광호의 이마에 손을 올렸다. 어두운 빛이 번쩍이며 새파란 광채가 수놓아졌다. 그러더니 순식간에 이광호가 어린 모습으로 변해 버렸다.

"이제야 내 친구답네."

로다스만이 웃으며 말했다.

그는 아련한 눈빛으로 이광호를 응시했다.

"내 친구, 꿈에서 보자. 그리고 나를 다시 찾아오라고."

로다스만이 말했다.

그는 이광호의 이마에 입술을 맞췄다.

60.

나트교의 수장 신주아는 덤덤한 눈으로 대통령을 바라봤다. 나엘과 함께 차에서 내린 그는 증축 공사 중인 나트교를 한번 둘러보더니 똑바로 걸어왔다. 최필영 대통령은 신주아에게 공손히 악수를 청했다. 예의 바르게 행동하려는 그의 모습에서 나이와 인간관계 경력이 묻어났다.

"신흥종교라고 하기에는 뭐한데 뭐라고 부르면 좋겠습니까?"

최필영 대통령이 말했다.

"나트교가 나트교지 뭡니까?"

신주아가 되물었다.

"신주아 교주님!"

"아, 알았어. 있어 봐."

그녀는 귀찮은 기색으로 최필영 대통령을 마주했다.

"통합교라고 불러주세요. 어차피 신께서 우리 모두를 낳았고, 우리가 마음대로 사상을 달리해서 그를 다르게 불렀던 것뿐이니 말입니다."

신주아가 말했다. 확실히 아까보다는 정중한 자세였다.

"그리고 옆은, 아마도…… 나엘 씨?"

신주아가 나엘을 보며 물었다.

"예, 맞습니다."

"이광호씨에게서 많이 들었어요. 공적인 자리가 됐으니 말을 높이죠."

신주아가 눈치를 줬다.

사적인 자리가 될 수 있음에도, 대통령의 존재 때문에 공적 자리가 되었음을 내포하는 말이었다. 그도 그럴 것이, 대통령과 대동한 수십의 경호원 때문에 나트교가 공적 만남의 장소가 된 것처럼 보였던 것이다.

"크흠."

최필영이 불편한 듯 기침했다.

"아무튼, 이번 일에 있어서 나트교의 피해가 가장 적었던 것으로 압니다. 오해는 하지 말아주세요. 저는 대통령으로서 당신들의 힘을 빌려, 대통합국가적 보안을 모색하기 위해 온 것이니까요. 꼭 손해가 적었음을 탓하는 게 아니라고 생각해주시기 바랍니다."

최필영 대통령이 말했다.

"흐음."

신주아가 말했다.

그저 그런 양반인 줄만 알았는데 실제로 보니 과연 대통령이었다. 진중한 목소리와 힘 있는 눈동자가 매우 인상적이었다. 그래도 곧바로 그를 신뢰할 마음은 없었다. 일전에 많은 표를 득표했던 이유가 그것이라고 설명할 수는 있으나, 진중함과 좋은 눈빛이 선한 사람을 뜻하는 바가 아님을 알기 때문이다.

"일단은 들어오시죠. 대통령님."

신주아가 말했다.

그녀는 나엘과 최필영 대통령을 작은 별채로 안내했다. 작은 집처럼 꾸며진 그곳은 집시의 쉼터처럼 꾸며져 있었다. 오래되고 기이한 잡동사니들이 많았고, 자유로움이 느껴지는 인테리어의 가구들이 많았다.

"우리가 안전할 수 있었던 이유로 모든 나라를 온전히 지킬 수 있다고는 생각하지 못합니다. 만약 그렇게 되려면 당신들은 우리 나트교를 사이비가 아닌 하나의 종교로서 수도마다 둬야 할 거예요. 안전한 반경 따위는 저희야 모릅니다."

신주아가 말했다.

대통령은 어두운 표정이었다.

"해볼 수 있으면 해보겠습니다."

"이미 대세가 통합 종교로서의 발판에 서 있어요. 문제는 리버스라는 집단의 존재예요. SPC의 고 강두호 회장님과 친우분이라고 들었습니다."

"그래요, 그와는 오랜 친구입니다."

대통령이 말했다.

그는 눈시울을 붉혔다.

"리버스가 다시 움직일 수도 있어요. 저희 나트교의 천적은 리버스입니다. 리버스의 저편에는 사탄교가 존재하고 있어요. 리버스는 애초부터 사탄교에서 파생된 단체. 우리를 그들로부터 지켜주시면 우리도 우리의 일을 하겠습니다. 사제들을 각 수도에 보내어 힘을 보태준다면 되겠습니까?"

신주아가 말했다.

상당히 조심스러워야 할 논의 거리였다. 나트교의 존재가 세상에 드러남과 동시에, 사이비라는 반발과, 새 시대의 종교라는 긍정의 반응이 맞서고 있었다. 더욱 중요한 것은 기존 큼직한 종교 단체 수장들의 의사였다. 그들의 의사를 일부 수용하고 있는 나트교지만, 한국 내에서의 반응은 천차만별이었던 것이다.

"결국 도태되면 나가리인 거죠."

"교주님, 제발 말 순화 좀……."

"쉿, 시끄러워."

신주아가 말했다.

"아무튼 저희는 손을 잡아 힘을 보태는 것 뿐. 나머지는 알아서 해주셔야죠. 대통령님. 알아서 해주시길 기대해봅니다."

그녀가 나엘을 힐끗 바라봤다.

"알겠습니다. 저도 돕죠. 신주아 교주님."

나엘이 말했다.

강지환 회장은 인공지능 SPC센터에 방문해 있었다. 센터는 수리와 개선 작업이 한창이었다. 방문한 김에 얼굴 한번 보고 가려고 했던 이광호는 어디로 갔는지 보이지 않았다. 호텔에도 없어서 여기 있겠거니 한 것이었는데, 전화도 받지 않고 두문분출이었다. 그가 저번처럼 자취를 감춰 버린 것은 아닌지 걱정이었다.

"분명히 신호음은 가는데 말이지. 끙⋯⋯."

강지환 회장이 개선 작업 중인 엔지니어를 보며 중얼거렸다.

"예? 회장님, 뭐라고 하셨습니까?"

그의 비서가 물었다.

"아무것도 아닙니다. 하여간 파트너 얼굴 보기도 힘들다니까."

"아⋯⋯."

비서가 체념한 얼굴로 눈을 돌렸다. 회장이 알다가도 모를 양반이긴 했으나, 딱 하나 단순하게 귀결되는 점이 있었다. 그것은 시도 때도 없이 파트너랍시고 이광호를 찾는다는 거였다. 단순히 의지하는 것일 수도 있고, 아니면 그 이상의 의미가 있을 수도 있어 보였다. 같이 일하는 동안 그가 여자를 만나는 것을 단 한 번도 본적이 없으니.

"뭐야, 반응이 왜 이래."

강지환 회장이 말했다.

특유의 딱딱한 눈빛이 비서에게 닿았다.

"아닙니다."
비서가 말했다.

에필로그

불그스름한 땅의 지면이 보였다. 이광호는 놀라서 땅을 짚고 일어섰다. 그런데 신기하게도 지면은 원래의 색으로 돌아왔다. 아니, 원래의 색이라기보다는 보다 정상적인 색깔이라고 명명해야 맞을 것이다. 어쨌든 너무도 놀랐던 탓으로 심장이 방망이질해대고 있었다. 좀 전까지 기체 구슬을 먹고 힘에 겨웠었는데 이건 무슨 일인지 놀라움을 감출 수 없었다.

그런데 그때였다.

"가엘! 형아, 어딨어!"

분명 자신이 내는 목소리였다. 낯선 목소리로, 그는 온 몸으로 그렇게 어디선가 들어본 이름을 외치며 고개를 돌려댔다.

'또 꿈인가?'

하지만 여태까지와는 다른 종류였다. 본인의 마음대로 되지 않는 꿈은 없었다. 그걸 의식하는 것을 전제 하에 말이다. 이광호는 의사와는 상관없이 벌떡 일어나 걸어 다니기 시작하는 몸뚱이를 내버려 뒀다. 언젠가는 꿈에서 깨겠지. 그렇게 생각했다.

"사엘!"

곧이어 누군가가 눈에 들어왔다. 어린애의 모습, 그를 마주했을 때 이광호는 사엘이 누구고 가엘이 누굴 칭하는지 퍼뜩 알아챘다. 천사일 적 이훈철과 이광호 본인의 이름을 뜻하는 것이다.

'그렇다면 이건 과거?'

"찾았잖아. 형아, 몸은 괜찮아?"

이제는 눈물까지 자동으로 흘렀다. 물론 최근 감성이 발달하여 우는 경우가 많아졌지만, 이토록 대성통곡을 하는 일은 없었다. 왈칵왈칵 터지는 눈물 때문에 당장이라도 팔을 잡아당겨 얼굴을 닦아내고 싶었지만, 몸이 외계인에게 침식이라도 당한 듯이 제멋대로였다.

"조심해, 형. 최대한 빨리 올라가자."

"그래, 사엘, 형아만 믿고 있어."

가엘의 모습, 이광호는 눈물로 얼룩진 눈으로 그의 얼굴을 한눈에 담았다. 마치, 다시는 잊어버리지 않으려는 것처럼.

이광호는 가쁜 숨을 헐떡이며 꿈에서 깨어났다.

그리고 주변을 돌아봤다. 이제 몸이 마음대로 움직여지는 것 같았다. 하지만 안심도 잠시였다. 손을 펼쳐 보고 그는 좌절했다. 어린아이의 손인 것은 그대로였다. 촉감도 현실과 비슷하고, 그렇다는 건 원인 모를 일에 휘말려있을 수 있다는 것을 뜻했다.

"젠장!"

목소리도 꿈에서 깨기 전과 비슷했다.

자신의 의사를 확고히 밝힐 수 있게 된 것에라도 감사해야 할까. 어쩌다가 이런 일이 발생한 건지 자신의 머리로는 도무지 답이 나오지 않았다.

고풍스러운 분위기로 로마 양식에나 나오던 집을 봤다. 아마도 누군가의 집으로 보이는 방 내부는 그야말로 귀족의 그것과 비슷했다.

"잡혀온 건가. 어떻게 된 거지? 가엘, 아니 아버지는?"

이광호가 말했다.

그는 지나치게 두툼한 이불을 제치고 일어났다. 그리고 막 제 키보다 더 큰 문을 열고 나서려던 때였다.

"거기에 스톱."

누군가 말했다.

흑발의 소년이 있었다. 그의 목소리가 어딘지 낯익었다. 찜찜하게도 낯익은 그의 목소리를 떠올려보다 이광호가 박수를 쳤다.

"아! 환청 속의 그 악마!"

이광호가 소리쳤다.

동시에 그의 머리로 화분이 날아갔다. 이광호는 가까스로 화분을 피했다. 병째 날아가던 화분이 침대 모퉁이에 맞고 요란하게 깨져 사방으로 튀었다.

"악마는 맞지만 환청이라니! 결례잖아. 그런 예의에 어긋나는 일 나는 한 적도 없고. 난 오히려 너를 구해줬다고. 거기 가만히 버려져 있다가는 진짜로 예의 없는 악마들한테 물어뜯기다가 죽었을 거라고. 그것도 아주 잘근잘근 씹어 먹었을 걸? 천사들한테는 악감정이 있는 놈들이 많아서. 뼈마디 하나하나, 살점 하나하나 곱씹어서 뜯겨 먹혔을 거야. 그러니까 난 은인인 셈이지. 나한테 감사해야 돼."

소년이 말했다.

"잠깐, 악마들한테 잡아먹힌다니?"

이광호가 말했다.

그는 어리둥절한 표정을 지었다.

"뭘 뚱하게 물어? 전쟁도 안 치러본 꼬마 손님이었나?"

소년이 의아하게 물었다.

이광호는 더욱 어리둥절한 표정을 지었다. 악마에게 물어뜯길 정도로 악마들이 많은 세상이라면, 지하세계, 지옥이라 불리는 그곳밖에 없었다.

"여기 혹시 지옥이니?"

이광호가 물었다.

"나보다 한참은 어려 보이는 게 반말을 하는군. 실제 연령은 높다는 건가? 아니면 이 몸이 너무 앳돼 보인 탓인가?"

소년이 자못 건방진 투로 물었다.

"지옥이냐구요."

이광호가 재차 물었다.

소년은 끄덕거렸다.

그렇다는 건 바알과 사탄이 머무는 장소라는 소리가 되었다. 천사일적의 상황도 혼재해 있는 걸 보면 아무래도 과거, 가엘은 어떻게 되었을지 문득 궁금했다.

"함께 왔던 사람은요?"

"사람? 무슨 소리야. 사람은 여기에 올 수 없어, 죄수들이 아니면. 혹시 말야, 악령을 말하는 거야?"

"아니, 같이 있던 천사요."

"내가 왔을 땐 너밖에 없었어. 그러니까 잊어버리는 게 나을 거야. 어디서 어떤 일을 당하고 있든 말이야."

소년이 말했다.

"알겠어요."

이광호는 생각을 정리했다. 바알과 사탄. 어찌됐든, 일이 이렇게 된 이상, 기회로 써먹는 수밖에 없었다. 최대한의 정보를 얻고, 이곳을 탈출하든 말든 해야 했다. 그렇게 되려면 어쩔 수 없이 한동안은 이곳에서 지내야 했다. 생각은 빠르게 정리하는 것이 좋으니, 여기까지 고민하고 이광호는 입을 열었다.

"그래서 당신의 이름은 어떻게 되죠?"

"나? 이제야 물어보는 거야? 섭섭한데? 생명의 은인한테."

소년은 말이 많아 보였다.

"내 이름은 로다스만, 지하세계의 귀공자로 통하는 몸이야."

소년이 씨익 웃으며 말했다.

타임 워커 4 : 리버스

초판 1쇄 2021년 10월 13일

지은이 ┃ 문지솔

펴낸곳 ┃ 문학여행
발행인 ┃ 고민정
주 소 ┃ 서울특별시 서대문구 연희로37길 77-13 402호
홈페이지 ┃ www.bookjour.com
이메일 ┃ contact@bookjour.com
전 화 ┃ 1600-2591
팩 스 ┃ 0507-517-0001
원고투고 ┃ edit@bookjour.com
출판등록 ┃ 제2021-000020호

ISBN   979-11-88022-41-0 (04810)

Copyright 2021 문지솔, 문학여행 All rights reserved.

본 책 내용의 전부 또는 일부를 재사용하려면 목적여하를 불문하고
반드시 출판사의 서면동의를 사전에 받아야 합니다.
위반 시 민·형사상 처벌을 받을 수 있습니다.

잘못된 책은 구입처에서 바꿔드립니다.
저자와의 협의 하에 인지는 생략합니다.
책값은 본 책의 뒷표지 바코드 부분에 있습니다.

문학여행은 출판그룹 한국전자도서출판의 출판브랜드입니다.